17:10
16:50

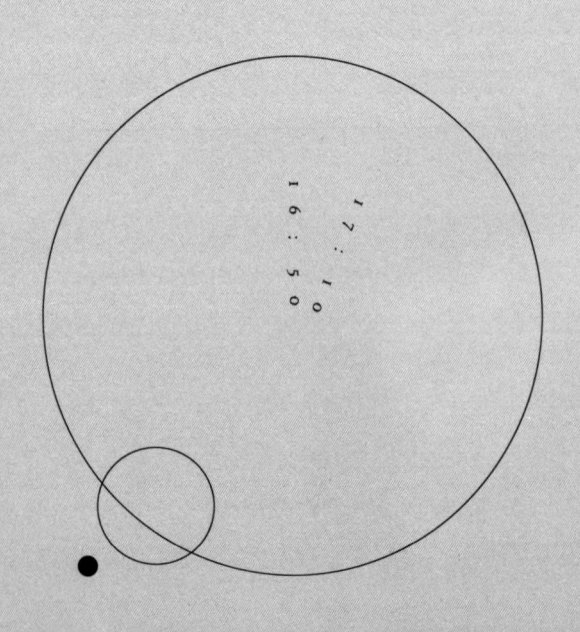

# 不好意思我也是第一次当大人

苑子文 苑子豪

中国友谊出版公司

16 : 50 | 17 : 10

序　　　　　　　　　　　　　　　　　　　何炅／文

# 人总要学着穿过迷雾，
# 独自长大

我们都一样，年幼时渴望长大，长大后忙着彷徨。

考试接踵而来，我们只知道忧心成绩，却看不见陪在你身边的那个人的微笑；毕业季匆匆忙忙，我们手忙脚乱地迎接长大需要背负的困扰，却忘记跟重要的人说一声"再见"；工作庸庸碌碌，我们好像早就丢掉了曾经的热血与骄傲，混杂在对未来迷茫的群体里找不到出路。

可是读完这本书我才发现，或许每个人的青春都有一张相似的脸，它写满困惑，也可爱至极。

渴望被爱，却畏惧表达；向往自由，却有勇无谋；偏爱某人，却负气离开；听过那么多道理，还是任性而为；明知前路多艰，还要逆流直上；后悔错过良辰美景无数，却依然坚持特立独行。

成长对每个人来说，总是期待和遗憾并行。

我们都曾被父母的争吵声吵醒过，夜半时分，坏情绪堆积在胸口，不知道该与谁言。

我们都曾拥有过"友达以上，恋人未满"的暧昧，却终究与Ta相隔人海，再难重逢。

我们都曾和某个人约定过"要做一辈子的好朋友，永不分离"，可是转眼之间，已是孑然一人。

二十几岁的年纪，你们憧憬未来的无限可能，也总是频频张望着旧时光的单纯美好，于是就这样被"以后"和"从前"反复拉扯，徘徊着、自卑着、困惑着。

　　可是人总要学着穿过迷雾，独自长大。

　　终有一天，暧昧的感情发了芽，远行的老友回故乡，你不再锋芒毕露，甚至可以和幼时扭打在一起的"讨厌鬼"喝酒到深夜。人人都说成长是削弱自己的棱角，学着做个普通人融入人潮，却少有人知道，成长是释怀一切未实现的愿望，却永远怀揣着浪漫主义的英雄梦想。

　　这是子文、子豪的文字，带给我最大的感受。

　　希望每个阅读这本书的年轻人，纵然见识世间恶意，也怀有改变生活的热忱。在人群中，遗世独立是你，光芒万丈也是你。

前　言

与神奇角色的
奇妙人生之旅

苑子文／文

很聪明，又有点傻。太天真，又比我深谙人情世故。他大多数时候都在感恩当下的生活，但也有点小梦想。他是和我一起，探历奇妙人生之旅的一个神奇角色。

一岁那年，我先学会了叫"爸爸""妈妈"，却没有意识到，身边这个跟我长得一模一样的家伙，才是这辈子陪我最久的人。

六岁那年，我跟他在家里打着玩，摔碎了东西，妈妈问谁打碎的，弟弟第一反应指了哥哥，我替他挨了打。自那以后，不管大事小事，我都喜欢替他扛着，因为每当我转过头使个眼色对他说"没事儿"的时候，都特自豪。

十岁那年，我念小学三年级，一直成绩倒数险些留级的我，却发现他突然考到了成绩单的左半边（名列前茅）。他在马路上故意气我说，哥哥如果不如弟弟优秀，很丢脸。当时真的很想打他，但现在也真的感谢他，还不懂事的我就在这种"激励"下，真的开始努力了。

十三岁那年，我幸运地考上了本地的一所中学。和当年选入少先队一样，我比弟弟晚一批成为共青团员，就连学任何一项兴趣班，我都比他差一大截。他说，你不能总在我后面跟着，于是我又在他的激励下，去竞选了班长。我记得站在讲台上，紧张地说得最多的一句话就是：我弟弟是班长，我不想比他差。当时一百四十斤的我，其实就想一辈子跟着弟弟的步子一点一点往前挪啊。

十六岁那年,我俩到外地读书,第一次要靠自己学习和生活,都很不习惯。但那时的我已经慢慢习得进取心,也知道自己想要什么,小小年纪的我好像已经长大了,想保护他、照顾他,想和他一起考最好的大学,想告诉他没什么苦是你和我吃不了的,如果有,就让我多帮你分一口。

那是生命中最宝贵的三年。大雪天我提着两个从家里拿来的大袋子,里面装满了生活用品。弟弟一路小跑到门口,回过头,用手撑着门说:"哥哥,快进。"他耳朵冻得通红,我拿我的手给他焐热,他胖胖的小脸儿突然就有了笑容,然后说,"哥,我们要快点学习了,别忘了要考北京大学。"

就这样,我俩开始了在外地最辛苦的读书时光。我退步的时候他骂我,给我出卷子,帮我讲错题;他偷懒的时候我敲他,给他买饭,叫他凌晨四点爬起来背书。夏天的风很吝啬地吹着,天蓝得像雨水刚刚冲洗过,我看着被烤得发白的校园,却觉得格外安静舒服,心里想,如果时间能一直这样就好了。

十九岁那年,我们一起考上了北京大学,他抱着妈妈欣喜若狂,我一如往常地冷静。那会儿廊坊刚开了一家连锁的火锅店,我和他一起去吃饭的时候,接到一名记者打来的电话,两个人都不以为意,轮流吃饭接电话,弟弟假装哥哥、哥哥扮演弟弟,记者果真没有听出来。在回家的路上随意发过去了两张生活照,然后"最帅双胞胎"

的新闻就这么被传开了。

二十岁那年，我们幸运地出版了第一本书，接着有了第二本、第三本……以及你看到的节目、漫画，我们开始一边念书一边工作，带着学生天真的心，去面对偌大的、比想象中复杂的社会。

我们常常一起出差，从哈尔滨到广州，从上海到甘肃，从北京到纽约，但从来都不觉得辛苦，因为他总在我耳边说个不停，好像每天比我多过十二个小时一样，有说不完的好玩的事情。我们开始感受追捧，也开始接受批评，面对网上那些不好的声音，互相开导，一副无所谓的样子，回到房间却立刻收起嘻嘻哈哈，整夜想不明白为什么。

二十一岁那年，他要竞选学生会主席，我去帮他加油。只有我一个外系的学生，我悄悄帮他拍了楼下的花草、静谧的夜，以及台上的他。他竞选成功的时候和同学、老师围在一起，我悄悄地走了。我说，哥只是来帮你记录人生每一个成长的时刻，往后不是所有事我们都能帮彼此，但可以陪彼此经历所有事。

二十二岁那年，我们一起被保送了研究生，站在本科毕业的分水岭，我们既兴奋，也迷茫。我们一起去世界各地，一年内飞了五十七次，讨论着冰川海洋、宇宙流星。我们一起宅在家里，说话的时候把妈妈吵得头大；专注自己世界的时候，也可以一言不发。

二十三岁那年，我们读研究生一年级，不再修同一门课，不再一起上下学，也开始有自己新的朋友和爱好。我们渐渐有不同的工作观念,并学着替自己表达。我们有激烈的矛盾,有想分开的冲动,有追求自由的念头,但你知道,我们一起生活了二十三年,他一抬头,我就知道他要薯片还是可乐,我吃饭的时候,他会抢在我前面替我说"不要香菜",所以我想,我们只是在找寻一个于我于他都更好的答案。

去年在美国的那段时间,是我们最剑拔弩张的日子,在回国的飞机上,弟弟正巧犯肠胃炎,吐了一路。我一点一点帮他收拾干净,然后坐在他的椅边,给他揉太阳穴,按摩头部,然后开始捏胳膊、手以及腿,最后给他按摩脚,然后再从头到脚按摩一遍。

坐在他座椅的一个角上,我只穿了一件背心在卖力地伺候他,坐边上累了,就干脆跪在过道上,跪久了就又坐一会儿。冲蜂蜜水,按朋友告诉我的穴位,拍着他哄他睡觉……就这样照顾了他十几个小时。中间有一段时间他睡着了,我终于得空能休息一下,就去吧台倒了杯红酒。

乘务长路过的时候,忍不住对我说:"你跟弟弟感情真好。"

"你跟弟弟感情真好",这几个字又突然间打了一下我的心。最近一段时间都在彼此的叛逆期,好像"真好"这样的状态少之又少,可能真的在这种特殊时刻,我才会格外清晰地认识到,他真的是我最心头的一块肉吧,而我也是他痛苦时最重要的那根稻草。

二十四岁的这一年,他依然是我心上最重要的人,我也依然是他关键时候最重要的那根稻草，只是我们找到了答案，想换种方式相处，决定分开。

元旦一起去泰国跨年，回来的第一天就开始搬家。一南一北，地图上说，我们住的地方没差几公里，但想要改变二十三年的习惯，就像有一天突然要扔掉筷子吃饭，用手倒立走路一样，挺难的。

搬家那天，因为在飞机上一夜没睡，弟弟说他要躺一个小时，让我记得叫他，结果一睡就是五个小时。我把东西差不多整理好，就喊他起来开始收拾。我们每个人准备了几个纸箱，真正收拾起东西来很利落，其间不停地往对方箱子里丢东西，对对方说："你自己住需要这个""这个给你吧，我可以再去买""这个很好用，给你拿着吧"……

那天急急忙忙装好车后，弟弟的车要启动了，我想走上去抱抱他，但最终没有，不知道为什么脚下很沉很沉，最后只说了一句："需要帮忙就给哥打电话。"车开走的时候，没能控制住自己，眼泪滚烫地在眼里打转，虽然只是分开住，但当这么多年的习惯真被打破的时候，还是会怅然若失。

以前小，不懂事的时候因为争执就能扭打在一起，有时候都没打完，立刻就能和好。后来长大了，再也不会打架，只会慢慢发现，原来每个人都有自己的想法，他也不再是那个永远听哥哥话的小孩。我开始慢慢接受此类事实，并跟自己说，时间一点都不残酷，我们都需要换一种方式和对方相处，这是时间的经验，也是我们的成长。

所以为了更独立、强大到可以保护更多要爱的人,这些都应该尽早去经历。我们主动选择了一种不同以往的生活状态,可能需要时间适应,不管你是接受还是抗拒,这就是我们必经的路。

今天是分开住的第一百五十六天。我自己在家的时候,偶尔还是会听到奇奇怪怪的声音,看到一支牙刷会突然意识到此时此刻只有自己,但我已经学会大多数生活技能,只买自己喜欢吃的食物。是啊,当你选择了适应,就没什么不能成为新的习惯。

我和弟弟的人生故事,何尝不是这本书的主题缩影。我们一路受到父母、老师、朋友的照顾,当突然有一天要独自长大,才会意识到原来这是一件很难的事情。

我们都是第一次面对自己的人生,在无数个关卡面前,会手忙脚乱;会紧张得彻夜未眠;会犯下自己认为不可饶恕的错误;会无奈地发现,我已经很努力了,但是依然做不好,并循环往复着这样的生活。

每当结束一天的疲倦,月亮升起,一个人冷静下来的时候,就突然很想对镜子里的自己说:真是抱歉,给你这么狼狈的生活。我不聪明,生来平凡,所以也没有什么好办法,只能一点一点慢慢来。真是不好意思,我也是第一次当大人啊。

没有经验,不太自信,有时慌张,常常迷茫。我想这是我们在成长的路上,每个人都要经历的过程吧。

这本书记录了我成长过程中，那些直言不讳时的慌张，以及对于亲情、爱情、友情不同的认知和体会，我想邀请你和我一起通过文字去感受、去想象那个世界。

创作这些故事的时候，我的内心特别澄澈，所以希望你也能很简单地理解它们、感受它们，并允许它们成为你人生经历中的一部分。

我们都是第一次长大，年轻时候的自己，即使你觉得它再"幼稚""无理取闹"甚至是"讨厌"，你负气而走把它甩在身后，等到下一个路口，你还是不放心地错过一个又一个绿灯，等它追上你，跟在你身后。

你舍不得，放不下，丢不了，因为它就是你曾经赤诚、可爱的模样。

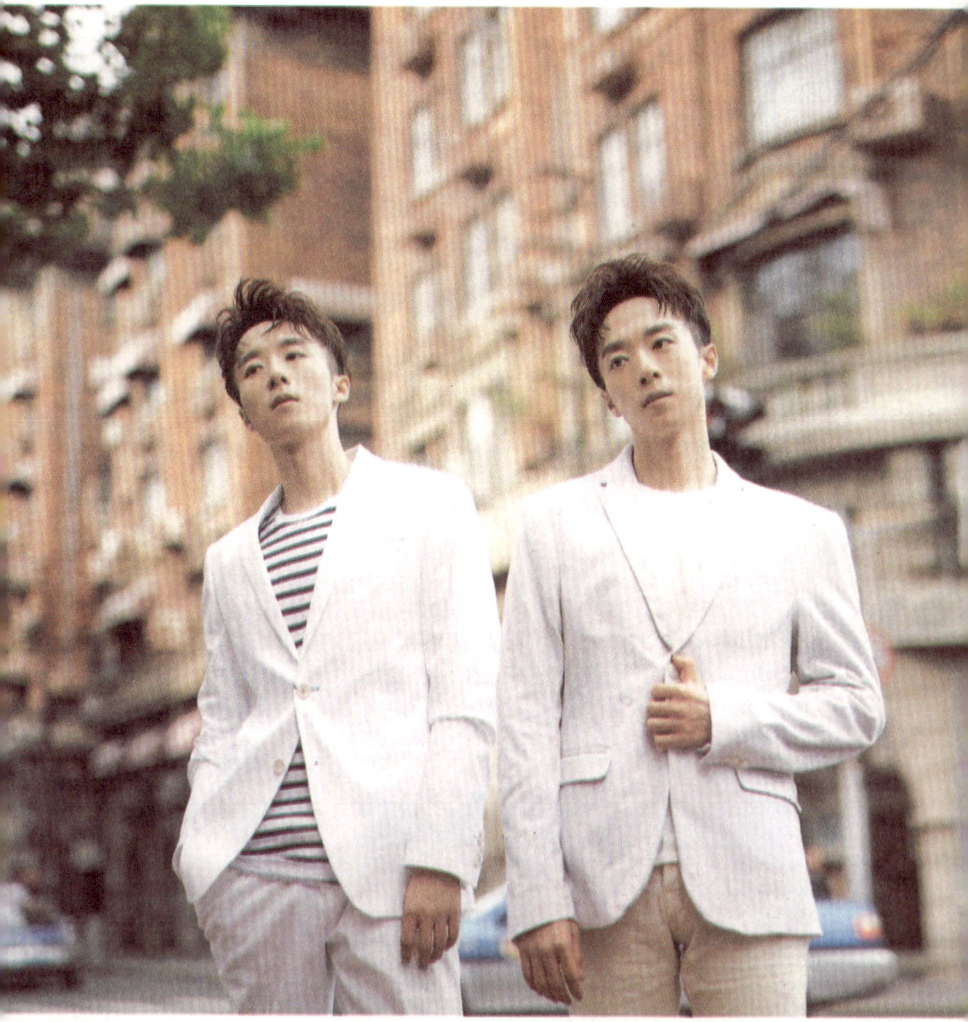

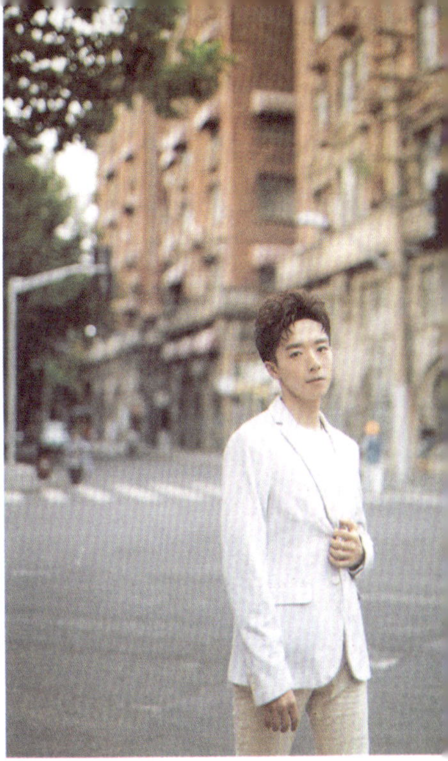

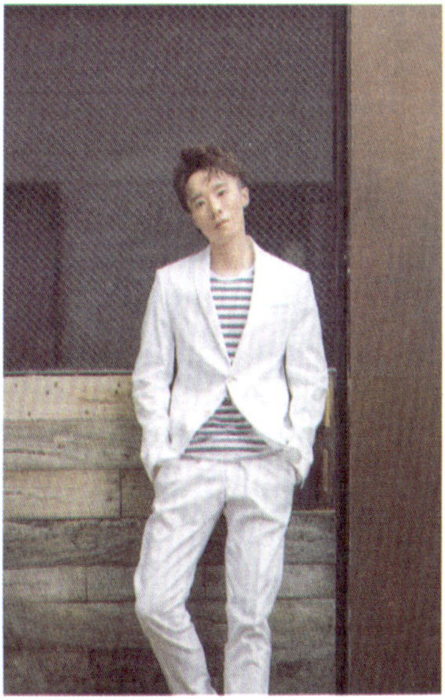

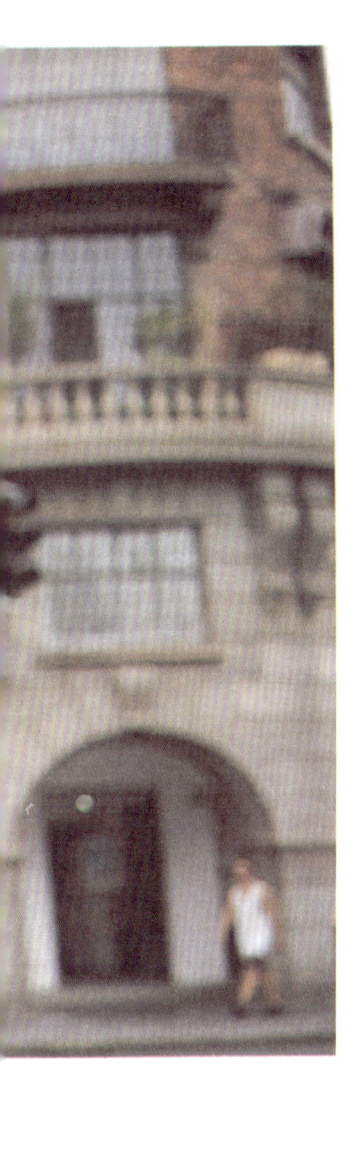

# 目录

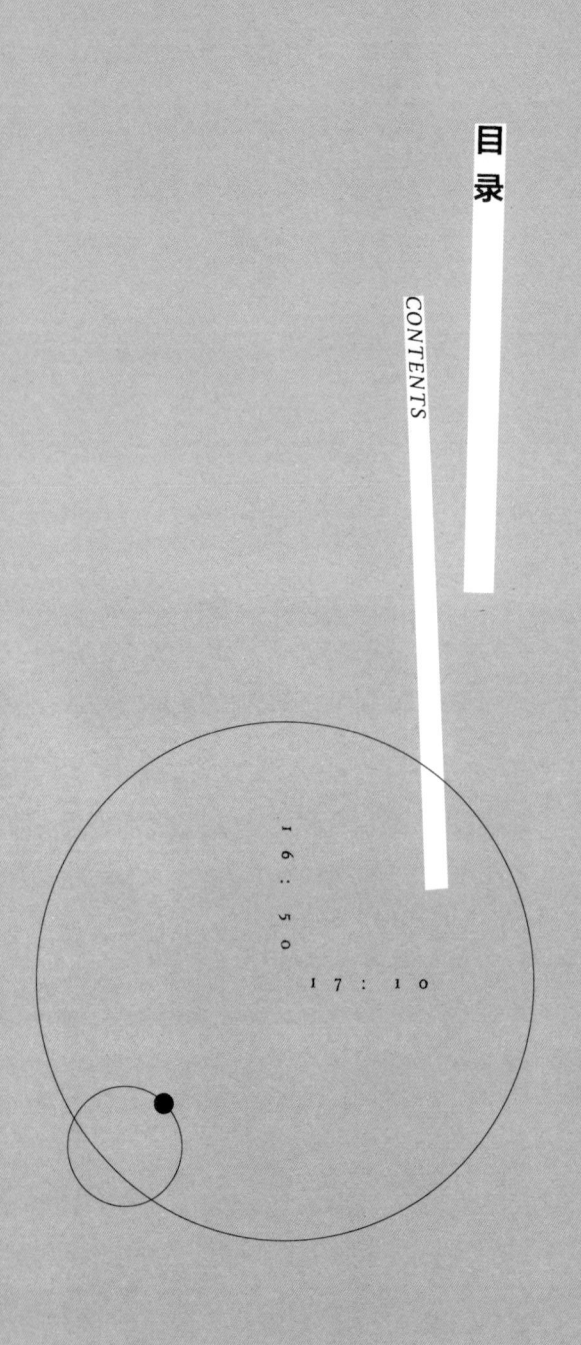

*CONTENTS*

16 : 50

17 : 10

CHAPTER

# 1

## 后来遗憾，都是成全

青春里，
每个人都有一场兵荒马乱的错过，
这场错过，
是从来没有开始过的恋爱，
也是从来没有结束过的爱恋。

苑子文 — 文

CHAPTER

## 3

## 我们都曾弄丢过，
## 沙漠里的海

> 我相信每个人都有走丢的朋友，不管是大发雷霆地转身离去，还是无声无息地悄然分开。我们，一定都有过。

苑子文 / 文

CHAP-
TER

2

## 第四个男孩

苑子文 / 文

> 得不到答案，
> 也没什么要紧。
> 千帆过尽后，
> 他只知道，
> 要好好活着。
> 因为好好活着，
> 就是最好的结局。

CHAPTER

⑤

# 万物皆有缝隙

苑子豪 / 文

> 我原本以为爱一个人就是保护他，甚至连他的罪恶和秘密都要予以保护。但是后来我发现，真正值得守护的，只有这个世界上的真爱与阳光。

CHAP-
TER

④

# 当你离开我

苑子豪 / 文

> 如果想要燃起那些生命里最难能可贵的光亮,
> 首先要有想成为光亮的决心。
> 有时候,
> 是否被爱并不重要,
> 懂得爱自己才最重要。

后记：
## 我们都是追光的人

苑子豪／文

P. 252-257

附录：
## 写给亲爱的你

P. 258-285

## 那些想说的感谢的话

P. 286-287

CHAPTER

# 6 牛奶箱上的来信

苑子豪 / 文

> 那些凡是自以为分开是为了让彼此更好的言论,根本就是最荒谬的逻辑。两个人站在一起淋雨,总好过一个人在晴天里发呆。

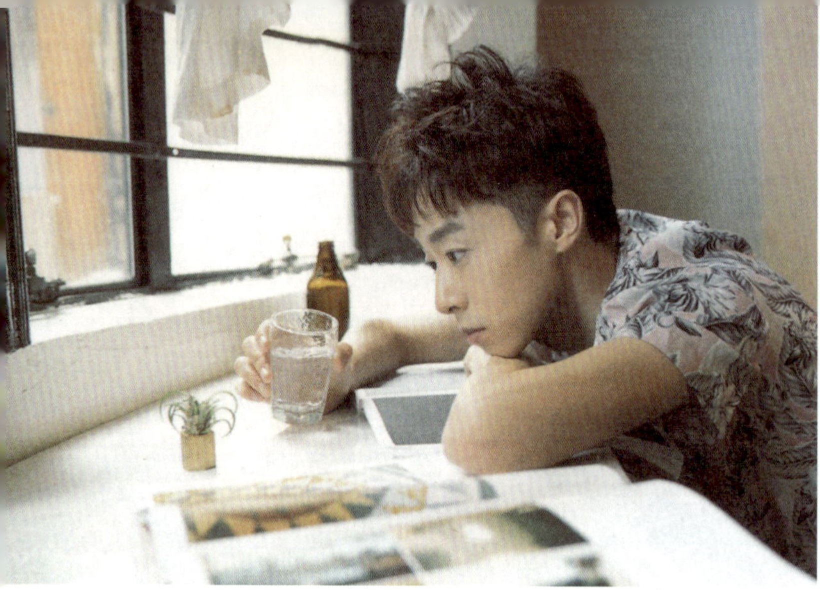

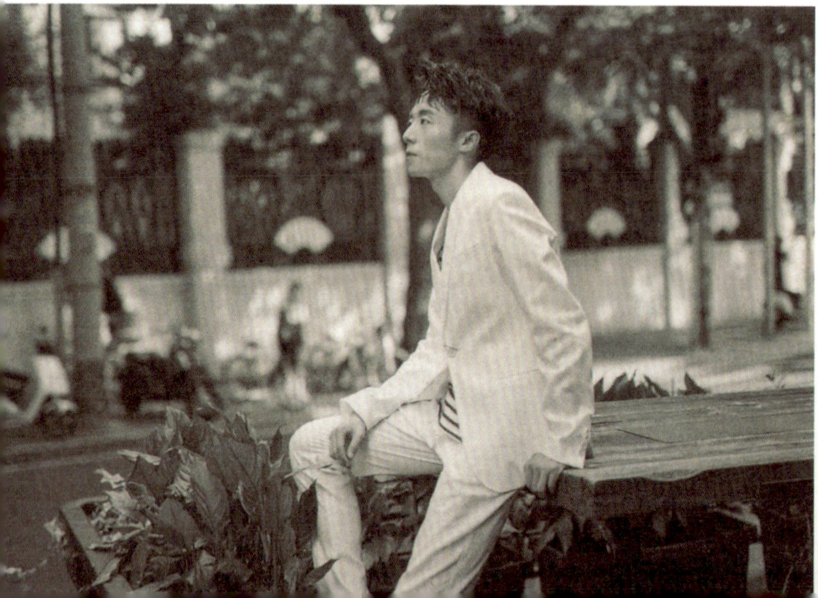

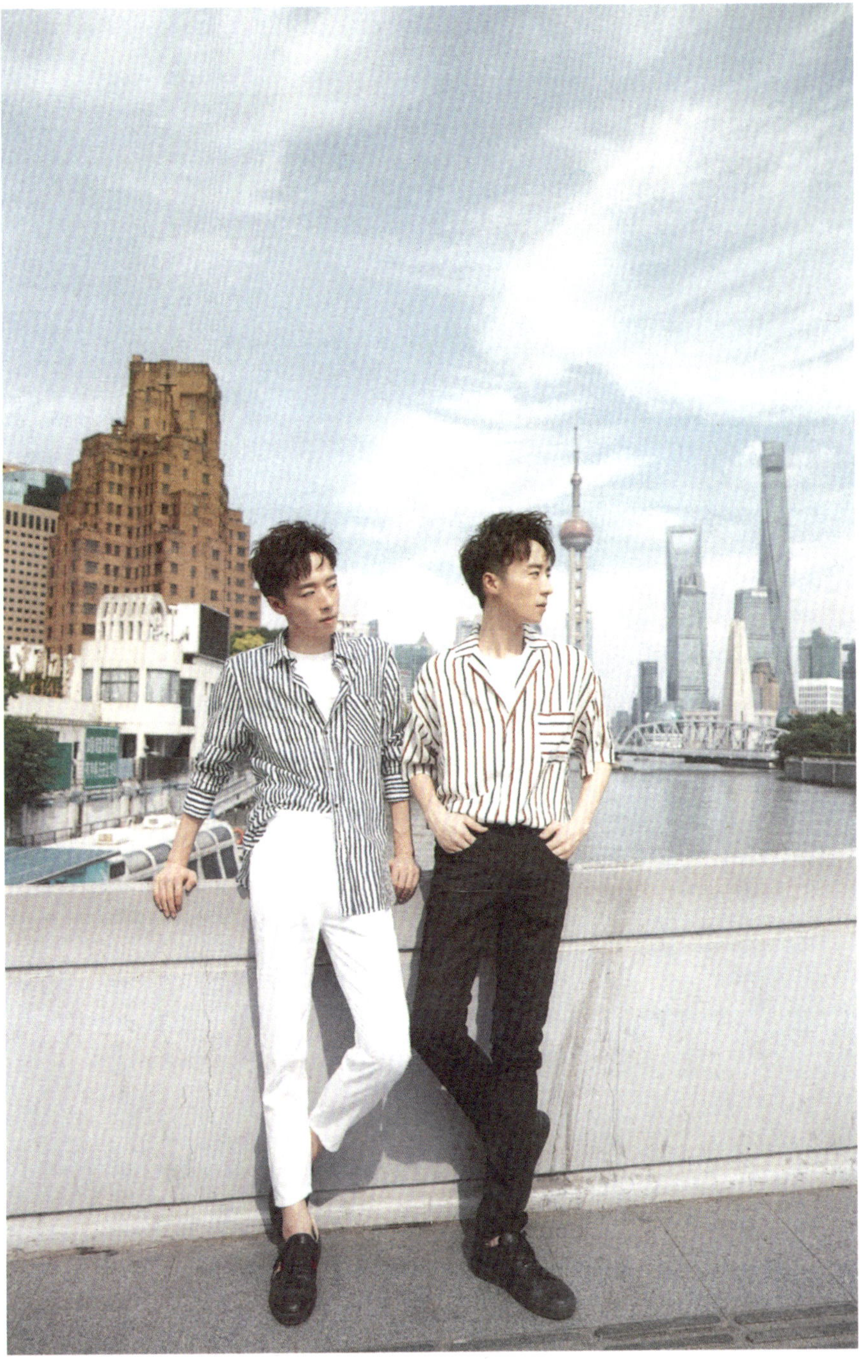

16:50

不好意思 / 我也是一次当大人

20
17

CHAPTER 1

后来遗憾，都是成全

苑子文 / 文

## 01

[ 喜 欢 ]

怎么样才算是对一个人的喜欢呢?

是见 TA 第一眼就会心跳不停吗? 可这好像是我们描述"喜欢"时习惯使用的修辞手法而已。

那么,是愿意和 TA 一起做有趣或者无聊的事吗? 但这也是基于我们已经有了"喜欢"的感觉才会产生的想法吧?

是陪伴,是同行,是执子之手,与子偕老吗?

好像都是,也好像都不是。

我们每个人都有对"喜欢"的定义。

年少时的喜欢总是"充满惊喜",好像这一秒的喜欢和下一秒的喜欢都不太一样,每天都有新的感觉。今天看到的你,和昨天都不尽相同,而我此时的喜欢,也一定要比彼时的喜欢更多。

当我们深谙世事之后,"喜欢"会被掺杂进一些现实的因素,两个人在一起得有相对匹配的条件、能看得见的未来,或者至少有共同的爱好和话题……到后来"喜欢"被慢慢打磨平淡,曾经的欢喜也都将还给时间。

懵懵懂懂的年纪,喜欢是想见面又不好意思见面,是生怕遇见又不想错过，是可以为了某个人勇敢决定考一所原本不想念的大学，是和父母、老师宣战早恋，但到最后却发现，除了一腔孤勇，自己什么都不能做……

喜欢是盲目，是冲动，是你拿冰凉的手指碰触我温热的掌心，明明害怕被全世界发现，却还是忍不住偷偷地多看我一眼，是过了很多年以后，你终于找到你的幸福，而我也有了我的归属，但你依然在我心里一个无人察觉的角落。

## 02

[ 遇见 ]

十一的粉色米奇铅笔盒上，永远有三张贴纸，一张是陈奕迅——她的偶像，这件事情全班都知道；另一张是偷拍K打球的照片，表面已经破旧地泛起了碎纸屑；还有一张，已经看不清是什么的贴纸，上面被横横竖竖画满了笔道，那是她每次看见K从窗外走过，紧张得拿笔乱涂一气的地方，是她上课发呆听不进去时随手涂写的地方，也是叶木隔三岔五欺负她，她生气地用力画叉、恨恨发泄的地方。

叶木和十一就读的中学，在广州郊区的一座山脚下，学校被一条河环绕，用叶木的话说："虽然我们学校不在市中心，少了很多娱乐项目，但我们有青山小河和茂密绿树，所以也并没有什么值得开心的。"

每次听他这样介绍学校，十一都会笑出声来，这时候叶木会习惯性地拍拍十一的脑袋："这个梗到底要听多少次才可以不笑？！明明是个冷笑话，每次都被你笑得跟什么似的。"

广州很多高中的校服都是绿色的，青蛙绿、墨绿等，叶木一直吐槽校服难看，他喜欢把裤脚卷起来或者把校服外套搭在肩膀上，但十一还是很喜欢穿校服的，有时绿色校裤配小白鞋，上身搭一件纯色的T恤。虽然看着稚气未脱，但天生发质柔亮、皮肤白皙的十一，就算以现在的审美去看，也是很清爽好看的女生。

十一住在2069号宿舍，室友是一群不爱学习的小女孩。在广东的一些学校，大家早早就有了属于自己的英文名。Ronnie胖胖的，天生的婴儿肥，感觉每次都可以被叶木掐出水来，她最喜欢的事情就是看小说，从教室看到宿舍，一直到下铺的JC把作业写完，她才恋恋不舍地放下小说，下床把作业完成。

JC算是宿舍里学习最好的了，但也只能排在全班的二十几名，不过她一直坚信只要自己坚持不懈地努力，总有一天可以拔得头筹，挤进优等生的行列。

Cindy住在JC的对面，是宿舍里最臭美娇气的小公主，对她来说，不管那些琳琅满目的服饰、化妆品品牌有多难记，或者名字有多绕口多难区分，都比课本上的知识让她印象深刻。

广东的春天最大的特色是回南天，每当这时候，天气会格外潮湿，从墙壁到地板，连床都是湿的。每天睡觉前 Ronnie 和 Cindy 就会比谁的内裤比较多，用女生特有的尖嗓子从水房一路吵吵嚷嚷到床上。

基本上回南天过去以后，就是夏天。夏天从早上起来开始算，整整十多个小时都是一种黏腻、闷热的天气。

十一所在的学校，每天早晨都要去晨跑，有些同学会戴着耳机听歌，声音大到身边拿着单词本用功学习的学霸都能听见。每个月2069 号宿舍最期待的，就是一个叫"月经卡"的东西，女生来了"大姨妈"就可以和老师申请不用跑步，而 Ronnie 一直是全班领"月经卡"最准时并且号称"大姨妈"最持久的女生。

每天晨跑结束，一群学生就会三五成群地扎进小卖店，如果是给心仪的男生买柠檬茶或者给喜欢的女孩儿买豆奶，一定要第一时间冲进去，不然很可能就要卖光了。

Ronnie 通常要在晨跑之后，买好一天的补给品，从软糖到巧克力再到饼干、牛奶，一样都不会少。而十一也会固定在每周二偷偷挤进小卖店，很不好意思地买齐三样东西，在路过球场的时候，把一瓶冰镇的矿泉水、一包纸巾和一罐柠檬茶放在 K 的书包旁。

大多数时候，K 都在打球没有时间理会她，如果 K 刚好看到十一经过，会露出一个很灿烂的笑容，赢球的时候，还会朝她做一个小动作。

　　这时候十一会很没出息地拉着Ronnie撒腿就跑，但Ronnie太胖了，跑步的时候就像弹球一样蹦蹦跳跳，十一低着头只顾得上拉她，一不留神就撞在了想半路拦住她的叶木身上。

　　"大姐，你是真不看路啊？想着堵你一下，结果您老人家一下子撞死我。"叶木边说边龇牙咧嘴地揉着自己被她狠撞了一下的胸口。

　　"谁让你挡……着我的。"说到后面几个字的时候，十一突然害羞了，明显她还在回味刚才那个让她少女心怦怦跳的笑。

　　叶木撇了一下嘴，不耐烦地用力拍了一下十一的脑袋，在十一还没反应过来的时候，抢走了她买的零食，边跑边回头，留给她一个挑衅的鬼脸。

　　"臭叶木，你自己不会买啊，每天吃女孩子的零食，不怕变娘娘腔啊！"

　　每当这个时候，叶木都会拿着十一的零食冲身后摇摇手，潇洒地跑掉。对他来说，十一天生长了一张要被自己欺负的脸。

　　广州的夏天除了热，最大的特色就是台风天。每到台风天，都会下滂沱大雨，吹很可怕的风。

　　台风天室外会超级冷，学生们都在默默祈祷老师可以少留些作业，这样就有时间在宿舍吃火锅了，说不定有谁好心快点写完作业，抄完还可以追一集电视剧。

台风天天气潮湿，山脚下有很多虫子，它们就在教室的灯光附近打转，数量多到可怕。他们经常在学习的时候突然发现课本上掉落了一只被风扇打中的形状奇怪的小虫，这时候十一都会被吓得大叫一声，引得 JC 跟着站起来躲闪。

全班鸦雀无声，只有叶木会捂着嘴偷笑。等到两个人尴尬地坐下，十一会懊恼地用双手支着下巴发呆，明明已经无数次看到这些讨厌的小飞虫了，怎么还是会被它们突如其来的到访吓得半死呢？真是丢死人了。

广州的中学大多数都有游泳课，十一的学校也不例外。在不爱运动的 Ronnie 看来，游泳课简直就是噩梦，大家一个接一个地跳进泳池里，跟下饺子没什么两样。但十一却格外期待，因为 K 是游泳课的课代表，水性极好的他，一般会多游那么几分钟，她把这几分钟，当作是 K 的表演时间。

每次游泳课，十一都会第一个冲出教室，扭捏地走到泳池旁假装找人，但其实她是在用余光偷偷地看 K 游泳，直到老师喊她去换泳衣为止。

生性怕水的叶木自然对她这种行为嗤之以鼻，他在十一犯花痴的时候，用力地拍她的脑袋，说："哎哟喂，都不带害羞的，我要告诉你妈去！"然后两个人就追着打到了一起。

学校校园里会种一些果树，比如很好吃的荔枝，还有像番石榴一样的青青圆圆的果子，广东当地人习惯用"木葡萄"代指这种果子，个子高的男生课间都会去摘，摘下来随便用衣服擦一擦就吃掉，酸甜可口。

有一次，K刚打完篮球回到教室，正好碰见来捡荔枝的十一。

十一见到K害羞得不行，转身就躲了起来。

K长了一双典型的桃花眼，每次只要他打球，周围都会站一圈给他加油的女同学，每天放学走在他身边的女生，更是换了又换。对他来说，被人喜欢是很寻常的事，而喜欢别人，自然也再正常不过。

K走到十一旁边，弯腰捡起一个两颗果实长在一起的心形荔枝，把它送到十一面前，勾起嘴角坏笑着说："要不要做我女朋友？"

这句话十一大概每天都会想象很多遍，她等了整整两年，但当K突然说要和自己在一起的时候，她竟然犹豫了。她什么话也说不出，像做错事一样落荒而逃。

她真的喜欢他吗？

为什么明明见到他会心跳加速，却在听见他表白时有一种说不出来的压抑感？

什么才是喜欢呢？

是愿意和他在一起做很多有趣或者无聊的事情吗？好像和他在一起的时候，总是既期待又煎熬，这跟和叶木在一起时的那种舒服自在的感觉，完全不一样啊。

为什么会犹豫呢？

她喜欢K，这毋庸置疑，可是刚才为什么会犹豫呢？

十一第一次觉得，原来喜欢一个人，是一件很沉重的事。

## 03

[ 前行 ]

广州的冬天超级冷，要穿得很厚、裹上围巾才觉得自己准备好了迎接严寒。

冬季校服单薄，学校会很不近人情地要求校服必须穿在最外面，所以每个人都裹得像只熊，看起来很尴尬。十一见到K总会下意识地躲开走，而叶木则会经常嘲笑她"怀孕"一样的身材。这个好动的少年向来是不畏低温的，所以他穿得很少，每次恶作剧地拍完十一的脑袋，都可以轻盈地跑开。

深冬时节，女生们一致认为离开被窝的那一刻是最痛苦的，爬起来穿内衣、洗脸、刷牙……做每件事都冷得不行。所以每天早上，十一起床后都要半弓着身子去洗漱，一路踩着小碎步，尽量速战速决。

十一胃口不太好，没食欲的时候吃饭只吃几口，也不太会照顾自己，犯胃病的时候，只会蜷成"C"字形，趴在课桌上。每当这个时候，叶木就会破天荒地递上胃药，拯救十一。

因为天气寒冷，晴天有太阳的时候就会格外舒服，所以大家都会抢先站到太阳底下做早操。叶木作为体育委员，总会把十一安排到队伍最边上晒不到太阳的地方。十一有时候真的很怀疑，叶木和自己是不是有什么深仇大恨，要这样欺负她。

高二那年的冬天，陈奕迅在香港开演唱会。那时候班里没有人不喜欢陈奕迅的粤语歌，对他们来说，他的歌是青葱学生时代最好的陪伴了。

叶木很想看一场陈奕迅的演唱会，却不敢开口问父母要钱。不过……如果把上辅导班的钱省下来，刚好够预支一张门票。而十一是向来不缺钱的，请叶木看一场演唱会对她来说很简单，于是她答应了叶木提出的分期还款，一起看演唱会的请求。

香港是一座又新潮又陈旧的城市：老式的街道涌现着各个行业的新贵，如果天气好，可以在维多利亚港看矗立的高楼，每个置身其中的人都会对未来产生无限的幻想。

陈奕迅的演唱会向来是座无虚席。他在台上深情地唱着，十一在台下跟着旋律轻声和，不知不觉被打动，泪如雨下。

"
幸福的失眠
/

> 只是因为害怕闭上眼
> /
> 如何想你想到六点
> /
> 如何爱你爱到终点……

叶木突然凑到十一耳边,问她:"你说晓婷是不是也没有不喜欢我啊?"说完又回到自己的位置,歪着头自顾自地念叨,"是不是因为她现在不想恋爱啊……"

"你说什么?"十一转过头,大声问。

"我说,晓婷是不是也喜欢我啊……"

"晓婷不可能喜欢你,别做梦了!好好听演唱会,别妨碍我。"十一拿荧光棒使劲敲了一下叶木的头,装作毫不在意的样子继续跟着音乐摇晃手臂唱歌,但心里的白眼都要翻到天上去了。

现在坐在叶木旁边的人是她啊,他却在想晓婷是什么情况?

虽然她清楚地知道自己喜欢的人是谁,但还是会有一种莫名的不开心。

演唱会结束,本来他们说好要开一间房喝酒聊通宵,不醉不睡,但既然两个人看起来各有心事,索性决定早点休息好了。

"我睡沙发或者地上吧。"叶木闷声说,没有商量的意思。

"没事,你睡这半边,反正房费你也要和我平摊,我不欺负你。"

十一见叶木依旧一动不动,又补了一句:"没关系,反正我也没把你当男生。"

叶木瞥了她一眼,故意捏着嗓子,用很女生的语调说:"呵,行吧,我也没把你当女生。"说完还学宫女做了一个请安的动作,逗得十一没忍住先笑了出来。

小时候叶木经常去十一家玩,如果玩到很晚就会留下来过夜。每次有人睡不着,就会偷偷跑到另一个人的房间劝对方也别睡了,头靠着头并肩躺在一起说悄悄话。可是如今终究长成大男孩和大女孩了,再也不能像从前一样亲密无间了,于是两个人像小学生画三八线一样,把床中间故意空出很大一条缝,背对着背连呼吸都放到最小声,生怕发出"我还没睡着"的信号,引来尴尬。

时间像过了一个世纪,怀揣心事的十一根本睡不着,于是她试探性地咳嗽了一声,很小声地、假装不经意地试探叶木有没有被吵醒。

"咯咯。"意料之外,叶木也咳嗽了两声作为回应。

几秒钟后,两个人突然一起笑了起来,同步翻身,抢着抓起枕头去打对方的脑袋。

那两声小心翼翼的咳嗽声,隐藏着两人这么多年的默契。

无论什么时候,只要女孩的心情低落,那个陪伴她成长的男孩都在她左右。

第二天，他们坐列车回了广州。

午餐时，十一叫住了推餐车的乘务员，给叶木买了一只鸡腿，自己却只要了一袋薯片。列车飞快地向前行驶，因为车上常常没有信号，也不能上网，十一无聊，只有和叶木聊天来消磨时光了。

"喂，你说，为了一个人放弃自己原本想读的大学，是不是很傻啊？"叶木皱着眉头，抢十一的薯片吃。

"你是傻吗？这还用问？简直蠢到极致。"十一又把薯片抢了回来。

叶木假装伸手去拍十一的脑袋："你就不能说点好听的。"接着反问，"那你呢？没有想过和 K 读同一所大学吗？"

"我？没有……"十一把头凑近窗边，玻璃窗上映出了一个心事重重的女孩。

列车穿过隧道时，四周突然间暗了下来。

十一在上个周末才得知，妈妈帮她安排好了去澳大利亚读书的事情。也不是没和父母争取过，但是没有用，妈妈决定的事情，向来不可能更改。

她靠着车窗怔怔出神，叶木在她身边百无聊赖地摆弄着前排座椅套上钻出来的线头，两个人各有所思，都没有再说话。

列车在隧道里呼啸前行，车顶的灯光照在两个人的脸上，忽明忽暗，闪烁斑驳。

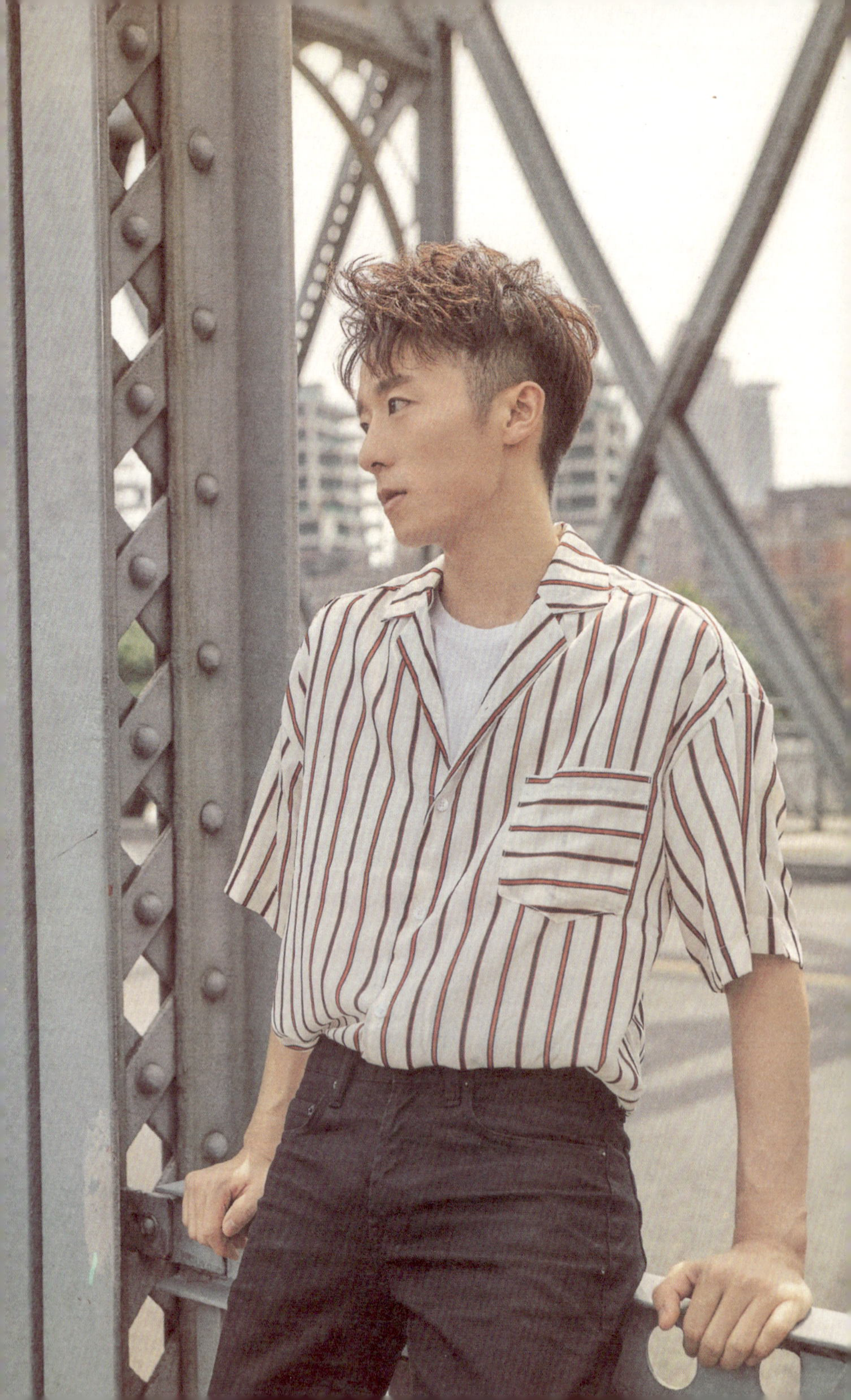

## 04

[ 分 离 ]

　　日子过得飞快,黑板上的高考倒计时也在不知不觉间到了两位数。

　　当班里其他人都在奋笔疾书复习着语、数、外的时候,十一在偷偷地准备雅思考试,挂过一次的她,这一次必须考过,这是妈妈给她下的最后通牒。

　　高考如约而至。十一和叶木分在同一个考场,以前叶木总是不理解,怎么会有人忘记带准考证,怎么会有人因为考试而紧张得失眠,直到他自己也成为这些人中的一个。

　　从早上出门忘记带准考证最后折返回家取开始,叶木就一声不吭,好像已经考砸了一样,整个人都无精打采。到了考点,面对乌泱泱挤满校门口的考生和家长,他更显得手足无措了。

　　十一和叶木约定在教学楼前见一面,虽然她已经成功考过了雅思,目前没有高考的压力了,但面对人生中的第一次大考,她还是有一点紧张。十一招了招手,看着叶木顺拐跑过来,忽然觉得这样的他很可爱。

　　"你紧张啊?"十一得意地往叶木的身前凑了一下。

"没有啊。"叶木支支吾吾地抓了抓后脑勺。

"你紧张啊?"十一继续追问。

"嗯……紧张,紧张死了。"叶木说着一把钩住十一的脖子。

两个人打打闹闹找到各自的考场,分别时他们看着彼此深呼吸了一下。叶木轻轻地拍了一下十一的脑袋:"还是你最能让我放松,都加油,小笨猪。"

当叶木的手碰到十一头顶的一刹那,他才觉得到这个紧张的世界是他所熟悉的那个世界,像静谧的夜晚打开一盏灯,抚平书里折起的边角,烫好一杯牛奶专注地夜读一样,他感到前所未有的踏实和舒服。

十一第一次轻轻踮起脚尖,学着叶木平时的样子拍了他的脑袋一下,这应该是她最温柔的一次还手了。原本个子很高,根本不会被她打到的叶木稍稍低头,让十一轻松得逞,然后笑着往自己的考场走去。

为期两天的高考很快就过去了,散场铃声响起的那一刻,十一突然鼻子一酸,她的高中生涯,这个她最不想度过的阶段,就这样过去了,而她即将面对的,是一个全新又陌生的挑战。

叶木兴奋地从考场小跑出来,跑到十一身边跳起来用胳膊肘撞了一下她的肩膀:"怎么样?晚上请你唱歌啊,咱们组个局,唱通宵!"

十一用力地捏了一下叶木胳膊内侧的肉:"通宵个头啊,撞死我了。"一边揉了揉被他撞疼的地方,一边默许了叶木把胳膊搭在自己肩膀上嬉皮笑脸赔不是的行为。

现实并没有像电影里演的那样，高考结束后会有一个庆祝毕业的舞会，或者是通宵唱歌，喝酒喝得酩酊大醉；也没有像毕业歌里唱的那样分离就是要哭个你死我活。那些从旁人口中听说到的欢腾都是理想世界编织给我们的美丽梦想，人们靠着这些有可能看得见的未来，勉强支撑着走到现在。

十一高考结束后的第一天，过得很平淡，眼看着时针从六点磨磨蹭蹭到十二点，她才爬上床强迫自己睡觉。

高考就像一道闸门，关上十几年苦读的开关，给一段故事画上一个句点。这种强烈的失落感，和对未来的迷茫裹挟着十一，她突然觉得自己读了这么多年的书，都白费了。她并不像其他同学那样，期待自己考入某所大学，也不像叶木，因为过度担心自己考试的结果，而选择去酒吧疯狂一晚。

对十一来说，那些做过的模拟题和堆成小山的试卷，在此时此刻都变成对自己过往生活的迷思。

半夜一点，叶木的电话突然打过来："十一，我考上哈佛了！太棒了！"十一想都没想就把电话挂了。

"有病吧？"刚刚好不容易睡着就被吵醒，她皱着眉头恨死这个讨厌的家伙了。

第二天醒来，静音的手机已经被叶木打爆了。二十一个未接来电，十一不知道这里面有多少个考上哈佛、追到晓婷、拥有超能力，她也不知道,这里面是不是还有她期待的那一句:十一,我舍不得你。

高考后的暑假,十一几乎每天都和叶木泡在一起,焦灼地陪他等成绩、报考学校、填志愿。

十一的妈妈工作很忙,所以她常常邀请叶木来自己家的别墅玩。说实话,叶木是有压力的,他生下来和十一接受的家庭教育就不一样,对他来说,男孩子长大就一定要有本事,因为家里没有钱给他肆意挥霍。

十一就不一样了,从小就习惯按照妈妈的规划按部就班地成长,生活顺风顺水,虽然有时候想反抗一次、叛逆一次,但最终也还是选择了低头妥协,接受了安排,毕竟妈妈规划的结果从来都不算太坏。

叶木最后考上了北京的一所二本学校,这个成绩不够惊喜也不算意外,但晓婷考去上海这件事,还是给叶木带来不少失落。

收到录取通知书的那天,叶木说好要请十一吃顿饭,也算是给十一饯行了。他们选了一家人均消费并不低的餐厅,十一第一次穿上了成熟娴静的裙子,出发前还不熟练地化了半天妆。

"哟哟哟,你看看你自己,知道是和本公子吃饭,这么隆重。"叶木说着很自然地趴在桌子上,"呃,就是这个妆吧,没抹匀。"

他用手蹭了蹭十一的脸,又用力地抹了两下,十一半天才反应过来,毫不留情地咬了叶木的手一口,一声惨叫瞬间萦绕在安静的餐厅里。

她在桌子底下踢了叶木一脚:"让你成心欺负我。"

叶木嘴上求饶："行行行，今天给你饯行，咱们不打架。"

如果没有这么正式的道别，十一以为自己还能和叶木相处很久，但其实从叶木收到通知书开始，她就应该知道，离和他正式告别已经不远了。

每当想到这里，十一就像是高考没算出那道超级简单的选择题一样，感到揪心又慌张。

"我就不用说什么好好照顾自己了吧，我看你挺会生活的。"叶木拿起叉子叉走了十一餐盘里的牛排，"我跟你说，外国的牛排要比国内好吃多了，你未来要吃很多这玩意儿，今天我就先帮你多吃点。"

十一又被气笑了。

十一经常问自己，她到底是一个有着怎样性格的女生呢？她有过暗恋K时的害羞和少女心事，也有过追打叶木时的爽朗和男孩子气。她是一个成绩平平，对未来感到迷茫无力的女孩，她常常觉得自己不够漂亮，也没有什么天赋特长，在这个世界上，像她这样的女孩子一定很平凡吧？

"你吃吧，我不饿。"十一抿了一下嘴，双手托着下巴，看着叶木吃得津津有味。

每次在心里问完自己是一个什么样的女生后，下一个问题就是——叶木是一个怎样的男孩？

他个子很高，身材也不错，可是不会打篮球，可惜了这副身板和好动的天性。他很聪明，经常能把冷冰冰的学霸晓婷逗得开怀大笑，但就是学习不走心，成绩永远不上不下。作为一个老师眼里的普通学生，家里条件也很普通的大男孩，她实在想不出他的未来会是什么样子。

不过在十一心里，叶木拍她脑袋时贱兮兮的样子，他在食堂举起两个餐盘把菜汤洒了满手的窘态，还有现在在她面前没心没肺吃东西的样子，都是那么阳光灿烂。他像春天清爽的橙花香味，散发着独一无二的少年气息。

叶木低头时低垂着眼睫，他的睫毛很长，皮肤比女生还要白，十一有时候会觉得相较于自己，他才是那个长不大的、需要人疼爱的小孩。

吃完一顿大餐，路过一家写着"情侣第二个半价"的冰激凌店，叶木想都没想就推十一进去了。

在点餐台前，各种各样的冰激凌让人眼花缭乱，叶木把胳膊搭在十一的肩膀上，很没底气地对店员说："我们在谈恋爱，那个……我、我们要榛果巧克力冰激凌。"说完僵硬地把手放在十一的头发上揉了揉。

他刚说完这句话，整个柜台前的服务员突然鸦雀无声。

不知道是气氛过于尴尬，还是他们也发现了自己的演技很假，在安静了几秒之后，叶木突然嬉皮笑脸地说："嘿嘿，跟你们开玩笑的，我是她哥，我要一个榛果冰激凌，她要蓝莓的。"

十一紧张得攥在一起的手，突然松开了，过了半分钟之后，又紧紧地攥在一起。

　　其实冰激凌没什么好吃的，它总会融化，吃到胃里还会产生寒气，对胃一向不好的十一来说简直可怕。可是年少时的我们总是会对入口那一刹的甜蜜口感上瘾，然后一口接一口地贪恋吃着。

　　喜欢一个人也是一样，他本来没什么好的，两个人在一起或许也不合适，可是站在他身边的每分每秒都感到自在快乐，那种感觉就像微风温柔地拂过脸颊，抬头就能看到璀璨的星空一样，让人欢喜雀跃，像她听到叶木说"我们在谈恋爱"的那一刻一样，明知一切是虚假幻影，却还是控制不住地心跳加快。

　　很快，十一的叶木变成大学生叶木，成为万千背负梦想、只身来到北京奋斗的年轻人之一，而十一也终于来到了心心念念的墨尔本。

## 05

[ 争　吵 ]

　　九个小时的飞行说长也长，说短也短，十一看了三部电影，流了几次眼泪，就从地球的这一半飞到了那一半。

刚下飞机的十一什么都不知道，她看着来来往往的外国人，有点手足无措。出站口处站着一位举着十一姓名牌的女人，是妈妈给她安排的"监护阿姨"，在十一能够完全独立照顾好自己的生活之前，都将和她住在一起。

十一其实很胆小。小时候她被叶木欺负，从来都是躲在妈妈的身后。长大后她也不敢跟喜欢的男生表白，遇到一只虫子也会被吓得半死。可是这次来墨尔本留学，她好像拿出了视死如归的精神，也没准备什么资料攻略，就一个人拖着两个大箱子不明不白地来了。

十一的课多数在早晨，她每天去学校都会经过市中心的主街，九点钟各家商场才陆续开门，而街内的咖啡馆却早就忙碌了起来。

也不知道从什么时候开始，十一有了每天喝一杯咖啡的习惯。她对咖啡里面的奶糖比例一概不知，也分辨不出每种牌子的咖啡豆有什么区别，但她喜欢卡布奇诺，没有什么特殊的原因，就是单纯觉得名字好听。

十一喝咖啡的时候，不会刷网页，不会看书，也不会四处张望，只是一个人背对着店门口，安安静静地喝咖啡。

在国外念书常常会感觉孤独，每天就是上完一节课，再赶去另一栋楼上下一节课，一学期结束都不一定跟同班同学说上两句话。

十一很怀念在国内念中学的那段时间，虽然也没有和老师、同学完全打成一片，但至少那时候上学大家都坐在教室里，偶尔愣神

## CHAPTER [1] - 后来遗憾，都是成全

儿也会有同桌的关心。下雨天打雷有室友陪伴，下课和叶木打打闹闹，时间一晃就过去了。然而现在，只要是不上课的时间，都显得漫长难挨。

刚到墨尔本的时候，十一经常找不到公交车车站、走错出口、进错教学楼，问路时对着老外比画来比画去，最后只说了一句："Okay, okay, sorry."等她真正开始适应留学生活，已经是来澳大利亚一个月之后的事了。

以前对墨尔本的了解，仅限于歌词和一些青春期看的书，知道这是一座没有很多高楼大厦、环境比较文艺清新的城市，真正来到这里以后，发现还是要花点时间才能开垦出喜欢的据点的。

十一住在墨尔本的市中心，没课的时候喜欢去有很多涂鸦的老街走一走。细长的小道上，经常能看见文着图腾的年轻人玩滑板，或者是拿着酒杯和同伴抽烟、聊天的留胡子的大叔。

往南走是一条雅拉河，河边一条街全是吃东西的地方。每到周五、周六，沿河的商铺会在路旁支起餐桌，店里放着经典的音乐，吸引三五成群的外国人来这里喝酒。

皇冠区有很多酒店，经常能在这边看见住店或者路过的中国人。十一偶尔会微笑着跟其中几个中国人打招呼，如果能收到回应，她会感到莫名的亲切和踏实。

沿着电车路线一直往下走，可以走到海边。十一心情不好的时候，就来这儿发呆，也不是没在海边写过妈妈和叶木的名字，但每次写

到一半她就停下来了，最后拿沙子把那些未完成的思念偷偷掩盖。

十一在心里想着，我可能长大了吧。

来到墨尔本之后，不知道是因为自己的生活一团乱，还是叶木刚去北京的新鲜劲儿还没过，两个人开始还会每天都联系一下。后来，十一忘记回复叶木一次，叶木也忘记回复十一一次，再后来，干脆几天都忘了联系对方。

十一和叶木的聊天时间越来越短，她也越来越少听到关于叶木的消息，大多数时候都是从朋友圈中才能了解到彼此的近况。

十一常常会在心里生气地想"他不会把我忘了吧？""这个浑蛋一定有了新欢"，但又总被叶木偶尔的一句"猪，干吗呢？"把他从自己心里的黑名单里拉回来。

从叶木的朋友圈来看，他每半年回一次家，应该是因为奶奶患了重病，放心不下。他开始尝试吃麻辣锅，没有什么异性朋友，对了，最重要的一点，为了给奶奶赚更多的钱看病，叶木成了一名摄影师。

十一听叶木说，他每天很早就要起来工作，帮学校社团拍海报、帮毕业的师兄和师姐拍毕业照，偶尔还会从网上接一些拍外景的工作。每天早上他简单洗把脸就出去拍照，晚上回到宿舍又要赶着修图，十一听了觉得心疼，但她从来不劝他"别干了"，她知道叶木为奶奶认定的事情，谁也动摇不了。

为了更多地了解叶木的生活情况，十一以想让叶木介绍大学室友给自己"相亲"为由,加了麦子的微信。

麦子是典型的北京人,热情、直爽、阳光,一开始对十一的主动示好饶有兴致地你来我往,但没过一段时间,十一就和他摊牌了,她说自己是想知道猪队友的情况,怕有一天找不到叶木都不知道该联系谁。

久而久之,麦子非但没有对十一失去兴趣,反而和她成了很好的朋友。当然,十一也没少给麦子寄澳大利亚的好东西。

这些东西十一是不敢给叶木的。叶木自尊心极强,如果十一给他一件礼物,叶木一定会还给她一件更贵的。她不会忘记,两年前叶木请她吃的那顿牛排是他偷偷从家里拿了几百块钱支付的,回家后他被爸爸恶狠狠地打了一顿。

叶木的摄影工作越来越多,以前三百块钱就可以拍一天,现在有人出五百块钱。他不好意思拒绝出价低的老客户,于是找了一个师妹帮他做"客服",专门打理摄影接拍的沟通工作。

叶木朋友圈里难得出现异性,因此引起了十一的重点关注。

因为线上客服、安排拍摄、收款、出片等工作都需要师妹去沟通,所以叶木和她几乎整天泡在一起,慢慢地叶木把师妹当作自己最亲近的人,连盒饭里唯一的半颗卤蛋都得让师妹夹走。

有次出差去郊区拍片,住的地方环境很差,卫生间里还有蟑螂,师妹吓得不敢一个人住,叶木就和她挤在一个房间里睡。后来这件事被十一知道了,和他大吵了一架。

记得她当时说:"你这么随便就和女孩子住在一起,你喜欢她吗?你忘了你说要好好赚钱然后去上海找晓婷了?"十一试图很平静地质问叶木,但她无法控制自己的情绪。

"我没有喜欢她,她是我的助理,没你想的那些。"叶木一边修图一边回答她。

"你每天都在搞什么啊?什么破摄影,什么破师妹,你忘了自己学的是国际贸易了?叔叔、阿姨以后是希望你进大公司的,不是毕业之后什么都没学到,拿个照相机四处风吹日晒!"

"……"

她说了不少难听的话,这样的争吵不知道持续了几个回合,最后叶木先挂掉了电话。

这是他们第一次大动干戈地吵架,之后大半年谁也没有理过对方。

# 06

[ 原谅 ]

日子过得就像打翻了一杯水,平缓地在未知的轨道上进行着。

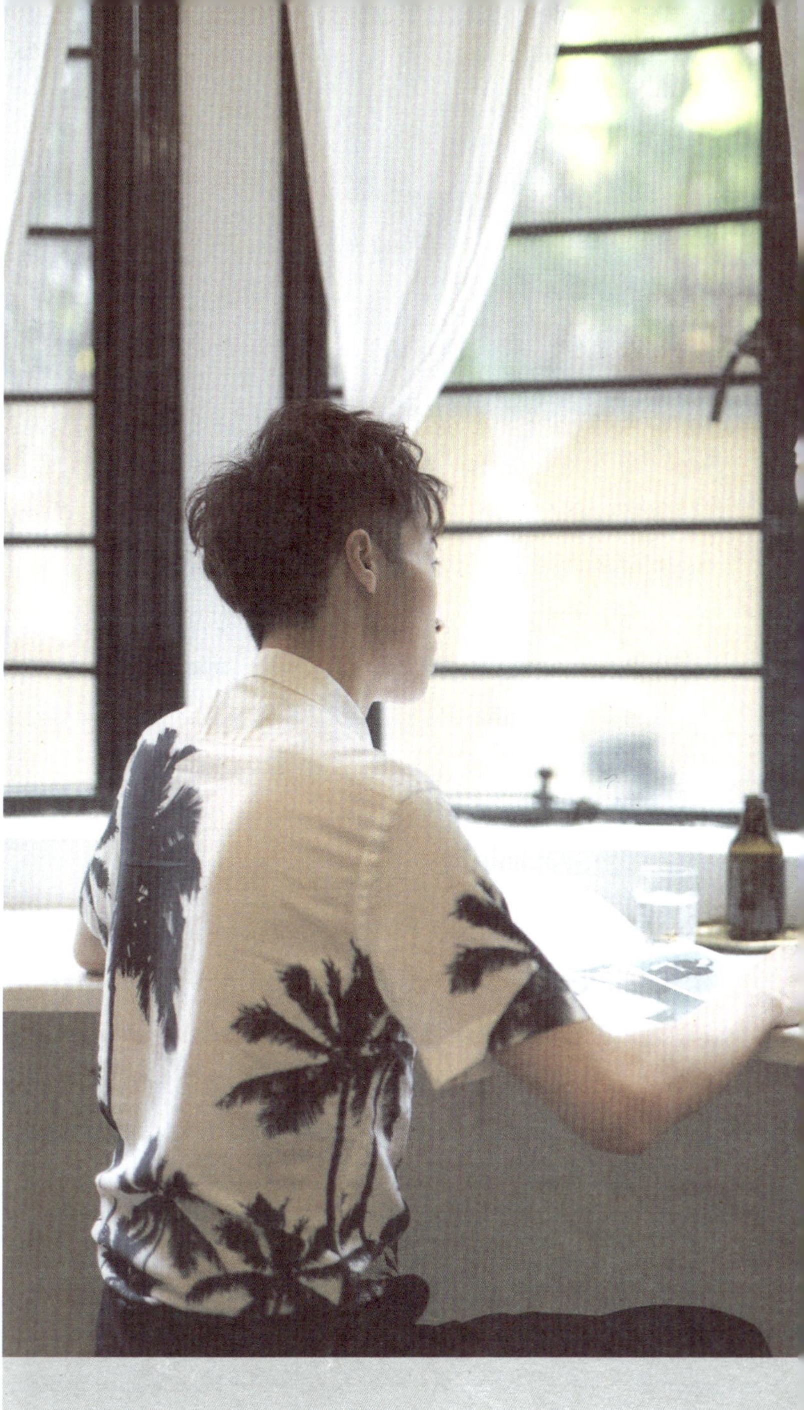

十一去了很多地方。

悉尼比墨尔本要繁华多了，可以吃到很有名的西瓜蛋糕，在歌剧院门前的小路上晨跑，去市中心的酒吧喝到傍晚微醺，然后在悉尼大桥上穿着凉鞋神游。十一看着来来往往手牵手的情侣、幸福的家庭和亚裔面孔的游客，突然很想念家，也想念叶木。

在澳大利亚的中心有一个城市叫乌鲁鲁，被很多人称为澳大利亚的心脏。因为乌鲁鲁属于沙漠气候，没有大面积的绿植，只有橙色的石头和土。比起蓝天、绿树的澳大利亚东部，十一陷在乌鲁鲁的沉郁景色中，迟迟不愿出来。

她觉得和叶木冷战的这段时间，自己的生活也像乌鲁鲁一样单调。

十一突然变得很忧伤，因为她知道自己无法抗拒这种独自一人的成长。

她在路上第一次见到鸸鹋，那是在课本上才看得到的动物，但她却没有一点兴奋，因为和叶木冷战这件事，就像一块生满苔藓的石头，沉沉地压在她心底。车子在崎岖不平的路上开着，她很想念家，也想念叶木。

十一的姑姑住在阿德莱德，从乌鲁鲁回来后，她就去阿德莱德拜访姑姑一家，住了小半个月。白天闲暇时，十一喜欢去阿德莱德大学消磨时光。通往大学的路只有一条，穿过姑姑家门口的那条主街就到了。

## CHAPTER [1]  -  后来遗憾，都是成全

十一想，如果她和叶木之间，也只有一条路就好了，即使丢失了对方，沿着这条直线一直走，也总会找到的。

她常常去学校后面的河边草坪上喝咖啡，她开始尝试喝摩卡、拿铁，还有一些果昔，毕竟没有什么习惯是不可改变的，就像离开了生活十几年的城市，就像离开了那个曾经一直陪在她身旁的男孩。她沿着河边看一个人的晚霞，很想念家，也想念叶木。

"臭猪，你还真不理我了，这么久没给我发微信，也不更新朋友圈！"十一厚着脸皮一边发语音骂叶木，一边给麦子回了微信吐槽，"叶木最近都在忙什么啊，怎么一点消息都没有，他有和你说过我什么吗？"

麦子在对话框里秒回："啊，那个十一啊，叶木奶奶去世了，他回老家有段时间了，你找他，你找……打啊，上啊！你没看见我残血啊……欸，十一啊，你找他有急事吗？"麦子的语音说得很快，掺杂着游戏里打打杀杀的声音。

十一听了整个人愣住了，难怪叶木这么久都没消息。

奶奶是叶木最亲近的人，他现在一定伤心死了吧？

该不该联系他呢？刚才为什么要怪罪他啊？

十一带着无数个疑问站起来满房间转圈。

她先是跟麦子打招呼让他不要告诉叶木自己知道这件事，然后开始从网站上刷最近回国的机票，在提交订单准备付款的时候，她

突然停下来，盯住天花板冷静地思考该怎么联系他这件事。

九个小时的飞行，十一漂洋过海地回到了广州。

"要我陪你吗？"她鼓起勇气发送信息，然后把手机调成了静音，扔到床角。

她每隔半分钟都要爬过去摁亮屏幕，看有没有信息进来，却又格外害怕叶木发来消息。

十一抱着手机整整等了一个下午，长时间的飞行让她困倦，她闭上眼睛，慢慢地在日落的余晖中睡着了，越来越暗的光线把她的背影映衬得落寞万分。

十一没敢发一个朋友圈，待在家里足足三天没出门，然后坐凌晨的飞机又飞回了墨尔本。

坐飞机是一件很有趣的事，整个密闭空间里，安静得出奇，在这段航程中，每个人都切断了与外部世界的联系，能挂上关系的，无非是身旁的陌生人。从广东飞往墨尔本的航班，会经历黑夜和白昼的更替，中途在飞机上吃两餐，飞行中每个人都异常平静。

人们总是想要很多东西，但在此时此刻，全世界就只有一个机舱那么大。

回到墨尔本之后，十一慢慢意识到，自己和叶木，终归是走远了。每个人都有自己的生活，他每天接触的人，所做的事情，是她完全碰触不到的世界。他们曾经是很要好的朋友，也坚信会是一辈子最好的朋友，他们在日记本上写过要守护对方一生，那些动人的承诺至今都被十一完整地保留着,可是他们终究长大了,有了自己的想法,谁也不能再左右谁。

十一的生活很简单也很有规律,平时除了上课,她会去参加学校的社团,打打羽毛球之类的运动,每周六去买菜,把握下厨的机会好好犒劳自己。

她喜欢在兼职结束后,在楼下的花店买一些鲜花、绿植来装饰家。在外生活久了,就希望有个属于自己的家,虽然不知道什么时候会愿望成真,但她还是以积极的心态过好每一天。

十一喜欢写日记,从小学毕业到现在已经有十本了,偶尔翻看之前的日记,看到那么稚嫩的想法和做法,她都会忍不住偷偷笑出来。

读到自己记录下来的坎坷和成长,她也会不自觉地皱起眉头,感叹时间的飞逝。

有时候也会想起叶木。

他怎么样了?

最近一切还顺利吗?

是不是很累呢?

可是这种想念也逐渐变得越来越少。

成长好像一场魔术秀,年少时的执念、迷恋,最终都在时间神奇的袖口里,变成了与之前完全不相干的东西。

再听到关于叶木的消息，已经是十一毕业前夕了。

听说叶木从奶奶过世的悲痛中走了出来，交了一个女朋友，是比他大的学姐，在学生会的一个活动中认识的。学姐很有气场，有点类似高中他们每天开玩笑的麻辣物理老师。十一怎么也想不到，叶木开始喜欢这种类型了。

叶木恋爱这件事，是他亲口跟十一说的。

或许是他亲口说的，才让十一觉得舒服些。至少他的世界和生活里，一直都有她存在的角落。

叶木的摄影工作室越来越忙，他也搬出了宿舍。十一劝麦子给叶木打工，一方面她觉得麦子不要整日无所事事，另一方面也想多知道些关于叶木的消息。但没过多久麦子就因为工作太累，搬回了宿舍，十一也终于失去了和叶木的联系。

毕业后，叶木的摄影作品逐渐登上了几大刊物，还成为最年轻的拿到国际奖项的华人摄影师，一时声名大噪。十一再也看不到叶木朋友圈里的那些无脑段子了，取而代之的是今天合作了哪位当红明星，明天拍了哪本杂志封面。

十一打心底里替叶木开心，因为她知道得来这一切，他有多么不容易。叶木也会时不时给十一有条不紊的生活记录点个赞，或者留一个猪头的表情，只是他们再也不会打很长时间的电话了。

## 07

[ 重 逢 ]

2015年7月,叶木终于迎来了自己的长假,可以休息一段时间了。一直以来都在世界各地拍明星搞创作,叶木这一次想放下工作的负担,好好放松一下。

没有攻略,没有助理,不用拍照,更不想修图。他的旅行路线从北京到悉尼,途中打算去墨尔本看看十一,然后有可能去新西兰,或者去南美,不订返程机票,就这样潇洒地出发。

十一很早就从网上看到了叶木要来澳大利亚旅行的消息,但她一直没敢联系他,毕竟这个内地最高身价摄影师,已经不再是昔日可以随便打、随便骂的男孩了,她总觉得他们之间的关系远了些。

叶木到墨尔本的前一天,给十一发了微信:"我明天去墨尔本了,有时间见面吗?我带了礼物,保证你喜欢!"

"不在墨尔本,见不了。"十一咬了一下嘴唇,偷笑着回复叶木。

"胡说,我看你微博昨天还在学校实习呢。"久违的秒回。

十一看到这行字的时候,突然鼻子一酸,原来叶木还在关注自己的状态。

其实,对十一来说,她知道有些感情自己已经错过了,但错过没什么，因为她相信还会再遇见。可是再遇见也没什么了不起的，因为有些东西她早就已经失去了。"那你来吧，我不在别怪我。""行，我下午两点到，你不来，等我打你。"

叶木一向是很难猜测的性格，对于提前一天说准备好礼物这件事，十一也没什么把握，不知道是他随便说逗自己开心，还是真的早就想好要见面所以准备的。毕竟从前念高中的时候，他想见十一了，就直接在楼下喊名字，从来不提前约的。

叶木从机场通道门走出来的时候，一眼就认出了远处不起眼的十一。

十一确定叶木看见自己之后，转身走向机场外的停车场。叶木笑着紧跑两步跟上，和很多年前一样，撞了十一一下："哎哟喂，老朋友！"

只是他不再像从前一样，把东西丢给十一拿，胳膊搭在十一的肩上了。

十一的家在市中心，从机场出来就有中文出现，一直往南开会穿过一座桥，叶木惊奇地说："哇，摩天轮！"

十一翻了一个白眼："您大摄影师这些年见的摩天轮，比这个大太多了吧？"

大概四十分钟车程，穿过一个市场，会看到一个公园，在见到路牌之后，眼前那座银色的楼就是十一的家了。

叶木取下行李，拍拍手感慨地说："哟，这些年过得不错嘛。"

边说边拿起手机拍了张路牌。

晚餐的菜单是肋骨海带汤、清炖狮子头、甘蓝菜和叶木最爱吃的鸡蛋虾。十一做饭很快,汤是提前煲好的,狮子头也是提前备好的,四十分钟后酒瓶一开,两个人碰杯开始吃起来。

可能因为太久没见,叶木一直在问东问西关心十一这几年的生活。

十一夹了一块骨头放到叶木碗里:"不夸夸本姑娘的手艺,你就吃骨头吧你!"

这时候叶木才傻乎乎地笑道:"好吃,真的好吃,我以为我不用说了。你说那会儿我多傻啊,以为澳大利亚都是吃牛排,你看你这中餐,好吃到可以自己开餐厅了。"

十一被叶木敷衍的夸奖逗得很开心,又给他盛了一碗汤。

十一问起叶木几个老同学的现状,她已经太久没和大家聚会了。

叶木说校草K身材走形了,幸好当时没便宜这个家伙,看来青春从未有张不老的脸,当年美好的大男孩还是活在过去的记忆里最好。

当年成绩平平却咬定自己能成功的JC,也终于实现了梦想,去了投行混得风生水起。叶木眯着眼学JC说话的腔调:"没有天生的赢家,只要深信自己付出的努力会有收获,我们想要的就一定会得到!"逗得十一哈哈大笑。

Ronnie成了三个小朋友的妈妈,上次同学聚会的时候还带来了超可爱的孩子，三个人围着她又闹又吵。

十一听到这儿温柔地笑了："你说，人生一定要到云巅领略众山小吗？平淡生活有时反而是更多人的心之所向吧。"

叶木把汤一饮而尽，问起十一近况，她断断续续说了一些无关紧要的话。

聊到感情的话题时，十一欲言又止地说，自己第一个男朋友是一个外国人。

叶木演技浮夸，惊讶地问："不是，你为什么找外国人谈恋爱啊？想练口语啊你？"

像很多年前那样，十一用脚狠狠地踢了叶木一下。

叶木赶紧求饶："行行，那第二个呢？"

十一眼神游离地四处看，顶着红透了的一张脸尴尬地说："还是一个外国人。"

"哈哈哈哈，我猜猜，我猜猜……"叶木假装思考说，"这次大概是因为，外国人想练中文吧？哈哈哈哈……"说完又被十一一顿猛打。

十一不想再谈自己的事情了，于是把话题转向叶木。叶木告诉十一，他现在和学姐的关系很稳定："可能想先领个证，再考虑以后的事儿吧。"

叶木没有继续和十一再聊这个话题，而十一也没有问起叶木"当年你有没有喜欢过我"这件事。谁也没有计算过，这是他们相识的第多少年，而谁也没有在这一天之后，再为这次相遇感慨过什么。一切就像没发生过一样，只有当事人心知肚明。

# 08

[ 喜欢 ]

叶木走后，十一写完了这本日记。

十一说，每天从家到学校三个小时的车程不算远，沿着大洋路一直开上半天才看到海景不算远，十几个小时飞到你读书的地方不算远，从我的夏天追到你的冬天也不算远，可是离开家的这些年，从一个爱哭的小女孩变成不需要任何人安慰的大人，眼看着你和我走远又重聚，我从当年一点就着的性格到如今平静如水，好像走了好远好远。

十一说，我觉得大概我的人生就是这样了，在这样的地方慢慢等，慢慢熬，结婚，生子，一年回去一次。除此之外，实在想不到以前还是小女孩的时候，会有那种想成为洋娃娃或者嫁给陈奕迅的甜蜜幻想。地球每天昼夜交替，生活也是周而复始，这么平凡的我，还会有什么变化呢？

十一说,有些事情,之所以不说、不问,是希望它留在回忆里最好。每个人心里都有一个角落,藏着一个永远都不可能的人,就算以后遇到的人可能比他好一万倍,但是那个角落,就只是为他留下。

落笔写完最后一个字,她把叶木飞来墨尔本的机票夹在了日记本里。这本承载着青春回忆的日记,后来再也没有被她翻开过。

青春里,每个人都有一场兵荒马乱的错过,这场错过,是从来没有开始过的恋爱,也是从来没有结束过的爱恋。

2015年冬,十一拿着叶木送给她的演唱会门票,在墨尔本听了一场一个人的演唱会。

她感慨万千,却没再泪如雨下。

"
美好青春的爱情　和曾经走过的路
/
年轻城市　换成另一种面目
/
如今大了　那样感动难重复
/
幸福和那双球鞋　放记忆最深处……
"

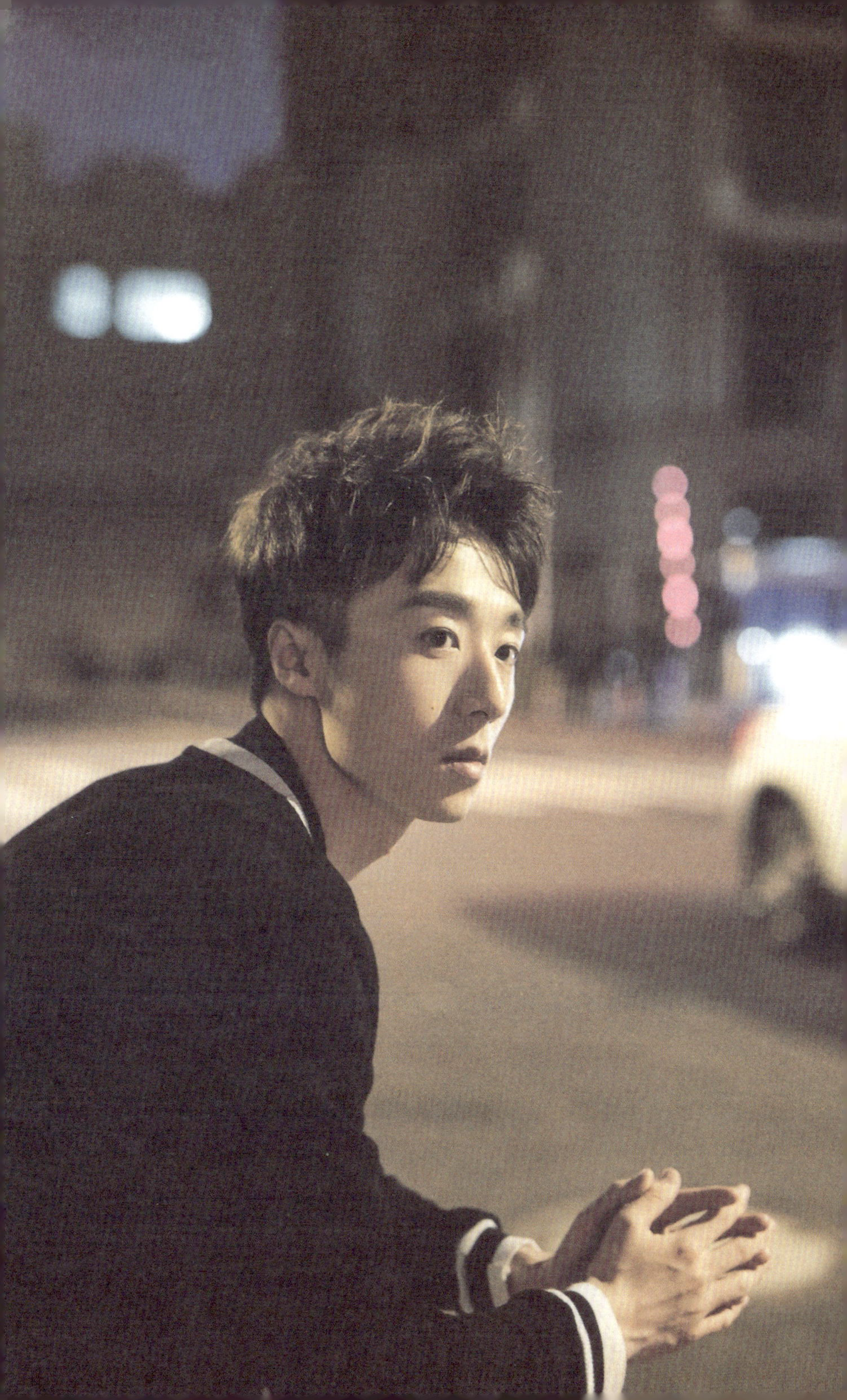

2017

不好意思　　　我也是第一次当大人

CHAPTER 2

第四个男孩

苑子文 — 文

16：50

邓勇的妈妈把他生下来的时候,家里已经有三个男孩了。

一直想抱孙女的奶奶紧皱着眉头,心想,这下可好,四个男孩闹起来非得把房顶掀了。

她从兜里掏出一块已经用了很多年的旧手绢,递给站在她旁边的中年男人:"瞧你紧张成什么样子,擦擦脑门儿上的汗。"说着就在身后找了把椅子坐了下来。

老太太虽然头发花白,但行动干练,坐下的时候表情平静,不怒自威。

## 01

邓勇出生在一个典型的中产家庭,家里不算富裕,也不至于潦倒。一大家子十几口人,他是最小的。邓勇的爷爷很早就去世了,是奶奶操持着家里大大小小的事,把四个儿子养大成人。所以威严的奶奶是家里不折不扣的掌门人,只要她脸色一不好看,全家都会谨小慎微,尤其是邓勇那个善良、温和的母亲。这么多年母亲一直受着奶奶严格的管教,不管哪个孩子淘气惹奶奶生气了,她都只会忍气吞声地把孩子带回房间,一边听着责骂一边做家务活。

奶奶的四个儿子,从小就调皮捣蛋,不是一起欺负别人家的小

## CHAPTER [2] - 第四个男孩

朋友,就是起内讧时打坏家里的东西。忙着在工厂上班赚钱的奶奶,没有时间讲道理,每次都是一顿胖揍。

好不容易把几个儿子养大成人,她终于可以下岗在家里抱孙子、孙女,谁知几个儿子像商量好了似的,没一个生出个姑娘来。

奶奶总说家里男孩多,不好管教。然而现实却是,邓勇的三个哥哥都很懂事。

大哥比他大八岁,是家里学习最好的全优生,从小到大无论荣誉评比还是奖状证书,没有一个落下的,只要不发生意外,考上重点大学应该是没问题的;二哥比他大六岁,天生有绘画天分,虽然学习成绩没有老大那么好,但也算是认真踏实的好孩子了;三哥比他大两岁,性格内向不爱说话,独来独往惯了,让大家一度担心他会患上孤独症。

唯独邓勇,可能出生前总被奶奶念叨着,希望小儿媳这胎生个乖巧温柔的女孩,结果最后生下来,成了从小就天不怕地不怕的倔小子。还没学会走路,他就总要爬起来,摔得浑身瘀青,不过即使这样,他也从来不哭。有一次他从水泥楼梯上滚下来,摔得很严重,身上还有几处流了血,奶奶扶他起来的时候,他却只知道流着口水嘻嘻笑。

邓勇五岁这年,奶奶的愿望终于实现了,家里唯一的女孩,恬恬出生了。

作为家里的头等大事,全家人都焦急地等在产房外。听到恬恬的第一声啼哭时,奶奶就像是年轻时得到厂里嘉奖似的,紧张得一个劲儿拿手里的手绢擦拭着头上的汗。

她抬起头接受大家的祝贺，做事从来冷静沉稳的她，嘴角忍不住上扬，露出不知所措的笑。

这个一辈子没生过女儿的老太太，把孙女看得比谁都重。

恬恬从出生起就得到了奶奶特殊的宠爱，平时风吹不着雨淋不着，简直就是家里的小公主。不过也因此，她的哥哥们都不太喜欢带她玩，尤其是邓勇，虽然是亲哥，但一点都没少欺负她，常常故意捏她的鼻子把她捏哭。

有一次，邓勇放学回家，看到妹妹手里拿了一个奶奶不肯给自己买的冰激凌，心里生气，非要抢过来。小丫头边用手拦住，边假哭起来号着嗓子喊奶奶帮忙。

邓勇平时听到女生哭就烦，而且也很讨厌妹妹总拿奶奶当挡箭牌，于是他狠狠地咬了妹妹一口，在她的手背上留下一道很深的牙印，直到伤口慢慢渗出血印子。

妹妹"哇"的一声就哭了出来，歇斯底里地，把全家人都吓坏了。有人说赶紧带孩子去医院看看，有人忙着安慰妹妹别哭了，还有人翻箱倒柜找药箱、找药水，奶奶则抄起笤帚追着邓勇打。尽管邓勇身手灵活，但到底也没有逃掉奶奶的这一顿胖揍。

妈妈一边抱过妹妹安抚她，一边哭着求奶奶下手轻些，这场闹剧最后在邓勇打碎了奶奶的烟灰缸后正式进入高潮。

奶奶从来没见过这么小的孩子就这么浑的，其他伯伯也都傻眼了。在房间里画画的二哥听见外面的声音，停下手中的画笔，躲在门后偷听剧情接下来的发展。

随着奶奶的烟灰缸被打碎，妹妹哭得更凶了。

爸爸看见妹妹手背上的伤直骂邓勇没轻没重，气得把拖鞋从脚底抓下来，指着他大吼"王八蛋"。可能这是邓勇第一次听到人在气急败坏时说的话，所以这三个字就成了他学会的第一句脏话。

后来，邓勇挨了几位大人轮流的训斥，可是恬恬手背上的牙印却一整晚都没消失。

这么厉害的小孩，很快就在小区里出了名，小朋友们见了邓勇都会扎堆躲起来，或者主动示好求个关照，三个哥哥也被家长千叮咛万嘱咐，没事别去招惹弟弟。

随着邓勇一天天长大，妈妈眼角的细纹也越来越深，她总在给儿子收拾残局的时候念叨，都怪奶奶起错了名字，让他这么一腔孤勇。

毋庸置疑，邓勇的成绩自然是家里最差的。

从上小学一年级开始，他就没少让老师、家长操心。可是手也动了，好话也说了，就算软硬兼施，对邓勇来说，都是无济于事。该犯的错误他一样也没落下。

相反，恬恬渐渐长大变文静，任别人怎么也联想不到，她会有那样一个不听管教的亲哥哥。

恬恬和哥哥邓勇在同一所小学念书。有一天，她被班上一个男生亲了脸，哭着跑到四楼最里面的一间教室，话也说不清楚地趴在哥哥怀里哭。邓勇问她怎么了,她也不说话,于是他就抱着妹妹冲到了那几个肇事者面前,言辞狠厉地追问到底是哪个人欺负了他妹妹。

一年级的小朋友都被吓傻了,没有一个人敢站出来说话,最后邓勇就把那几个看起来像肇事者的人,通通教育了一遍,而真正欺负妹妹的肇事者躲在最后面,被哥哥收拾得最惨。

周一升旗仪式上,邓勇被全校通报,点名批评。教导处主任念到他名字的时候,他正站在主席台前温习着三哥帮他写的检讨稿。那天阳光很足,邓勇穿着白色的校服,大大方方地上台念稿做检讨,一点也没有承认自己做错事的样子。

念稿的间隙里,他向台下扫了一眼,阳光刺眼,他只能把眼睛眯成一条线,就这样环视了几次,他也没找到站在一年级队伍里的妹妹。

其实恬恬就站在主席台右边的第三个队列里,只不过她一直低着头,偷偷地掉眼泪。

"……再次向卢雨轩等几位同学道歉。"邓勇念完最后一句话,把稿子随便折了两下放到裤兜里,又犹豫了几秒,重新抬头,朝站在主席台前整齐的队伍补充道,"打人不对,但以后谁欺负我妹妹,我照样打谁。"

听到这句话时,恬恬突然停止了抽泣,她抬头看到班主任把哥哥拽下去,再次没忍住,"哇"的一声哭了出来。

当地一共有十二所中学,七所初中,五所高中。小孩子们受大人的影响,喜欢事事攀比,谁读的中学一听就是优等生云集的重点学校,谁读的中学是混混儿最多的普通学校,于是三六九等就这样被划分了出来。

毫无意外地,邓勇只考上了九中——一所全市闻名的纪律最乱、学风最差、每年升学率最低的学校。

升入初中的他,很快就变成一名不折不扣的"坏"学生。大部分的下课时间,他不是在和狐朋狗友抽烟、打架,就是泡在网吧里打游戏。即便如此,他还是会每个星期抽出一两天,去妹妹的学校接她放学回家,因为这是奶奶给他零花钱的条件。

恬恬从来都不嫌弃自己这个没有任何优点的哥哥,反倒每次跟在他身后回家时,会觉得无比踏实和骄傲。

邓勇从来都不会牵妹妹的手,他永远都是一个人很酷地在前面走,每走几步再回头看妹妹是不是还跟在自己身后。如果妹妹突然淘气地躲起来,他也会着急地往回跑,等到发现躲在树丛后面偷笑的妹妹后,他会摸着涨红的耳朵,又气又笑地把妹妹扛在肩上,吓唬她说要把她卖了。

狭窄绵长的胡同里,哥哥潇洒地在街边买一个冰激凌,带着自己这个小跟屁虫回家。那段追打跑闹的记忆,是恬恬最美好的时光。

[ 苑子文 | 16：50 ]

## 02

其实在小孩子眼里,所谓的恶霸,就是敢在你摆气势的时候,先动手罢了,所以邓勇曾经是几所中学出了名的老大。

但初中即将毕业的邓勇,想到马上就要去外地读高中,多一事不如少一事的他,也不会遇事就脑子一热,想动手打人了。可是这种收敛让越来越多的人敢跟他较劲挑衅,连续几次的忍让,让他失去了当年的名号,以前在学校得罪过的人,也开始变本加厉地去踩邓勇的底线。

恬恬因为长得漂亮学习好,被很多男生喜欢,每天下课从班级后门窗户看恬恬的人,都要排着队。如果哪天赶巧邓勇没有来接她,就会有很多男生抢着要送她回家。

有一次,恬恬在学校等哥哥来接自己,刚好遇见一群混混儿,他们看邓勇只身一人,就故意在他面前肆无忌惮地调戏恬恬。最后的结果是这群混混儿惹怒了一心想保护妹妹的邓勇,他打电话叫来了一群铁磁儿,把妹妹安顿在打印店后,就跟那帮社会混混儿打了起来。

那次群架打得很严重,有两个人的头上被缝了针,邓勇作为先动手的一方,害家里赔了很多钱。

奶奶气得把他关在家里,足足一个星期没让他出门,还没收了他的手机和所有零花钱，白天罚跪、晚上罚站，下定决心给他一个教训。每天晚上妈妈把饭菜端进他的房间，他只要稍稍挪动一下，就会不自觉地晃一下身体——长时间的体罚，他的腿已经麻木得站不稳了。

邓勇虽然嘴上不承认错误，但一次严厉的惩罚，多少让他长了点记性。

那个年代对于小孩子来说，家里的饭菜永远不好吃，有营养的青菜大多寡淡无味，唯一喜欢吃的东西，莫过于肯德基和麦当劳了。

恬恬家里只有妈妈不在家做饭的时候，爸爸才会偷偷地带他们去吃一顿大餐。或者是她努力考进班里前三名，也可以名正言顺地和妈妈提要求，让她带自己去吃一次肯德基的儿童套餐。一口咬在油滋滋的炸鸡肉上，好像是全天下最幸福的宠儿。

相较于肯德基和麦当劳的价格，开在家后面的那家炸鸡店就便宜多了，一大盒鸡块才要五块钱。炸鸡店的老板是一个中年发福的男人，脸上有一道很深的刀疤，但为人还算和蔼可亲。

他的儿子跟恬恬是同班同学，老板知道恬恬最喜欢吃炸鸡，所以每次见她放学路过店里买奶茶，都喜欢和她聊聊天，顺便给她单独做一份炸鸡块带走。

恬恬谢过叔叔后，就飞速地跑回家里，神秘兮兮地把鸡块拿出来和哥哥一起分享。

"那么爱吃这破东西啊？"邓勇不屑地吃了一口，显然也觉得味道不错,但还是装出一副不好吃的样子。

"怎么是破东西呢?这是我最喜欢吃的东西了,不爱吃别吃。"恬恬从小就敢和哥哥叫板,但每次也只是过过嘴瘾,因为每当哥哥伸手抓她的痒痒肉时,她都会一秒破功求饶。

"看我们恬恬多招人喜欢啊,连炸鸡店老板都愿意给她免费做吃的,你再看看你。"妈妈轻轻地打了一下邓勇的胳膊,说这句话的时候也并没有多想,邓勇的表情和反应也看不出他有任何的情绪起伏。

"不过恬恬,你记得帮人家儿子辅导一下功课哦,咱们不能白吃人家的。"妈妈说着给恬恬夹了一筷子菜,欣慰又温柔地笑着。

在所有家长眼里,恬恬都是一个人见人爱的小孩,不仅乖巧嘴甜,学习还非常优秀,跟她哥哥简直是天差地别。邓勇好像也不是很在意这件事,毕竟"妹妹优秀"和"哥哥糟糕"这两件事,从小到大他就一直在听大家念叨,因此在他眼里早就变得没那么重要了。

被奶奶没收了零花钱的邓勇只能自己想办法,比如收保护费,或者帮人教训低年级学生。有一天,恬恬放学看到桌上放了一袋鸡块,正满屋子高兴地找哥哥,就看见了在洗手间里咬牙拿纱布包扎手臂的邓勇。

邓勇见她瞪大眼睛就要喊出来了,赶紧冲过去捂住了她的嘴,对她比画了一个"嘘"字。

恬恬一边傻傻地看着哥哥包扎,一边又不争气地掉眼泪,她揪着自己裙子上飞起的花边，小声嘟囔着："我知道哥哥很厉害，可是下次能不能不要打架了……"

邓勇摸了摸妹妹的头，一如往常地敷衍答应着："好了，我知道了，知道了。"

# 03

邓勇初中毕业后，因为打架惹事没再继续读高中，一来家人都觉得他不会好好读，二来他自己也不想考大学了，于是邓勇靠大哥的关系进了一所当地的职业学校，准备糊弄完专科学历，毕业后直接工作。

邓勇在学校里交了很多朋友，学体育的、学缝纫的、学财务管理的……他觉得自己是那种适合混社会的人，所以早早就开始给自己打基础，积累人脉。

邓勇赚的第一笔钱，是和亲戚一起倒卖啤酒。不管是酷暑还是寒冬，他每天都把十几桶铁皮罐子送到大大小小的餐厅，再帮忙安好。遇到人品还不错的餐厅经理，对方会拧开开关，检查酒罐口有没有安装好，一般从龙头里流出来的第一杯啤酒，也就赏给邓勇喝了。遇上脾气不好的经理，要好说歹说追好久的账，才能把一点辛苦钱收回来。

恬恬上了初中后，就在二哥办的画室里学习画画。她喜欢凡·高，也喜欢高桥留美子，扬言要做中国最厉害的画家。谁也没想到，当年那个没人在意的少女梦想，就在这个倔强的小女孩心里生根发芽，一点点长成了参天大树。

极具天赋的恬恬仅在二哥并不那么专业的指导下，就通过了中央美术学院的艺考，拿到了专业第一的好成绩，之后也没费太多的心力又凭借文化课第一的成绩，考进了自己梦寐以求的大学。因为双科第一，再加上长相出众，恬恬一时成了网友热议的对象，在网上拥有了自己的粉丝。

邓勇结束第一份工作的时候，他已经卖了一年啤酒了，算了算大概赚了八千块钱，他把其中一半存在了妈妈的银行卡里，剩下的一半给恬恬买了价格不菲的新画板，顺便买了去北京的火车票打算看望妹妹。

从家里到北京的车程只有一个多小时，如果坐动车就更快了，一路上邓勇都十分兴奋，这是他第一次用自己赚的钱，去支持妹妹的梦想，他觉得很自豪。

在大学主攻漫画课程的恬恬因为在网上连载了很多期爆笑兄妹日常的作品，拥有了很多"二次元"粉丝，她等在出站口难免被人认出来，有粉丝激动地从包里掏出笔和本想要一个签名。

邓勇下车后走错了出站口，害恬恬多等了一会儿，就这么一会儿工夫恬恬身边就已经围拢了不少漫画迷。有人不停地想要一张和她的合影，但一向低调的恬恬微笑着婉拒了。

邓勇朝着把"不耐烦"三个字写在脑门儿上的妹妹小跑过来，一边跟她笑呵呵地赔不是，一边接过粉丝手里的手机，大方地答应拍照。

恬恬恨不得一拳打到眼前这个穿着老气、什么都不懂的蠢货哥哥身上。

拍完照，邓勇拉着恬恬满车站找售票口，要带她去买地铁票。"哥已经查好了路线，今天哥带你去找个好地儿好好吃一顿，然后从附近坐134路公交车，就可以去玩卡丁车了，怎么样？卡丁车，你小时候最怕的，敢不敢玩？"

恬恬心里已经无数次想撕烂这个弱智哥哥了，但可能好久没见到他，竟觉得他又瘦又黑，一定吃了不少苦，让人有点心疼。再想到一向好吃懒做的他，用自己赚的辛苦钱给她买了最新款的数位板，也就慢慢不生气了。于是恬恬关掉了手机上的打车软件，挎着哥哥的胳膊跟他找起了地铁售票口。

恬恬在北京独自读书的这些年，家里发生了很多变化。

奶奶的身体状况急转直下，大多数时间都是卧床休息；大哥毕业后，去了美国读书，一心想拿绿卡，恨不得一年三百六十五天都在为未来努力奔波，很少再回到他们的那座小城；二哥的画室开始展出并且出售一部分恬恬的画，他和恬恬说好赚来的钱"对半分"，但恬恬从来没收下过，反而把越来越多的作品，都授权给二哥做独家代售；至于以前那个木讷的三哥，不久前刚刚结婚，和老婆在同一家通信公司上班，日子过得普普通通，但也算是这些弟兄里面最稳定的一个了。

而眼前的这个亲哥哥，卖了一年啤酒，又倒腾了点建材，赚了一些小钱，后来开了一家租车公司，又把钱全赔了进去。风吹日晒下，生活的无奈和磨砺在他的脸上留下了初老的痕迹，比当年恬恬手背上的那道牙印还要深。

有着更远大梦想的恬恬，暑假的时候也没再回到小城。

她没有答应二哥请她做兼职老师的请求，而是跟学校的组织去了国内外很多地方访学。

很快恬恬就成了学校最优秀的学生，大三那年，一组毕业获奖作品被大量转发，一时声名大噪，成为国内最年轻的国漫画家。随之而来的，是她的作品被很多平台竞相收购，而《犬系哥哥》系列漫画也成为众多出版社热抢的选题项目。她的漫画书出了中文繁体版、韩语版，销往我国的台湾和香港，以及韩国；网络上的读者粉丝也越来越多。

## 04

很少回家的恬恬，基本上只能在重要的节假日才能看见哥哥，但她知道哥哥交了一个女朋友，是他在开租车公司时候认识的，叫俪。

俪是一位单亲妈妈。虽然有一个一岁多的儿子，但保养得好，所以看起来依然很年轻。俪早年嫁了一个门当户对的富商，结婚后生了孩子才发现两人很多观点不合，日子过不下去，就离婚了，之后一直独自抚养孩子。

有一次，俪带宝宝去近郊春游，途中发生了交通事故，她急打方向盘撞上了护栏。人没什么事，只是车不能继续开了，性格风风火火的俪把车丢给保姆，索性带着孩子去租车公司直接租车出发。

邓勇的公司不大，但地理位置很好。俪来的那天，恰巧所有的车都租给了一个婚庆公司当车队，于是他把自己的车借给了俪，看她一个人带孩子，又狼狈地出了交通事故，好心没收她的钱。

他们就这样认识了，一来二去地培养出了感情，后来常常一起去郊游。

恬恬第一次见俪的时候，是某一年的情人节，哥哥带俪来北京玩。

恬恬上下打量着眼前这个看起来让人莫名感觉舒服的女人，怎么也想不到她就是传说中的那个俪。她把哥哥拉到一边，拍着他的胳膊说："你这次可算赚到了，现在上哪儿找又漂亮又有钱，人还不错的女人啊？！"说着冲对面的俪笑着吐了一下舌头，转身偷偷塞给哥哥一把东西，在他耳边悄声说，"喏，给你一千块钱，一会儿点餐点儿好的，情人节别丢人。"

虽然平时恬恬总和哥哥打闹，但关键时刻，亲妹妹还是很向着哥哥的，何况俪给人的第一感觉真的很不错。

恬恬向来是不当电灯泡的，她带走了妈妈从家里托哥哥带来的大包小包的东西，就准备先离开了。和哥哥告别后，她躲在ATM机后面观察哥哥和俪的一举一动，看着哥哥拉着俪晕头转向地找地铁线，恬恬忍不住笑得肚子痛。

她那个固执的哥哥，一直都把自己当作全宇宙最有担当的人，永远精力无限地做好全部的攻略准备，这时候如果她说帮你们叫个车吧，他肯定直接爆炸了。所以得由着他，让他带着心爱的人去坐地铁、去探店，不然他会觉得很没存在感。

虽然邓勇看起来很凶很难接近，但他从来没有玩弄过女生的感情，更没有真正爱过谁。俪是第一个，所以自然受尽了照顾，想必这也是一个富家女愿意选择如此平庸的他的原因吧。

俪是很娇生惯养的那种女孩，一点小事就会大呼小叫，动不动就爱提分手。至于有多爱呢？平均一个月要说四五次吧，但邓勇从来都是耐心地连哄带求地把她追回来。

对于自己身上俪不喜欢的地方，他从来都是一个字——改。

虽然俪穿惯了昂贵的衣服，但邓勇省下钱给她买的普通衣物，她收到也很开心。

虽然邓勇没赚到什么钱,但他愿意省吃俭用努力干活,把全部的心思都用到俪的身上,这么痴情的陪伴让她慢慢上瘾。

每次邓勇和朋友吃饭,第一件事就是和大家炫耀他的女朋友,所以俪的开场白一直是尴尬地说:"我没他说的那么好啦。"然后害羞地享受着大家的夸赞。

有一次,俪和邓勇逛街,看到前面有一对情侣。

男生对女生说:"我爸给我买了一间一百三十平方米的房子。"

她就逗邓勇,指着那个男生说:"我要跟他走了。"

谁知道邓勇特别认真地拉住她,说:"我向我妈借钱买一百四十平方米的房子,写你的名字。"

产后的俪身材稍微有些走样,虽然不影响精致的五官,但她还是时常嚷嚷着要减肥。别人只关心她胖不胖,邓勇却只关心她饿不饿,于是俪的体重一路从一百斤长到了一百三十斤。这还不算什么,真正厉害的,是每次俪吃饭邓勇都要用哄的,恨不得把饭菜嚼烂了喂给俪。尽管她已经胖成哆啦A梦了,但邓勇还是带着她吃吃吃,吃到自己穷得叮当响。

他们在一起的时候,一共去过三个地方旅行,每次都是邓勇做全部的攻略,吃、住、行完全不用操心,总有人准备好。邓勇对她唯一的要求,就是不能去酒吧,不能去夜店,因为他对自己承诺,再也不能惹事了，更不可以打架。

有时候邓勇也想不明白，一向好勇善斗的他，为什么会对这个女人这么好。

后来明白了，可能当对的感情真正到来的时候，你就是愿意倾其所有，哪怕最后一无长物，或许今后再也不敢对爱情抱有期待，你还是想在这段感情里尽情付出。

毕业后的恬恬成了一名职业画家，和她合作的品牌活动应接不暇。她在北京有了自己的工作室，不久后在高档小区买了一套房子，也算是安定了下来。

一直忙于创作的她，私下生活极其简单低调。她只在大学时期交过一个男朋友，分手之后除了工作需要，就再也没有走得近的异性朋友了。

邓勇和俪的感情越来越稳定，眼看着就到谈婚论嫁的地步了，俪的前夫突然提出要把儿子的抚养权收回，理由是觉得自己有更好的条件抚养小孩，言外之意就是不想让儿子认邓勇当爸爸。俪当然不同意，想方设法找律师打官司，但最终前夫赢了诉讼。

一直以来把儿子看得比自己还重要的俪，只要想到宝宝要被抢回去，就哭得悲痛欲绝。那几天俪把邓勇从家里赶了出去，整日以泪洗面，不见面，也不和他联系。

邓勇什么也做不了，无助的他只能找俪的前夫谈判。

他想了一个办法，如果他不与俪结婚，她的前夫是否能让她继续抚养孩子？

其实对前夫来说，谁抚养孩子根本无关紧要，已经组建新家庭的他也不想给自己惹麻烦，他只是不想看到俪幸福，让自己丢面子，所以才故意刁难他们。邓勇既然愿意妥协，前夫自然很爽快地就答应了他。

就这样，邓勇和俪分手了。

分手的那段时间，邓勇觉得日子真的很难挨。在这段感情中，他几乎付出了全部，所以当他搬出俪家里的那天，他才发现自己一无所有，输得精光。

他每天就像丢了魂魄一样，喝酒、抽烟、睡觉，再喝酒、抽烟、睡觉……

邓勇生下来就不爱哭，以前打架打得头破血流的时候，也是一个人躲在房间里咬着毛巾用酒精消毒，豆大的汗珠从额头两侧流下来，他也没掉过一滴眼泪。

可是当他在梦里看见俪在哭，他也忍不住鼻子一酸，任泪水模糊了视线。阳光照在睡梦中他的睫毛上，他眯起眼看了看表，六点十分，生气地发现自己睡前又忘记拉窗帘了。

醒来他把枕头上那一小片泪痕故意用被角挡住，装作漫不经心地整理好床铺，把黑夜里的眼泪和心中的在意全部掩藏，生怕露出脆弱的马脚。

## CHAPTER [2] - 第四个男孩

他换了一份新的工作,是一个文化单位,在每层办公间的最里面,都有一个厕所,他习惯在最里面一间抽烟,于是那儿几乎成了他的专用。

有一次,他连续几天没怎么吃饭,闷声在里面抽烟,只顾着发愣,连烟灰也不弹,任由它燃了小半支。那段时间心思烦闷,身形原本就瘦削的他整个人脸色苍白,把突然开门进来的同事吓了一跳。

恬恬得知哥哥状态极差后,腾出了一间卧室,以自己最近失恋未愈需要人照顾为由,把哥哥骗过来陪她住一段时间。

以前邓勇和俪出去旅行的时候,都会在本市东站坐车,现在分手了邓勇再去东站,脑海里总是会想起俪。以前经常带俪这个路痴出来,他会提前想好路线,但原本懒得要命的邓勇,根本不擅长做这些。

出站的时候,他远远地就看到了恬恬,走近看到她穿了一双和俪一模一样的鞋子,他终于没忍住,掉了几滴眼泪。

恬恬认真审视着眼前这个男子,他不再是当年那个为了保护自己,和别人动起手来颈部青筋暴起的男孩了。他的眼角多了和妈妈一样的细纹,他的双手常常不知道该放在哪里,在北京这个偌大的城市容器中,他有点迷失自己。

"恬恬啊,在这儿等着哥哥,哥去买票。"邓勇说着转身擦了一下眼睛,掏出口袋里的零钱,往售票口走去。

恬恬把本来从包里拿出来的车钥匙又重新放了回去，听话地站在哥哥身后等他。她知道，这时候哥哥需要的，是像从前一样，带她回家。

哥哥每天买菜，负责给恬恬做好后勤工作，偶尔也陪她出差工作，充当经纪人的角色，就这样混了两个月，体重终于恢复了几斤。

直到有天早上醒来，恬恬发现哥哥突然不见了。

他走得很急，只留了一条信息给她。再听到哥哥消息的时候，是妈妈打来的电话，手机那头妈妈哭得很厉害，一直喊恬恬让她快点回家。

原来哥哥急着离开是因为俪。

俪的前夫喝醉酒后闯进她家里吵着要看孩子，她担心孩子受到惊吓，不肯让他进卧室。前夫大发雷霆，扬言如果看不到孩子，就要按照法院的判决把儿子接走。惊慌失措的俪只好躲进洗手间，给邓勇打电话求助。

前夫听见俪给邓勇打电话，一下子被激怒了，借着酒劲儿要把孩子从卧室里给揪出来。俪听到动静冲进卧室阻拦，几次都被前夫推到了地上，她哭着拿起手机给邓勇发了一条语音，让他报警，恼羞成怒的前夫把儿子赶出卧室，将自己和俪反锁在里面要强行和她发生关系。

等哥哥听到语音的时候，已经晚了，前夫强奸了俪。

邓勇打了一辆黑车飞速地朝俪家里赶去，可是等他赶到时只看见满屋狼藉，俪早就哭得没力气了，一动不动地躺在床上，身旁是她那个因为醉酒已经酣睡的前夫。

邓勇一气之下冲进厨房，拿刀捅了前夫。或许是小时候打架打出了经验，他知道捅哪里能致命，捅哪里只是致伤。前夫最后保住了一条命，但也残了一条腿。

俪把前夫告上了法庭，当然，前夫也把邓勇送进了监狱。

这么多年，妈妈最担心的事情，还是发生了。

法院宣布判决结果的时候，恬恬搀扶着妈妈不停地掉眼泪。奶奶已经过世两年了，如果她还在世的话，一定会气得从床上爬起来拿笤帚狠狠地打邓勇一顿吧？

邓勇进去的第四个月，俪去看望过他一次。

虽然只过去四个月，但他好像在里面待了很多年似的。和俪再见面时，他一直低着头，偶尔对视也是目光闪烁，说话心不在焉。俪看到如此狼狈的邓勇，捂着嘴吞吞吐吐没说出别的话，只是一直说"抱歉"，哭得泣不成声。

她并没有像事先想好的那样，叮嘱邓勇要好好照顾自己，会等他平安出狱，也没说出来自己要带着孩子去南方城市生活这个决定，那些在心里忐忑排练了很多遍的台词，此时此刻全都不记得了，取而代之的是永无止息的呜咽和对不起。

纵然有一万个不舍难分，即使道义上应该托付余生，但作为一位母亲，她别无选择。俪为了保证儿子有一个安全稳妥的成长环境，

16:50

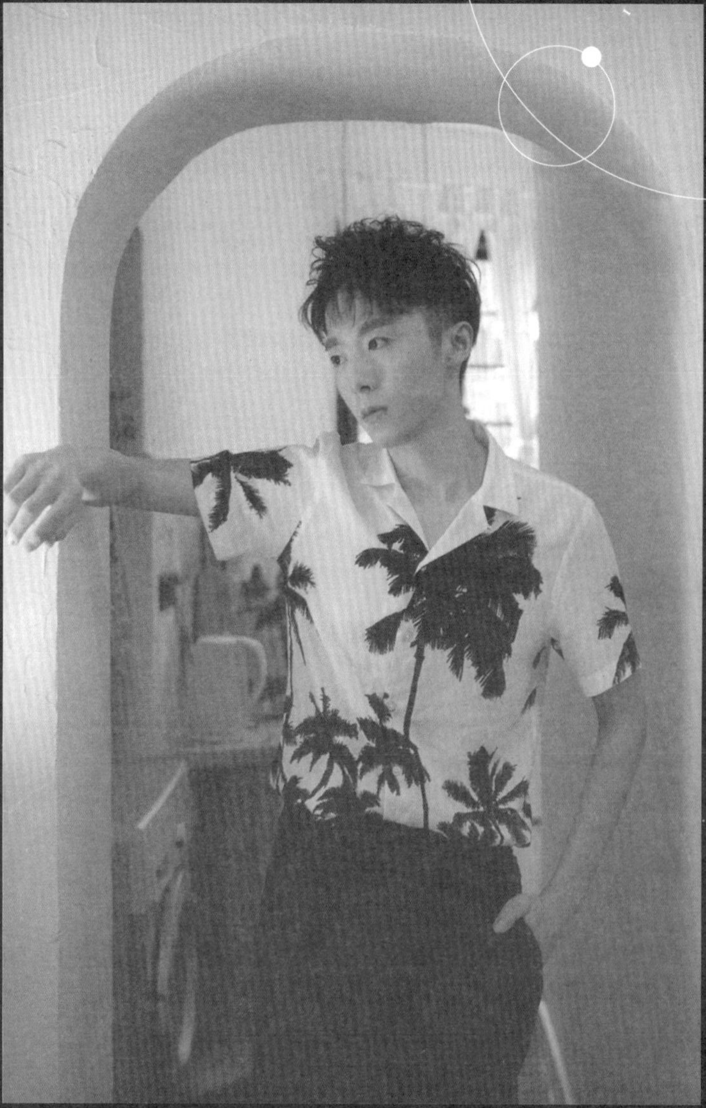

CHAPTER [2] - 第四个男孩

必须要离开这座生活了二十几年的城市。

一步之遥已是天涯海角,对不起,这场遇见,终究再见。

## 05

因为在狱中表现突出,邓勇被关了两年就提前刑满释放了。

接哥哥出狱的那天,全家人都没哭丧着脸,他们等这天已经等了两年了,大家商量好见到哥哥的时候,一定要开开心心的。毕竟这两年受了最多折磨的,应该是邓勇。

"哥,可算把你盼回家了。"恬恬跳到他面前,看着眼前这个稍微有点陌生的男人说。

邓勇变胖了,嘴唇干得有些起皮,整个人看起来像老了十岁。他想要说什么,却又什么都没说出来,只是嘴角微微颤抖着。他看着眼前仿佛一夜之间长大的妹妹,又把目光挪向刻意打扮得很精神,还染了黑色头发的父母,目光呆滞地点了点头。

他的眼睛有些泛红,鼻孔微张,像是举起庞然大物一样,费力地、僵硬地抬起手,抚了抚妹妹的头。这一刻的触碰,像是黑漆漆的夜里,打开一个开关一样,让被触碰的人,感到身体仿佛有电流涌过。

恬恬的脑海中不断闪现着哥哥替她收拾欺负她的同学时候的样

子；闪现着每年新年聚餐，家里所有人都夸赞她，却无意识地讽刺哥哥，他脸上若无其事的样子；闪现着在自己的新作《犬系哥哥2》的发布会上，不断被记者追问哥哥伤人事件时，她没控制住情绪发飙的样子，那段时间一向以甜美治愈系女画家著称的她，形象崩塌，作品跌价不起，陷入事业的低谷……

她努力克制着自己的情绪和眼泪，在外打拼这么多年，不管吃多少苦，她都是一个人把牙咬碎了往肚子里咽，但当邓勇慢慢走向前，抱住她的一刹那，她觉得自己就像流浪漂泊的旅人，终于停船靠岸，踏上了回家的路；像一只无家可归的猫，在暴雨倾盆时找到了一个可以遮挡风雨的屋檐；像工作不顺下班回家，吃到了妈妈煮的那碗不好吃的面。

她终究还是没忍住，先是大声抽噎着，接着气息越来越快，号啕大哭起来。

邓勇紧紧地抱住妹妹，滚烫的热泪，从他苍老的眼角流下，沿着挺拔的鼻翼，滑落在干裂的嘴角。他把下巴抵在恬恬的头上，眼睛无助地看着天空，像十几年前的那次升旗仪式一样，内心千言万语。

后来，重获新生的邓勇怕给妹妹带来负面影响，就再也没去北京找过她，而是留在老家，与父母住在一起，想尽孝道。

他开了一间小小的炸鸡店，价格公道合理，招揽着不多的客人。

他一直也没有结婚，而是领养了一个孤儿，是个男孩。

有时候放学时间，会有一个很清秀、漂亮的小姑娘从炸鸡店门口经过，又慢慢退回来，怯弱地把手里捏出褶皱的零钱递给她，然后用犹豫不决的声音告诉他，想买一杯原味奶茶。

每每此时他都会给她多放些珍珠，然后再做一份炸鸡块送给她。

小女孩拿到鸡块，眼睛里好像有夜晚星幕，又黑又亮。她看到他脸上那道疤，却一点都不害怕，反而笑嘻嘻地对他说："谢谢大叔，晚一点让我来教您儿子做作业吧。"

又过了几年，恬恬也交了男朋友，哥哥带着爸爸妈妈来北京看他们。出发前一天，他用手机仔细查攻略，担心恬恬工作忙，时间不方便，他提前准备好了去天安门的路线，确定了哪条长城人少适合老人爬……

他不再像以前一样抱着手机可以看到夜深，不过才十点多一点，他就已经犯困了。

他关掉网页，给妹妹发了一条微信，就踏踏实实地睡觉了。

恬恬的男朋友是搞艺术品拍卖的，高校毕业，事业刚起步。他订了一家高档餐厅，并提前嘱咐好服务员不要服务得太周道，以免老人和哥哥不适应。

坐在恬恬旁边的邓勇，已经长出了一些白发，他不再像以前一样清瘦，反倒有些发福。一个在年轻的时候酷爱折腾的男人，最后终于也学会了向这个社会妥协，收起棱角，好好生活。

是啊，邓勇终于与自己和解了。

用餐期间，邓勇一直给妈妈夹菜，趴在听力不好的父亲耳边，帮他传答妹妹和准妹夫说的话。恬恬看着这样的哥哥，突然明白，曾经在青春期里叛逆了那么多年的他，只是想用各种方式得到家人的关注罢了。

邓勇也是在某一天才真正明白，生活中其实很多事情都没有答案。

为什么大人都喜欢妹妹？为什么从出生开始，大家就都不喜欢他？为什么自己可以为了俪连命都豁出去，他们还是不能和对方在一起？得不到答案，也没什么要紧。

千帆过尽后，他只知道，要好好活着。因为好好活着，就是最好的结局。

## 06

有一天，邓勇整理电脑内存时，偶然翻到曾经和俪一起看过的一部日剧，片名叫《火花》。这是当时俪最喜欢的一部电视剧，如今已经记不清楚剧情的他，又重温了一遍。

这天炸鸡店没有营业，他从早看到晚，好几次强忍着眼泪，点燃一支烟，默不作声地看。

《火花》里面有一句台词是这样说的:"只要活着,就不是 bad end。"

那次邓勇带父母去北京的前一晚,他拿着手机犹豫很久,删删改改,最后给妹妹发了一条微信。信息里只写了一句话:"恬恬,哥怕在地铁里带着爸妈转向,明天咱们坐你的车去餐厅可好?"

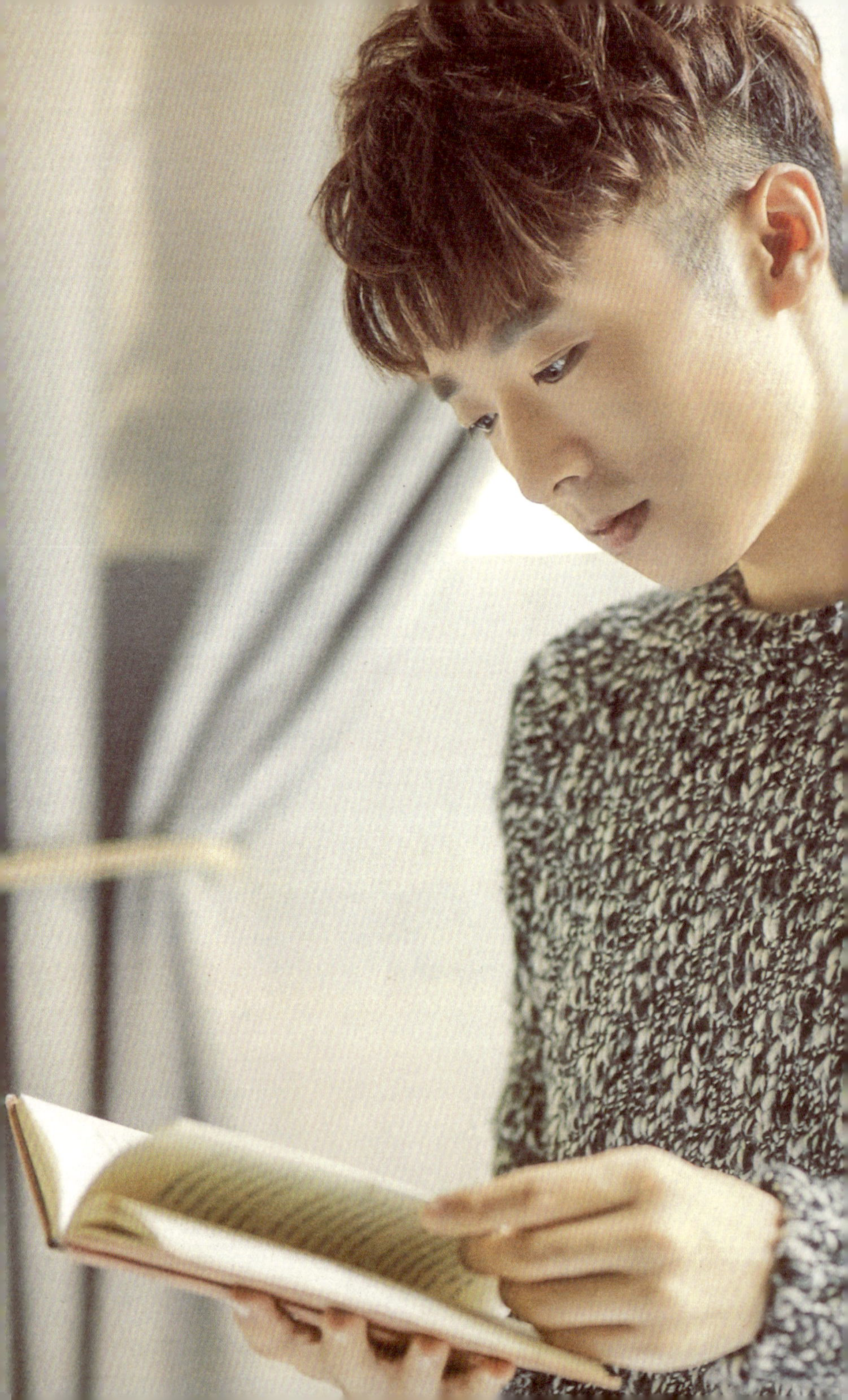

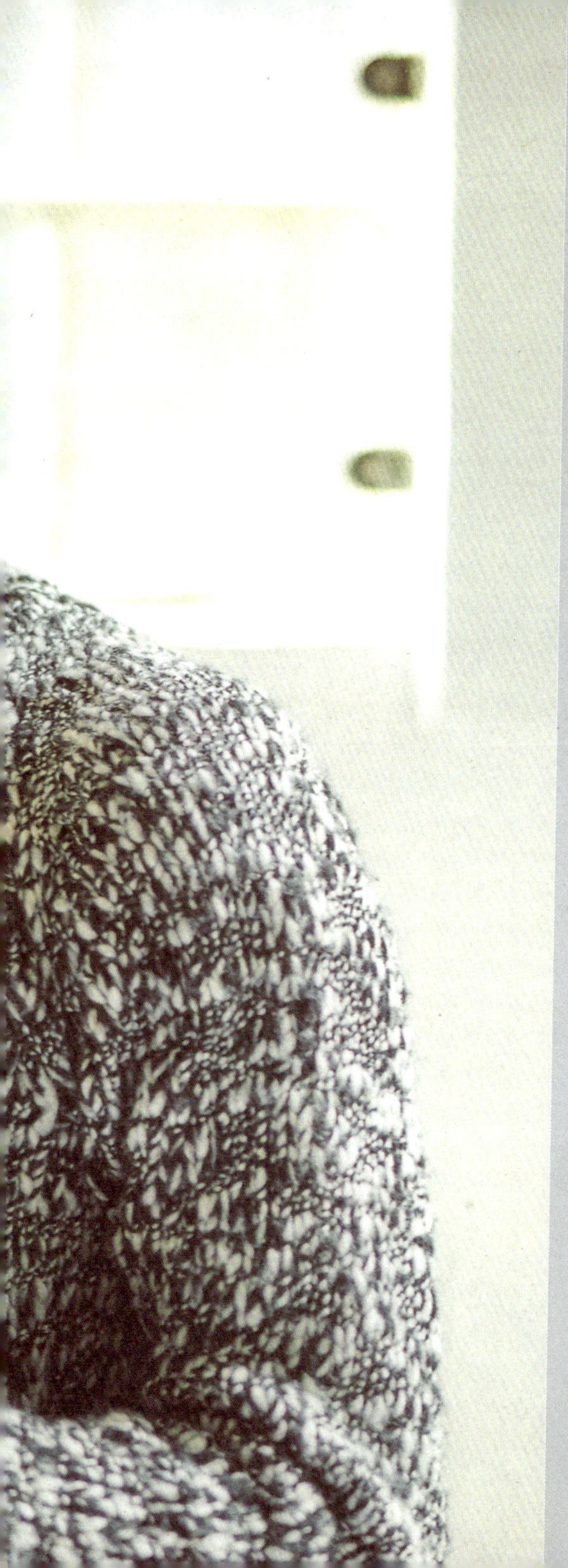

2017

CHAPTER 3
16 : 50

我们都曾弄丢过，沙漠里的海

苑子文 — 文

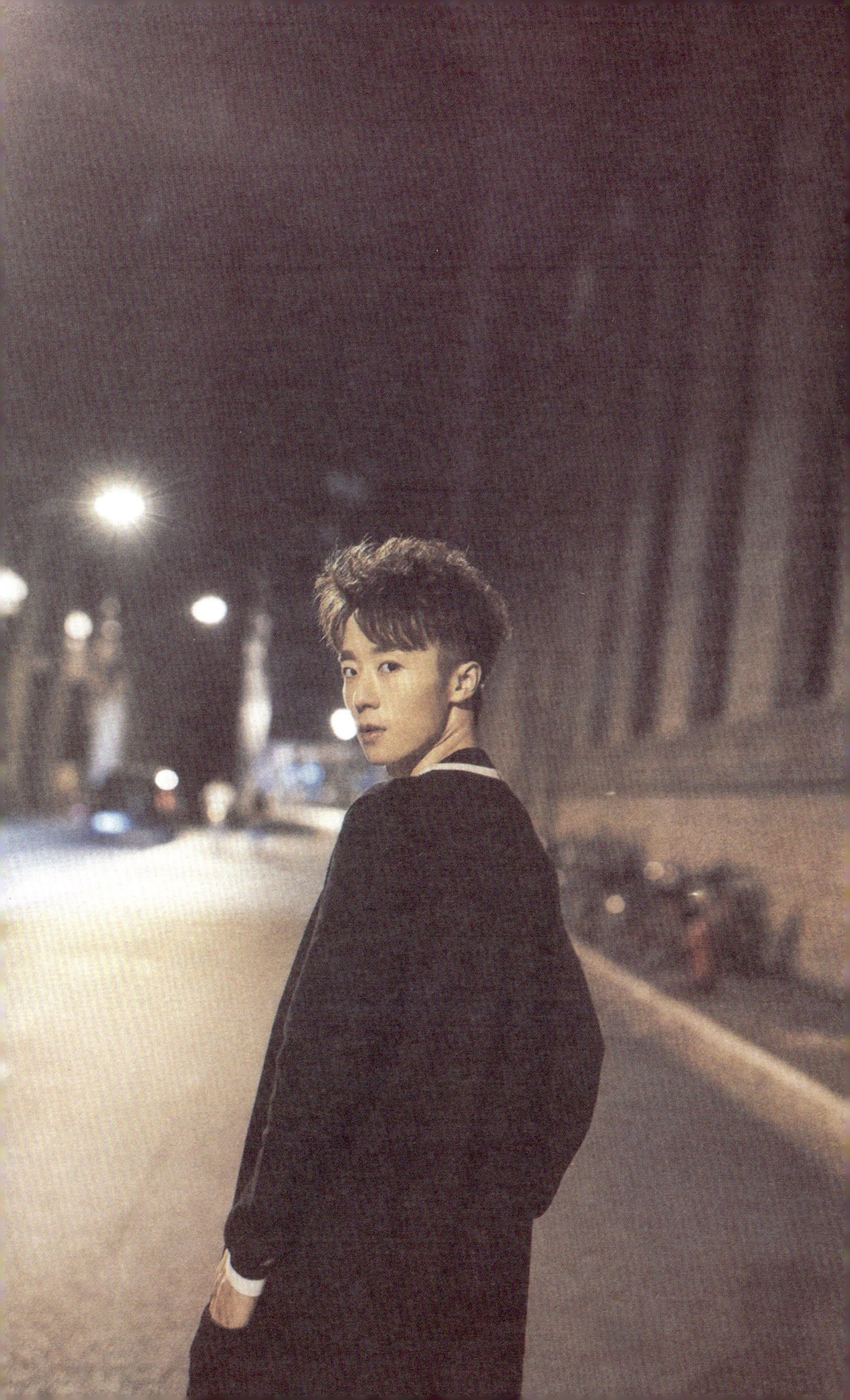

开学第一天对我来说总是最怯懦不适的时候。

很多年前的夏天,我坐在刚刷过油漆,味道很重的教室里,目力所及都是陌生的面孔。

认生的我反复打量着老师,猜测着哪个同学比较好相处,惴惴不安,像一棵即将迎接风暴的孤立无援的树。

很多年后的今天,我已经长成大人模样,体形、神态和以前判若两人,很多曾经深信不疑的东西,也在历经时间的考验后被慢慢冲淡,甚至被迫放弃。

而这么多年过去,仔细回想从前那些一直出现在我生活里的人,好像也已经慢慢离我远去。

## 01

白昱是我认识的第一个朋友。

初中新生报到的第一天,我骑着一辆被爸爸淘汰下来的自行车,匆匆赶往学校。

我走进教室时距离上课时间只有几分钟,于是快速穿过一排一排嘈杂的新同学,急着找到一个空位置坐下来。

来得早的同学已经有一些互相认识了。性格外向的男生在天南

## CHAPTER [3] - 我们都曾弄丢过，沙漠里的海

地北地聊天，主动交换名字；穿着碎花Polo衫的女同学，则把课桌收拾得整整齐齐，安安静静地等待上课。

我努力从攒动的人群中找空闲的座位，直到看见倒数第四排，有两个位置没有人——其中一个被杂乱的衣服、文具摆满，显然已经被人提前占住了；另一个桌面很脏，除此之外，还有些凹凸不平。

我叹着气摘下单肩挎包，从包里翻出瘪得只剩下两张纸的面巾纸包，勉强擦干净桌椅，暂时凑合地坐了下来。

上课铃响后，班主任走路带风地走进教室，清了清嗓子，转身在黑板上写下自己的名字。我还在左顾右盼寻找自己的同桌在哪里，白昱就从后门半蹲着身子悄悄地挪进了课桌底下。

他轻轻地拍了拍我的腿，小声地让我放他进去。

刚开学的新环境让人很难快速适应。老师在讲注意事项的时候，我还在自己的世界里神游，根本没仔细听。

白昱这时候凑过来用胳膊肘推了我一下，本来还在晃神的我被吓了一跳，下意识扭头看他，完全没注意自己制造了很大的动静。

老师闻声看过来，皱眉沉默了几秒钟，让我站起来说一下自己的名字。

班级里安静得都能听见我紧张的呼吸声。我第一次吞吞吐吐地像陌生人一样念出自己的名字。

刚被老师赦令坐下，面前就多了一个本子，上面写着："哥们儿，老师一点都不可怕，我叫白昱，以后咱们互相罩着吧！"

我只扫了一眼，就把本子丢回他面前，抿着嘴不耐烦地点了点头，显然还在为刚刚被老师记住名字而生气。

他却笑了笑，把手搭在我的肩膀上拍了两下。

那时候我没有想到，在后来的日子里，我和白昱真的做到了互相"罩"着对方，并且这一罩，就罩了很多年。

白昱是一个特别好动的男生，基本上没有他不喜欢的运动。每次上体育课，老师都会吹哨集合让大家跑圈，然后带领大家学一些傻乎乎的课间操，最后只剩下十几分钟才可以自由活动打打球。

体育老师准备的篮球通常只有一两个是好的，其他的大多数缺气，打起来又费劲又无聊，但白昱依然有兴致凑过去用那些没气的篮球投两个篮。

在这仅有的十几分钟自由活动的时间里，女生们喜欢手拉着手围着操场走圈，讨论着班里谁又和谁恋爱了，谁和谁吵架了……在我还不能准确对上班花 A 和班花 B 的脸和名字时，她们已经三五一群分好帮派划出了一条清晰的分界线。

我是不爱打篮球的，可是第一学期轮给我们班的运动器材只有篮球和毽子。所以我和白昱提议，干脆以后不去上体育课了。

对于我的提议和要求，白昱从来都认为是对的，并且毫无怨言地执行。于是在那之后，每次体育课老师吹哨集合的时候，我们就故意站在队伍后排不起眼的位置，等老师开始下令跑圈，再跟在队

CHAPTER [3] - 我们都曾弄丢过，沙漠里的海

伍最后面，等快跑到厕所附近的时候，趁他不注意三步并作两步飞快地冲躲进去。

厕所的后门外有一面矮墙，翻出去就是网吧一条街。说实话，那时候的游戏不多，一个《红警》就能玩得让我俩忘记时间。玩的次数多了，自然会腻，有好几次翻出去实在无聊，又不想去网吧，我们竟浪费了整整一节课的时间踢瓶盖、压马路。

就这样一直到毕业，白昱都没有正儿八经地学会打篮球。每次说起来我都笑他白长了那么高的个子，这时候他就会用拳头狠狠地打我的胳膊，说："还不是因为你，哥们儿才没能成为学校篮球队队长。"

我们一起上学的那三年，白昱只跟我一起玩，除了我，他也没交到什么关系好的朋友。

我和白昱都喜欢骑自行车上学，当把校服拉链拉下一大半，肆意地从车座上站起来，任凭风灌进衣服里的时候，全世界都好像被我们攥在手里。

每天放学，我俩骑着普普通通的自行车比谁骑得快，虽然常常拼命蹬得累个半死，但还是很容易被骑着山地车的小胖子轻松超过去。每次看到小胖子转头扬着双下巴得意地朝我们笑时，我俩都会石头剪刀布选出一个人，在第二天放学前把小胖子的车胎扎了。

我记得有一次，小胖子故意找碴儿，白昱和他发生了点口角，因为我也站在旁边，所以他特别有底气地推搡了小胖子，结果三个

人扭打在了一起。

因为这次打架,我才发现原来班上很多男生都跟小胖子玩得好,真到动起手来,他那边人多势众,我们两个人跟七八个人抗衡,结果自然很惨。好在我们以少敌多,没服软,也没输掉士气。从那之后,班里再没人敢找我和白昱的麻烦。

而且因为一个女生帮我们"做证",老师判定小胖子他们以多欺少,狠狠地惩罚了他们几个。

这个女生叫林静,是我一直以来的前桌。

## 02

后排男生和前桌女生总是能产生一些奇怪的化学反应,我们也不例外。

我从见到她的那一刻起,就开始心跳加速说话没逻辑,如果对视超过三秒,我的耳朵就会红得令人发指。那时候因为学习还不错,班里有几个漂亮骄傲的女生,对我都很友好客气,但我并不在意,唯独喜欢这个总把碎头发笨拙地拢到耳朵后面,稍微低下头,头发就又滑落出来的女生。

我总大声笑话她,她的目光却只有躲闪。

林静说话的语气软软糯糯，天生一副害羞的样子，因为脾气太好，她常常被迫帮我写作业，又因为她写得一手好字，辨识度太高，我只好让她先拿铅笔写，写完我再描一遍。

年少时总觉得欺负一个女孩，就是喜欢她最合适的表现，所以每当她拿着我的作业本皱眉头又不好说什么的时候，我都恨不得转过身握住拳头在心里窃喜偷笑。

读书真的蛮无聊的。

我们这里的夏天根本没有书里写的巨大香樟，打篮球的男孩也不穿白衬衫。在我念书的中学里，女生很少追星，更多见的是在呼呼转动的风扇下，笔尖摩擦着纸张，响起好听的簌簌声。

班主任是数学老师，人送外号"霹雳虎"，严苛到谁稍微犯一个小错误，就要罚站。如果和小胖子一样一下退步了几十名，就要挨三角板打屁股了。林静最害怕的是物理老师，永远绕不明白的电路图，害她抄了一本又一本的错题。

作为成绩中上游的活跃分子，每周我最期待的是语文课，因为语文老师很懒，总是要大家分组讨论课文，而每次我和白昱都会把讨论环节变成"爱笑会议室"，我负责捧哏，白昱负责逗哏，我们俩常常一起把林静逗得开怀大笑。

她笑的时候，也是我最快乐的时候。

第一个学期就这样浑浑噩噩地过去了，我虽然花了大把时间在林静身上，但成绩依然稳定，我和白昱也成了形影不离的好朋友。

那时我以为，这种生活状态是最好的，这辈子应该只有他们两个好朋友。

而一辈子有他们两个也就足够了。

日子过得飞快，新学期开学，老师按照惯例调整座位，所有人站到教学楼走廊里按照身高排成几列。

白昱青春期发育很快，个子很快就高出了我一头。于是我厚着脸皮往后，站在一群高个子里面，他嬉皮笑脸地往前，插到前排中间，但班主任还是一眼就看出来了。

那时候男生、女生没有被安排到一起做同桌的，除了男班长、女班长这种绝对的高配。我就这样离开了林静，离开了白昱，心情无比低落，怅然若失。

确定好新座位，我望了望我和林静的直线距离，要越过两排的间隔，如果要传作业给她，大概需要绕过六个同学。眼看着活动课只剩一半，而活动课结束，大家就要搬离原来的座位……手中的弹簧笔，就这样被满怀心事的我不知不觉地快速按了几十次。

这是我和林静做前后桌的最后一节课了。我犹豫了好久，最后还是脑子一热，写了一张字条给她："小绵羊，你，对班上哪个男生有好感？"

写完字条后，我从后面戳了她一下，不知道是她习惯性反应慢，还是她意识到我要写些奇奇怪怪的东西，她比以往愣得久了一点，最后还是转头接过了字条。

可能这个问题在那时候，真的很难回答吧。

快下课的时候，我按捺不住，又戳了她一下。小绵羊才迅速地写了几个字，把字条扔到我贴满名侦探柯南贴纸的铅笔盒里。我数着她写字的时间，不少于三个字，应该不是竞争对手班长吴铮，不多于四五个字，也排除掉了答非所问绕圈子的可能。

"不会是名字有些复杂的我吧？"我想着想着就抿嘴笑了起来。

我胆战心惊地打开字条，瞪大眼睛看上面清清楚楚写着她秀气的一行字："嗯，你和白昱吧。"

虽然同时看到两个男生心里有点失落，但很快我就安慰自己：我的提议和要求，白昱从来都毫无怨言地执行……如果这么看，这个恋爱是谈定了。

那天放学，我和白昱骑着单车在回家的路上绕了好久，傍晚时分，日光倾斜，照在我们的脸上，感到暖烘烘的。

那时候以为脚下踩着的车轮是最快的工具，车速加快，路旁街景倒退，好像全世界的辽阔，都被自己掌握。

我的车要更好骑一些，赶超到他前面。当我回过头看到白昱被光影笼罩的明显轮廓和脸上清澈的笑容，突然有些难过。

"喂，我们比赛吧，看谁骑得快。"

对十几岁的男孩来说，一切比赛都是最好的游戏。白昱即刻兴奋起来。我们把校服外套脱下来放到车筐里，弓起身子往前飞快地骑着，快接近约好的终点时，我刻意放慢了速度，和他一前一后到达。

当然，他刚好比我快一些。

"我让着你了哦，你说，我够仗义吗？"说出这句话的时候，我感到自己发烫的耳朵一定红得彻底，心也在扑通扑通地狂跳。

白昱说话永远像含着豆腐似的，他用不清楚的语调，漫不经心地说："少来，那是哥们儿……哥们儿我顽强拼搏！"

"不管怎么说，我永远就你这么一个好兄弟。"

我搂住他的肩膀，第一次没嫌弃他被汗沾湿的格子衬衫，并信誓旦旦地以为，这句话我会守住一辈子。

## 03

不知道从什么时候开始我突然有了那么多心思——我想让白昱答应我不要喜欢林静。

当天晚上我给他发了一条短信，大意是告诉他我喜欢的女孩是林静，希望他别和我抢。

我们照常睡前打电话，互相交换做了一半的作业答案，结束的时候他小声地说："哥们儿放心恋爱，你爸妈那边，我给你兜着。"

悬而未定的心终于在他很讨嫌地拉着长音说出"兜"字后，放

CHAPTER [3] - 我们都曾弄丢过，沙漠里的海

了下来。我开始为自己的这点小伎俩窃喜，但自以为是的聪明，在许多年后看来其实很傻，因为我根本没看出来，那个时候的白昱，也喜欢林静。

后来我才发现，真正聪明的人，是白昱。

后来的□了我和林静越走越近。

每到体育课我不再和白昱一起出去找网吧或者踢瓶盖了，放学也不再着急拉上白昱买汉堡，赶在父母回家前打联机游戏，就连原本常常从家里带来的零食小吃，我也只分他一两口。

我把全部的时间、精力和关心，都放在了这个女生身上。

那段时间是没有烦恼的，青春期的荷尔蒙让我有了想变得更强大的欲望，于是我不再敷衍作业，而是靠自己的努力在成绩上进步飞快，还竞选上了男班长，但林静依然被物理拉低名次，始终在成绩单的中游。直到最后她也没有被选上女班长，我们终究没有成为同桌。

眼看着就要升入高中了，每个人都在为自己的以后作打算。班级里有一群即将出国去新加坡念书的同学，他们因为不用参加中考而被大家羡慕。还有和我一样一心要报考市外一所更好的中学的。据说每年环海一中只在我们学校挑选几名最优秀坚韧的学生，而严星一中要靠打通关系才能入学就读。还有一种，就是林静这样按部就班念当地中学的人了，他们不紧不慢，没有额外的要求，安心过

着每一天。

　　我清楚地记得作为班长的我，每次大扫除都躲在教室外面的一个角落，给林静讲她怎么听也听不明白的物理题，以至于被同学们议论纷纷，直至传到班主任的耳朵里，我被撤掉了班干部的职位；我记得我提议要带林静去游乐园玩，白昱陪我省吃俭用了一个月，才凑够一次双人豪华游的钱，结果坐激流勇进的时候，我被吓得半死，紧紧地抱着林静，后来这件事被她笑话了好久；我还记得和白昱一起拿零花钱买了几罐啤酒，偷偷地在我们家的地下室打开，举杯想象着像电视里演的一样桃园结义不醉不归，结果他刚喝第一口就被呛得皱起眉头大骂"真难喝"。

　　日子过得飞快，没有人能让时间停在某一刻。

　　随着体育中考的结束，操场上不再有那么多同学运动了，体育课也变成自习课，我和白昱出去玩的机会越来越少，而是各自埋头在课本里用功。林静不管怎么补习，成绩一直不上不下，不过即使不见起色，考上当地的一中应该也没什么大问题。

　　而我和白昱呢，则一起约定要考进严星一中，继续做好兄弟。

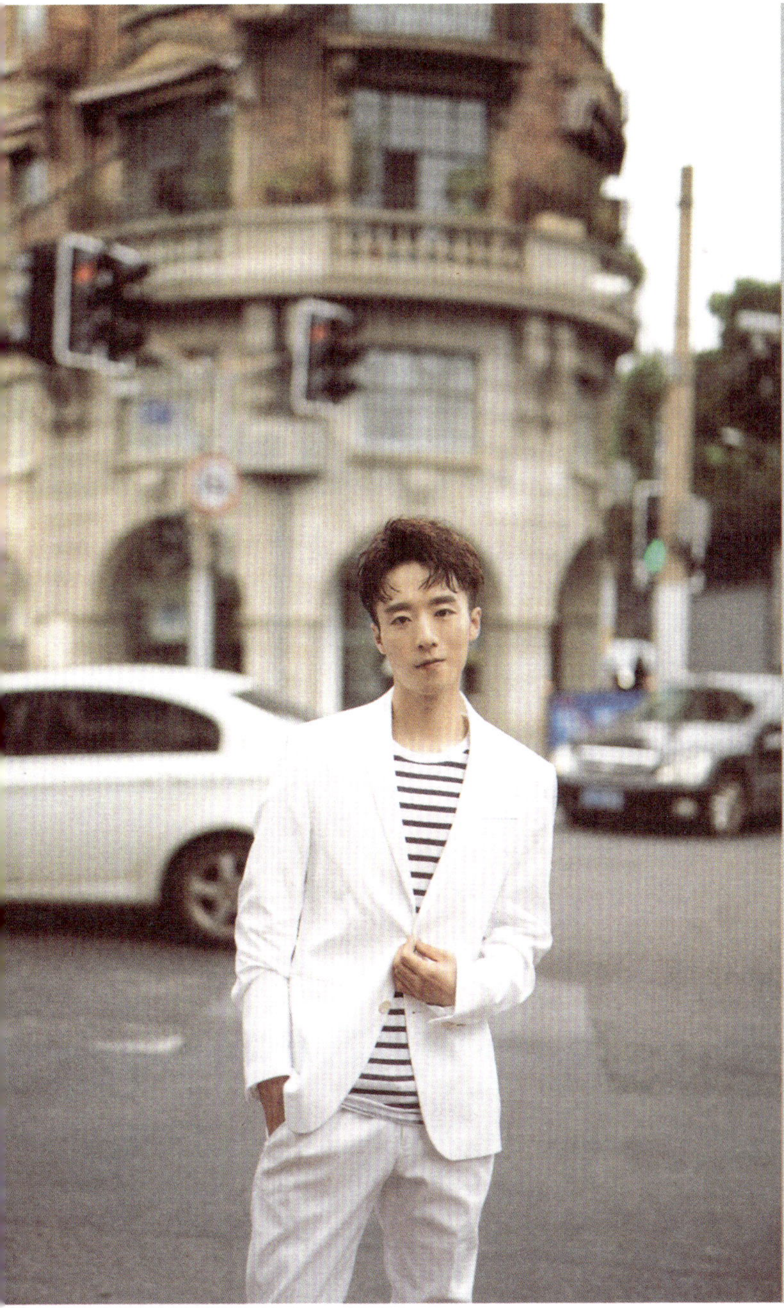

## 04

毕业后的那个夏天,我躺在爷爷家的凉席上,蒲草编制成的凉席差点占满了整个狭窄的客厅。

我一直好奇窗外不停鸣叫的知了会不会口渴,这成为那个时候困扰我的一大疑惑。

头顶偶尔有飞机飞过,我躺在地上看飞机尾巴在空中划出一条白线,就会想飞机排放的尾气那么多,如果不小心闻到,会和爸爸的摩托车产生的尾气一样难闻吗?

我半眯着眼睛盯住白线尾部看它一点点挪动消失,起始的位置不断拉出新的线条,总会特别好奇,这么大的庞然大物,是怎么飞起来的,不会掉下来吗?云朵上的世界到底是什么样的,是不是像电视里演的那样有琼楼玉宇,或是器宇轩昂的天兵天将?

看了一会儿飞机,就昏昏欲睡。天上的世界与我无关,复杂的飞行与我无关,大多数事物都离我太遥远了,还是想想怎么和奶奶申请多吃一根儿雪糕才是正经事吧。

是的,升学顺利的我,在那个时候很少有真正的烦恼。如果非要说有什么烦恼的话,大概是和我最好的两个朋友分开吧。

中考过后的暑假好像过得很快。我已经记不清楚和林静出去玩过几次,也不记得白昱在我家住了多少个白天黑夜,只记得后来的林静剪了整整齐齐的刘海儿，白昱和他妈妈吵架的次数越来越少。等到新学期开始，我拿着大包小包的行李来到严星一中，眼前的一切一如三年前初中开学的第一天，熟悉又陌生。

我没有考进重点班学习，擅长的物理也突然被高中课本的难度难倒；食堂很小，全部的饭菜样式一周就能全都吃遍，每个月回家体重都能掉两斤：一切都很糟糕，让人压抑。

唯一值得期待的是每个星期的计算机课，老师会留出十分钟时间给我们上网。那个年代我们对外沟通的工具主要靠QQ，所以每次上计算机课的时候，我都急着登录QQ去看看上面的信息和状态。

学校的网速很慢，QQ登录要很久，有时候一节课都不能登上。如果运气好登录成功，看见林静的头像在闪，那就是一周里最大的宽慰了。只是进了新校园的她好像也不太适应，说话总是有一搭没一搭的，如果连着两次她都没有回复我，我就像被雨打蔫的小草，悻悻地走出让人期待又兴奋的机房，回到灰暗的教室。

有一次我实在忍不住，就偷偷把手机从家里带到了学校，每天在固定的时间给林静发信息。我心里想，只要不明目张胆地用，只在固定时间拿出来给林静发个信息，应该不会有事吧。

但一个星期还没过，就被巡视的老师发现没收了，于是啊，我所有的执念和等待，都化身成了每周一次的计算机课，和时不时能收到回复的空间留言板。

偶然有一次，我从林静QQ资料里"非单身"一项，知道她恋爱了。坦白说，那时大脑一片空白，我以为是网速太差，用力握着笨重的鼠标刷新了好几遍，才知道她是真的恋爱了。

我对她的资料了如指掌，尤其是"单身"这一项，是她在不理我的时候，我给自己最大的心理安慰。

那时流行"踩一脚"和"顶"，我就每天去她的空间里发玫瑰花表情，给她发布的状态点赞和留言。从周二计算机课下课到新的一周上课，我每天都在心心念念着林静能否看到我发的内容，有没有给我留言，然而常常等来的只有她的"跑堂"，和直到最后被删除好友的系统提示。

我突然感觉世界暗淡了下来，像是经过了一次失败的大考一样，眼睁睁看着自己确信的答案被画上一道红色的斜杠。用以抵抗聒噪世界和繁重课业的、仅剩的那一点点小希望，也随之被冲走坍塌，而那些日复一日、年复一年的梦想啊，终于从一个女孩身上，慢慢消散。

白昱原本和我一起报考了严星一中，但因为需要缴纳的借读费有些多，最后选择了和林静读同一所当地的高中。

我以为我们会一直在同一个班直到大学毕业，所以当知道他妈妈不愿意花借读费的时候，我还特意央求我妈妈去说服他的父母。后来，妈妈拍着我的脑袋告诉我她已经尽力了，但白昱妈妈还是不同意的时候，我终于无奈地低下了头。那一刻，我感觉所有的星星都从天空散落到了地上。

从那以后,我和白昱只有每个月回家的时候,才能通过电话联系一下,我劝他学理,他要我学文,我们在各自学习的路上,成为彼此仅有的陪伴。

## 05

我的高中生活过得挺苦的,准确来说是非常苦。

住宿舍的时候,因为室友都不太爱学习,大家每天都闹到很晚,所以我就只能一个人拿着书去相对安静的楼层楼道里,看书到深夜。我吃饭速度很快,向来都是在食堂解决,吃完就到图书馆睡一觉,然后起来继续做作业。周末班级偶尔组织到市中心娱乐聚餐,我都忍住好几次想到外面去看看的冲动,最后的结果就是,这样的集体活动再没有人叫过我。后来的高中时光,常常只剩下我和一群带着高度近视镜的学霸在教室里奋笔疾书。

可能是以前玩够了,也可能是没有白昱这个玩伴了,那时候我觉得时间是比金钱还要宝贵的东西,为了不让它溜走,我只能自己跑得快一点。

我问过白昱,他是不是也和我一样努力,但他的回答听起来闪烁其词。那个年代还没有现在的智能手机,以前发信息、打电话都是用按键，很多次我看到白昱漫不经心的回复，都会欲言又止，编辑好的信息总是被我一个字一个字用力地打上，又被我一个字一个字用力地按下删除键清空。

　　林静不在身边了，我再也没给女生讲过物理题，我开始花更多的精力和时间去反复研究怎么也解不出来的圆锥曲线和碳氧氢钙；没有了白昱，我也不再翘课去网吧或者去街上闲逛了，反倒为了保持更好的精神和身体状态，在体育课上和同学打起了篮球，那是我单调苍白的高中生活里唯一放松的时间。

　　从宿舍走到教学楼只需要几分钟，我渐渐习惯了这样简单的两点一线的生活。有时候我甚至会想，如果再和白昱骑上那辆破破烂烂的自行车，动作应该会很别扭了吧。

　　我还是会按时给林静准备生日礼物，虽然一直没有送出去过，但每年的7月5日对我来说，都是个定时定点的纪念。偶尔也跟白昱打十几分钟的电话，但是即便如此，我也很少会从做这些事情的过程中感到快乐和安慰了。

　　我在寂静的楼道里听到十二点钟手表提示音响起，合上书告诉自己——或许每个人都有他要走的路吧，每个人也只能为自己的人生负责。

　　到了高二下学期，我的成绩慢慢地从年级的中上游挤进了光荣榜的第一页。暑假前的最后一次全区统考，我竟然第一次考进了前十名。一直以来都精神高度紧绷的我，终于可以稍微松口气，回家好好过个暑假。

说实话，以往的暑假我都是和白昱厮混在一起的，在谁家里玩游戏玩到很晚了就索性睡在谁家，我们闭着眼都可以找到彼此家里藏在花盆底下和消防栓里的门钥匙。

可是这个暑假他竟然破天荒地一次都没有来我家找过我。

我妈妈时常念起他，于是我就主动邀请白昱来家里吃饭。找了他好几次，他才有一次答应，还是磨磨蹭蹭地过来。

那一天，他刚进家门的一瞬间，我差点没认出来是他。他以前永远都是很酷的圆寸，现在却留起了长发，穿的衣服也是当时最时髦的锥子裤和字母T恤，他的脸上不再有以前那样灿烂阳光的笑容了，嘴里却偶尔会蹦出来几个听了让人皱眉的脏字。

不知道是我太敏感，还是他变得太多，一时间觉得坐在我面前的这个人好陌生。但当我毫不客气地盘问起他时，他吐着不清楚的字音，打算把我糊弄过去的样子，又让我觉得格外熟悉。

吃完饭我俩说要去外面走走，神神秘秘地从妈妈那里要了二十块钱，偷偷从超市买了几罐啤酒，在老据点打开咕咚咕咚喝了起来。我还是会觉得啤酒很苦，完全不好喝，但白昱却一副习惯了的样子，纯熟地开启瓶盖，把在我眼里又苦又涩的酒大口灌进喉咙里，然后边喝边跟我讲这两年他的生活。

"知道吗，我刚进班里的时候，没有一个朋友，因为太老实了，总有人找我事儿。后来我知道了，你如果不想被人欺负，就只能欺负别人，这样看起来才比较厉害，之后就再也没人欺负我了。"

他说话的时候，眼睛轻轻眯成一条线，看着地下室的小窗口。窗子透进来的月光把他的眼睛照得又黑又亮，我不知道该对面前这个、对我来说完全陌生的白昱说什么，明明是不认同他的观点的，明明是想骂醒他的，但好像在此时此刻，拍拍他的肩膀挺他一把才是好兄弟该做的事。

"你呢，就好好学习，以后肯定有出息，哥们儿也就这样了。"白昱如释重负地松了口气，看起来洒脱地甩了甩头发，没再继续说下去。

我们各自喝了一大口啤酒，沉默了很久。

那晚，我们没有像以前一样压马路直到凌晨，时间不久这场世纪见面就结束了，我把他送到大门口的时候，给了他一个拥抱，不知道为什么，那时候的脑海里一直闪现着一句话——

每一次告别时候的拥抱，都要用力一点，因为不知道哪一次，就是最后一次。

我没有批评他消极的人生态度，也没有立场责怪他为什么变得堕落，因为就在这次见面快结束的时候，我知道了当年我妈妈并没有去他家说服他妈妈要他和我一起报考严星一中。

白昱说，当时他的爸爸在外面欠了一屁股赌债，如果他念严星一中，需要一笔不算少的钱才可以打通关系。我妈妈认为把钱借给他们，也不知道什么时候才能还上，出于现实的考量，最后没有同意。

　　白昱讲这些陈年旧事的时候，丝毫没有怪我们家的意思，他说早就把一切看得很淡了，何况真正该怪的人，是他那个已经和妈妈离婚的不争气的老爸。

　　我总觉得那天晚上的他在讲出这些积压已久的心里话时是如释重负的，好像这么多年每次我们之间变陌生有隔阂时，他想对我说的话，终于找到了一个合适的机会全都说了出来。

　　但我心里反而有了很深很重的负罪感。白昱云淡风轻地走后，我失眠了。我在想，如果当初我的父母愿意帮他们一把，我们一起顺利地去严星一中念书，后来的一切，都会不一样吧？

## 06

　　我几乎把全部的精力都放在了学习上，如果有多余的时间我会给白昱打个电话，但很多时候都因为繁忙的课业而忽略了他的存在。

　　即便再用功偶尔也有成绩退步的时候，但多数情况，付出的努力总是会获得回报的。

　　高三生活不能用水深火热来形容，毕竟紧张还是轻松都是个人的选择。我听说白昱已经放弃和我比赛学习了，从前名次考到我后面还会在意、懊恼、不服气的他，随便报考了一所提前批的学校。

不知道是我读高中太努力，还是他完全放弃了自己，我们原本相差无几的成绩，如今在三年时间内，有了难以想象的差距。那时候我还不懂大人的世界，有时候会愧惜地埋怨妈妈，为什么当时不愿意借给他们家钱，以至于就这样因为钱断送掉了一个人的未来。妈妈没有斥责过我的想法天真，只是和我说，人生不如意事十有八九。

我一边发自内心的愧疚，一边努力说服自己没关系，我在这种矛盾的心理中准备着每一次复习和考试。

为了考一所更好的大学，我和班里另外两个同学开始一起准备竞赛。怎么说呢，没有篮球，没有游戏，没有兄弟，也没有喜欢的女孩，学霸的生活诚然是无趣的，但专注在题目里的时候，又总能感到一种很踏实、朴素的自信。

也许在经历过对自我的克制、打磨，最终涅槃重生后看到的点点星火，是真的可以照亮所有寂寞的。

拿到竞赛加分后的我，应该说是稳拿理想大学的入场券了，所以高考对我来说就像很平常的一次考试一样，答卷、交卷，在这么几个回合之后，结束了漫长的、充满奇遇的中学生涯。

不久之后，我像提前预知到的一样顺利拿到了 A 大的录取通知书，这对我来说并没有惊喜，反倒是妈妈喜极而泣。

高考完的暑假，我和初中时期的女班长组织了一次老同学聚会，但聚会上白昱和林静都没有来。

　　说不失落肯定是假的，但不知道为什么，在失落的同时，反倒也觉得轻松。也许不用事事亲自面对，本身也是一种解脱吧。

　　听同班的同学说，白昱和林静一直保持着很暧昧的关系，整整三年。他们每天一起上学放学，成双成对地出没在学校各个角落，据说有人在电影院门口见过他们牵手，也有人说他们郊游的时候，两个人住了同一个房间，大家七嘴八舌开始拼凑起或有或无的八卦，在此起彼伏的热闹声中，我像是与世隔绝的旅人，来到一个很陌生的世界。

　　从他们的描述中，我大概知道了临近高考前，两个人断了所有联系，再也没有一起出现在大家的视线当中。白昱不知去向，林静最后也没考上大学。

　　这群人还拿我开起了玩笑，问我是不是曾经喜欢过林静，我嘴硬不愿承认，欲盖弥彰地解释了好几次"怎么可能"，在插科打诨中转移了这个尴尬的话题。

　　那天我喝了很多酒，具体多少我也记不清了，因为喝到后来只感觉天旋地转。自己最好的朋友和曾经喜欢的女孩在一起，我几乎是最后知道的人。我们三个就好像缠绕在一起的毛线球，从靠近彼此的那一天起，谁也没肯放过谁。

　　回家的路上我让计程车司机提前停了下来，扶靠着街边的路灯又哭又吐。我沿着之前每次和白昱压马路的那条街走了很远，觉得像有一块大石头堵在胸口一样，沉沉地压着我喘不过气来。

那种混杂着酒精的强烈的难过，夹杂着林静落榜和白昱消失这两件事，带给我的悔恨、失望还有气愤，每分每秒都在摧毁着我自己建构了这么多年的自以为固若金汤的信任和爱。

我在街边坐了很久，等意识稍微清醒了些，才知道我真正在意的，不是喜欢的女孩和自己的好朋友在一起这件事，而是——我们终究走散了。还有，他们在一起三年自始至终都没有告诉过我。

以前我总是不理解，为什么电视剧里有那么多狗血的情节，现在我明白了，所有的创作都来源于生活。你看，这么滑稽荒诞的事情，不就发生在我们身边吗？

我抬起头看这条走过无数遍的马路，它和以前已经大不一样了——茂密繁盛的大树被砍倒，马路被拓宽修整，崭新的柏油路旁重新栽种的小树苗。可是这条马路仿佛又和以前一模一样，依然有无数的车辆川流不息继续行驶着，依然每天有穿着校服的少年们骑着自行车呼啸经过。

是啊，也许没有谁会因为谁，永远停下来吧？当陪伴在我们身边的老伙伴，一个一个离开的时候，我才明白，这就是成长的必经之路，它有些残忍，却让你不得不承认，我们总要独自长大。

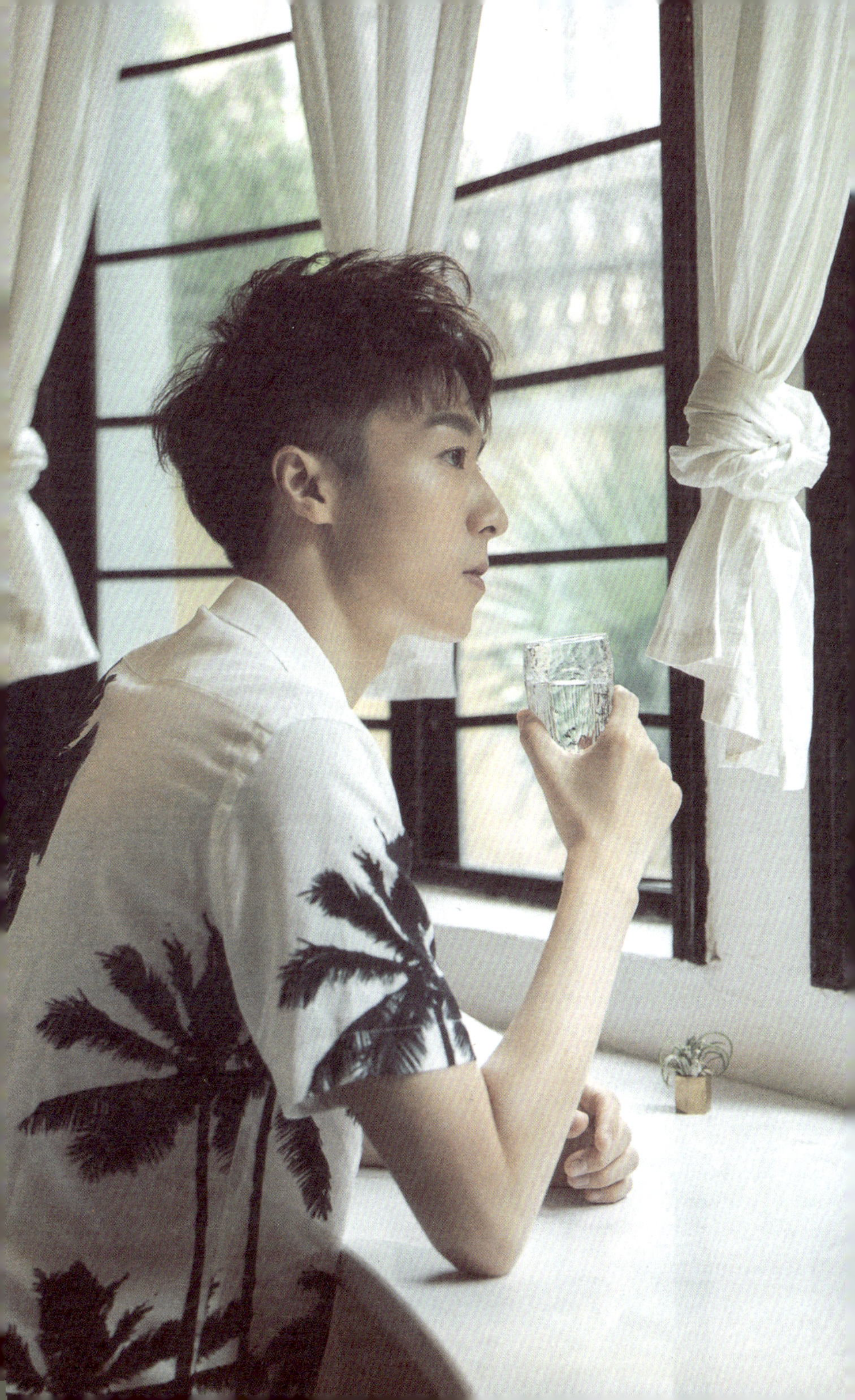

## 07

白昱有很长一段时间,都没有回过我的信息,林静倒是和我恢复了联系。

我在大学期间和同学创办了一家旅游公司,专做国内小精旅游线产品,拿到了一笔可观的投资,做得有模有样。有一次我去岛城出差,去考察那边的产品线路并与一些代理商聊合作,恰巧当地的B大学生会干部是我以前读高中时的学妹,她邀请我在学校举办一场创业分享会。

我一向做事低调,即使事业已经做得风生水起,也还是非常谦虚谨慎。分享会这种邀请,放到以前我是肯定会拒绝的,但或许是刚拿了一笔新融资,考虑到是时候进一步打响公司名气,加上这位学妹的邀请态度很诚恳,我在几次推托考虑之后,最终答应了下来。

举办分享会的场地很简陋,可以看出来他们学校很少举办这样的活动,但学校团委的领导很重视这次分享,不仅亲自坐台下认真听了宣讲,还提前在校园里很多地方摆放了有我照片的宣传展架。

我已经很长时间没有白昱的消息了,但就像我内心深处从没放弃过他一样,他好像也没有真的想要丢下我。活动结束之后,我收到了一个陌生号码发来的短信。白昱看到我的分享会宣传后,主动联系了我。

他在岛城念书,就是我答应做分享会的这所大学,读了一个非常不喜欢,跟我说了一遍我也没记住名字的专业,听他的简短描述,感觉生活过得一塌糊涂。

其实对于过往的纠葛,我早就放下了,毕竟每个人都有追逐幸福的权利,何况当年我还曾自私地先开口让他把林静让给我,现在算是扯平了。可我在当年他最需要帮助的时候,没有伸手拉他一把,虽然帮与不帮的决定权并不在我手上,但心里还是多少有些愧疚的,所以这次他能主动发信息给我,我打心底里感到开心。

我们像从前一样打了十几分钟电话,聊得很愉快。我能感受到电话那头他还没丢光的以前那种不认命的少年气。我说要请他出来吃饭,但他找了很多理由和借口,最终还是没有出来见我。

不过我听他说,他家里的条件好转了些,半年前就已经还清了欠款,白昱妈也再嫁了一个新的人家,他们的生活慢慢走上正轨。现在的他每天挣扎在图书馆,埋头看书写论文,一心想要考研出国。

说实话,听他说完这些,我特别开心。关于这段友情,我唯一清浅的念想,不过是那个我年少时期最好的朋友,真正过上了他所希望的理想生活。

我已经三年没见过白昱了,不知道他是不是还像以前一样,拥有着我很羡慕的古天乐的那种肤色;不知道他是不是还是老样子,不管去哪儿一定要以车代步,连五分钟的路都懒得走;不知道他是不是还喜欢吃米饭的时候,配点盐搅拌一下……想到过去那些逝去的年少时光，心中总是感慨万千。

我随手扯松了领带结，在想起那么多青葱往事时低着头笑了出来。

我知道，我们再也不会像以前一样了——我说不想写作业，他就会扔下手里的笔，陪我出去轧马路到凌晨一点。如今我就站在他大学的图书馆前，我知道他肯定在里面某个没人的角落发信息给我，但我却不想再往前多走一步，我知道，这一步，他不想我走近，而我也害怕见到更陌生的他。

我穿着衬衣、西裤在操场上走了一圈又一圈，心里想，他郁闷的时候一定喜欢在这里跑步吧？走过篮球场，看着灯光下打球的大学生，我笑着想，他一定在这里偷偷地骂过我吧？如果不是我，说不定兄弟你早就是篮球队队长了。路过电话亭，我不由停下，不知道林静和他还有没有再联系过？不知道他们联系的时候，会不会聊起我？更不知道和白昱失去联络的那几年，我手机里躺着的那么多个陌生的未接来电中，是不是也有来自这里的一个？

我站在学校大门前，回头看了最后一眼。一起念书、一起跑步、一起打篮球……那些以前承诺陪你做的事，如今也算是例行公事般简单地做过了，那么希望你记住自己的承诺，好好考研，然后找份好工作。

## 08

回到北京我继续像打了鸡血似的创业，林静时不时会来找我玩，她比以前胖了一点，还是不爱化妆，但就是没有那年阳光照在她的碎头发上，让我想要守护一生的那种清澈眉眼了。

我从未和林静说起过白昱，大家谁也没捅破那个尘封已久的秘密。她曾暗示地问过我还喜不喜欢她，有没有机会跟我和好，但我觉得属于我们三个最好的记忆，已经被我放在一个不起眼的木头盒子里，小心翼翼放在心底最隐秘安全的位置了，我们谁都不能再动手破坏它。

我们回不到过去，也没有必要回到过去了。

我想起小时候很喜欢玩一款叫《大富翁》的游戏，里面有一个关卡会触发接金币的任务。从天而降的金币被可以自由操纵左右行走的人物角色接来接去，有时候我会因为连续去接离人物角色很近的金币，而错过屏幕那边面值更大的金币，有时候会因为贪心想要接一个面值更大的金币，而被掉下来的炸弹炸中。

我们都沉陷在渴望盆满钵满的幻想中，去选择能接到最多金币的路线，但不可避免的是，偶尔会遗憾地错过几个，偶尔会不小心踩到雷区。

这种感觉就是，我们的人生也在不断地遇见和选择，不管是情侣、朋友抑或是事业，不管你多么小心翼翼或者意志坚定，最后还是会和很多人、很多事走散。可能有些人会说，爱情里也有那种从初恋走到结婚，自始至终只爱过一个人的情况，但我相信，在友情里，我们每个人，都一定失去过好朋友。

随着年纪渐长，我们都有自己的生活，很多地方渐行渐远也没有明确的理由。我曾经问过一个好朋友，不管是误会还是隔阂，过去的都过去了，那现在为什么我们不能和以前一样了呢？

朋友大概说，每个人在成长的过程中都要经历不同的人生阶段，对应身边陪伴的人不同，这非常正常。如果有一天，你们不能继续同行，那是你的成长，也是他的成长。当你失去上一个人生阶段的朋友时，不要惋惜，因为他是见证你曾经人生的人，这一点永远都不会变。

可是，和上一个阶段的好朋友走散了，真的不惋惜吗？惋惜啊，可是没有办法。很多事情都是从量变到质变的过程，你的思想在变化，他的生活也在变化，等你进入下一个人生阶段的时候，他要么还在原地，要么也进入了属于他的人生新阶段，而你们俩这两个人生阶段已经不一样了，你可以在想起他的时候问候一声，但永远也不可能参与他的人生了。

过去和你形影不离是真的，现在不能再像以前一样参与你的人生也是现实。

CHAPTER [3] - 我们都曾弄丢过，沙漠里的海

我相信每个人都有走丢的朋友，不管是大发雷霆转身离去，还是无声无息地悄然分开。我们，一定都有过。

不好意思　　　><　　我也是第一次当大人 ////////////

不好意思 ∞ 我也是一个凡俗之人

CHAPTER 4
17:10

当你离开我

2017

## 01

　　夏天好像一下子就来了，气温慢慢爬升，一夜之间树木全绿了，很快郁郁葱葱。光照像贪玩的孩子迟迟不肯回家，蜜瓜甜得不真实，空气里有可以闻得到的舒适感。

　　一切的一切都仿佛在提醒着，这样的季节只适合好心情。

　　"冯一，你有一个快递，我帮你取回来放在桌子上了。"

　　"哦。"

　　冯一穿着一身米色的睡衣，拿着一块白净净的毛巾，来回搓着自己湿漉漉的头发。她把装满沐浴用品的小篓子轻轻放在椅子上，里面的瓶瓶罐罐甚至连碰撞的声音都没有发出。

　　她拧干毛巾，水流"簌"的一声从扭曲的毛巾里流下来，噼里啪啦砸在阳台的水泥地面上，很快就渗进裂开的缝隙里。

　　她不紧不慢地把毛巾挂好，接着回到寝室从书桌抽屉里靠北的第三个盒子里准确无误地找出一把小剪子，用它沿着快递箱上粘好的胶条，轻轻划开了一道口子。然而她并不着急打开，而是先把写着收件信息的单子从快递箱上揭下来，用剪刀剪碎，再全部扔到垃圾桶里。

　　据说，她每次都要这样，等做完这些，才把快递箱拆开。

快递箱外粘了三圈胶带，里面塞满了防震荡的填充物。冯一慢慢拨开层层充着气的塑料袋，当抽走最下面的一排时，一个扁扁的小黑盒顺着掉落了下去，砸到箱底，发出"砰"的一声。

"该不会是定时炸弹吧？"冯一心里想。

她蹲在地上，把散落在眼前的头发顺手捋了上去，别在耳后。吐了一口气，然后伸手去掏箱子里的东西。

嗯，是一盒黑枸杞。

黑枸杞多产自甘肃、青海等西部地区，它含有大量的花青素，食用价值和药用价值都很高，可以抗衰老，对人体而言有很好的保健功效。

寄来这盒黑枸杞的人姓陈，是冯一的学长。

陈学长比冯一大两岁，是她的同门师兄，现在服从学校的安排在青海省支教。

按照组织的规定，陈学长将在一年后回来。

## 02

要说冯一和陈学长的相识，那还真是奇妙。

冯一大学入学报到时，陈学长负责帮她搬运行李，可是一路上谁也没开口说话。冯一没有打听关于这个学院的八卦，陈学长也没有向新生讲这个学院的故事。直到他把行李送到冯一的寝室，两个人都没有一句寒暄。

冯一关上门，陈学长扭头走下楼。

她没有说声谢谢，他也没有留下任何联系方式。

相遇波澜不惊，就好像炎炎夏日里静止的风一样。所以并不是一块石头砸向水里就会溅起水花，也绝不是我们有缘就会有故事可讲。

陈学长离开后，冯一安安静静地打开行李箱，把事先准备好的毛巾和消毒液拿出来，套上手套，一遍一遍地擦拭着新的宿舍。都擦干净后，拿出几张报纸垫在柜子里，然后这才把叠得好好的衣服一件一件摆进去。墙上也贴满了报纸，把凡是她可以接触到的地方，都用自己认为安全干净的方式保护起来，好像编织一个新的世界一样。

所以冯一有洁癖症这件事，从她入学开始就尽人皆知了。

冯一的床在四号位置，也就是进门右手边的上铺，书桌在房间最靠里的位置，这一切都完全符合了她的期待。她就是这样一个爱孤僻的女生，尽可能地与这个世界错开来，不要发生任何关系。如果能再有一个和自己一样安静胆小但并不认为这有什么错的女生朋友，那就更好了。

总之就是这样,她愿意做一个最普通、最平凡、最起伏全无的女生。

只要能活在这个世界上就好。

## 03

大学生活热热闹闹地开始了,碧绿庞大的杨树张牙舞爪地打开所有的枝叶,应和着敲锣打鼓的社团招新。来来去去的学生,在大张小张的宣传单中穿梭,售卖电话卡的各家公司搭起了帐篷,白色板子上写满了优惠的套餐和一连串的手机号码。超市和宿舍间的道路熙熙攘攘,整整一条街都是售卖床褥和洗脸盆的商贩,也有要毕业的高年级学生,卖着四六级和雅思托福的考学宝典,卖着线性代数和计算机的教科书。食堂推出新的样式菜欢迎新生,最火的石锅拌饭窗口总是排着长长的队伍,奶茶店肥胖的老板娘咬着牙打折,珍珠总是给免费加两倍。

经历了一整个死寂的夏天,这所大学终于在新生的到来后,重新焕发了生机。

冯一所在的寝室是 308 室,总共四个人。一个来自北京的学美声的特长生,一个娇小漂亮的成都女孩,还有一个可爱的胖姑娘来自西安。她们在互相介绍后很快聊到了一起,叽叽喳喳地商量着以后去哪里烫头发,要去哪座商场逛街,要不要买丑丑的蚊帐挂起来,还是每晚轮岗捉蚊子。

突然"扑通"一声响,寝室骤然安静。

冯一蹲下身子,捡起故意扔在地上的洗脸盆,然后小声悄悄说:"不好意思。"

她面无表情,端着刚捡起来的洗脸盆,走到自己的座位上,把脸盆小心翼翼地塞到自己的柜子底下,然后慢慢坐下,谁也不看一眼地翻开一本很厚的小说,怯怯懦懦地看了起来。刚洗过的头发湿漉漉地垂下来,她也不吹干,任由水滴顺着发丝往下流,滴落在书本上,很快就把那页纸的一角润褶皱。

寝室里的几个女孩不知道说什么,于是把目光从她身上转移到了手机上,在一个只有冯一不在的微信群里,她们说道:

"她有病吧。"

不,冯一没病。

她只是不喜欢外面吵闹的世界,这其实没什么不好。不过诚实一点讲,除此之外,她孤僻,有洁癖和轻度抑郁,甚至还有轻微的被迫害妄想症。

可是大多数同学并不知道,冯一之所以这样,是因为在她读初三的时候，母亲在家中吃安眠药去世了。起因是冯母发现冯父在外面有了情人，冯父执意要离婚，并且要和那个女人结婚。夫妻俩一连数月都在家里吵闹，甚至大打出手。后来颜面尽失的冯母觉得无力回天，失去了对这个世界的希望，服了一瓶安眠药。

妈妈过世这对冯一来说是巨大的打击，自此以后，她开始排斥外界吵闹的环境，还有所谓的需要彼此信任的爱情。

后来，宿舍里的这几个女孩偷看过冯一的日记本，里面有一段话是这样写的：

"这世界真冷酷，真残忍。倘若我躺在这张床上，一天一天地连续躺着，我什么都不做，没过多久我就会被饿死。它根本不会给我丝毫提醒，它依然日夜更替，昼夜交替。窗外的世界车水马龙，每个人有不同的目的活着，而我此刻，我说的是此时此刻，正被这个世界彻底遗忘着——我静静躺着，与时间做无声的抗争，然而我始终斗不过时间，没多久我就会被活活饿死，它根本不管我的死活。

"天啊，我才反应过来，我是眼睁睁被这个世界杀死的。说得更直白一些吧，这个世界根本就是想将无可奈何的我赶尽杀绝。"

她们看完后笑个不停，可就在她们认为这段话不可理喻的同时，冯一坚定不移地相信着这样的道理。

所以从入学的那天开始，这个寝室，就已经是三个人和另一个人的寝室了。

冯一就读的是中文系，按照系里的规定，每个新生都会被分配到一位高年级的学长或学姐做辅导员，目的是让新生更快更好地融入大学生活。

缘分说巧是真巧，陈学长就是冯一的辅导员。

成都女孩分到的辅导员是一个极其猥琐的师兄，整天约她看电影吃消夜，还拿着学术交流当挡箭牌，邀请她去图书馆五层最里面最角落的地方，双眼直勾勾地盯着她看。北京姑娘分到的是漂亮姐姐，从化妆到服装搭配，每天和她切磋。而西安女孩分到的则是一个体育达人，每周二、周五教她打网球。

而陈学长只给冯一发过一次信息，表明自己是学生辅导员的身份。

最开始，冯一对陈学长进入自己的世界是完全拒绝的。她的世界，不需要任何人来参与。冯一享受这种孤独，她常说，孤独可以给人带来踏实感。当你什么都不曾拥有的时候，你才会有完整的自己，只有这种完整才可以带给你全部的力量。

如果你拥有爱情，你会把一部分的自己分给爱人；如果你热爱工作，你会把一部分的自己分给上进；如果你喜欢咖啡和蛋糕，你会把一部分的自己分给味蕾。

于是当你失恋时，分给爱人的那部分你会感到隐隐作痛，就算只是吵架，也会给你带来患得患失的恍惚感；当你工作不顺时，分给上进的那部分自己会受挫，挫败感将摧毁你的自信；当你得不到咖啡和蛋糕时,分给味蕾的那部分自己会提醒你它得不到想要的满足,心情糟糕。

所以只有孤独,会让你完全是你,你不必去理会其他四分五裂的自己。

孤独没有什么不好,那是你在和自己相处。冯一坚定不移地相信着,只有孤独,才能让人彻底冷静下来。你不会关心外面的纷纷扰扰,你也不会在意别人的说说笑笑,反正你清清楚楚地知道,这个世界永远不属于你,你就是一个人如此这般,得失就变得不再重要,情爱也变得无足轻重。

就这样,冯一拒绝来自这个世界的温度。

所有好意与恶意,都被她挡在门外。

她只想做一个最普通、最平凡、最起伏全无的女生。

只要能活着就好。

## 04

冯一入学那年,陈学长大三,在学院里既不是学生干部,成绩也排不到前面,体态平平,因此每年运动会,他也只是混杂在观众看台上的普通一员。几经打听,才知道他在同学们眼里也是一个冯一一样的存在，少言寡语，独来独往。

所以说，其实冯一是非常适合和陈学长做朋友的，两个人懂得交往的界限，哪些东西不能碰，哪些距离该保持，都心里有数。冯一也需要一个这样的朋友，拿不动快递的时候帮个忙，生病要去校医院的时候有个伴，压力大的时候一起跑步，其余时间，你可以吃你的食堂，我可以泡我的方便面。而真正为难的是，谁也不想打破属于友情及友情以上的界限，仿佛这件事往前迈一步，对彼此都很难。

直到有一天，陈学长约冯一去看学校组织的画展。

画展是关于丝绸之路的，陈列的画作都是把美感藏在历史当中，只在学校展列三天。对绘画一点都不感兴趣的冯一，拒绝了陈学长的邀请。

她不知道，那天陈学长攥着被拒绝的两张票，站在教学楼顶层的天台上发呆了很久。

学院开学时给每位新生辅导员100元的话费补贴，并且要求新生辅导员每半个月就要上交一次辅导情况说明。出于良心和责任心，陈学长还是很努力地尝试着去联系冯一。他大概每两周会给冯一发一次信息，内容无非是邀请她去看电影或者干脆出来走走。

两个人真正意义上的第二次见面，是在陈学长连续发送第五次邀请之后，也就是开学后的第三个月，两个人约在了校门口的一家拉面馆吃晚饭。

## CHAPTER [4] - 当你离开我

拉面馆店面不大,招牌是牛肉拉面,里面放了很多紫菜,还有店家秘制的高汤,配上腌制的萝卜干和清炖牛肉,光闻起来就很香。

在面还没上来之前,陈学长就拿起桌上的卷纸巾,撕下一大段一大段,反复擦拭着冯一面前的桌子,边擦还边倒出一点热茶水配合着。擦干净桌子后,他把一张纸巾抽出来,放在了桌子上,这是给冯一放手机用的。接着陈学长又要了一壶热水,认认真真烫了烫碗筷和汤勺。

冯一看得目瞪口呆,原来她有洁癖症这件事,已经传到这么多人的耳朵里了。

冯一尴尬地笑了笑,陈学长也没说话,好像彼此心照不宣一般。

服务员小妹端来两碗面,因为她一手端一碗,碗大汤又多,一路走来晃晃悠悠。小妹先把一碗面放在冯一面前,由于是一只手端着,所以有些拿不稳,大拇指很自然地钩住了碗沿,放下后才用两只手去端另一碗,平稳地放在陈学长面前。

冯一快要疯了,眼睛睁得大大的,吞咽着口水,手不停地搓着裙子。

"你吃我这碗吧。"陈学长把两碗面对换了一下,什么话也没再说。

冯一愣了几秒后,默默拿起筷子。如果没记错的话,她的脸涨得通红,写满了尴尬。

其实说实话，冯一长得还是挺美的，皮肤白，头发黑亮，身材瘦小，是典型的南方女孩模样。她很注重卫生，所以常穿白色的裙子，一张小脸上总给人一种白净如玉的感觉。

她一只手将住散在身前的头发，一只手拿着勺子喝汤，牛肉汤浓郁香厚，喝下去整个胃口都暖开了。她吃面并不像其他人大口大口地吸，而是一点一点地咬住，吞下去，最好全世界都别出声。

他们聊了很多，从痛苦的高三生活到家乡的建设，从室友到楼长，从小时候的故事到以后的职业理想。虽然鲜有笑声，但交谈也算顺利愉快。

看冯一胃口不错，陈学长又点了一屉小笼包，也是店家的特色，肉馅小笼包滚烫，里面有很多的汤汁。冯一第一次吃不知道，一口咬下去，汤汁溅出来，滴落到白色裙子上。

她几乎下意识就扔掉了筷子，皱着眉赶紧拿纸巾擦衣服。

可汤汁已经渗进裙子里了，冯一再用力也擦不掉。

"不行，再不洗就擦不掉了，我得先回去。"她苦着脸，拎起包起身就走了。

听说那天晚上，这个怪女孩在宿舍的盥洗室里，拿着一盒肥皂，把裙子搓了很久很久。

## 05

陈学长不知道那天分别时的情形算不算尴尬,总之他连着几个星期都不知道该以什么样的方式再开口约冯一。

时间过得飞快,每个人都在大学里拼命寻找着属于自己的支点,并且以这个支点为生活的重心,过着各自的日子。

陈学长的这个支点应该就是冯一了。

这是陈学长在这所学校的第四年,也是最后一年,他终于鼓起勇气想谈一场恋爱。

他每天早上都会穿着运动衣,在冯一的宿舍楼下等她,不到六点钟,两个人就一路小跑到学校的运动场了。绕着四百米一圈的操场跑啊跑,迎着刚出来的太阳,迎着刚吹来的晨风,暗橘色的跑道上只有他们俩。

运动是缓解压抑最好的办法之一,清晨空无一人的操场,一点也不热闹,恰恰是冯一的最爱。他们并排跑着,彼此很少说话,有时戴耳机,有时候也不需要音乐,你跑你的,我跑我的,只是彼此陪伴,像是一场无声无息的自我治愈。

跑步结束,两个人会去学校的食堂吃早餐,一、三、五是豆浆油条,二、四、六是八宝粥配猪肉包,周日两个人休息,谁也不打扰谁。

按照惯例,每次一起吃饭,陈学长会拿纸巾把冯一面前的餐桌擦干净，用筷子把包子戳开一个小裂口让汤汁先流出来。

其实冯一是日渐习惯这种陪伴的，比起宿舍里叽叽喳喳的室友、说三道四的同班同学、冷眼相对的老师，她觉得全世界只有陈学长是理解自己的。

尽管陈学长也不被人理解。

所以这样一对被所有人嫌弃的男孩女孩，就这样成为彼此的生活依靠。

渴望谈一场校园恋爱的陈学长，也寄希望于一种叫作日久生情的东西。

他们应该算是朋友了，可他们并不分享彼此的秘密；他们除彼此以外在学校里再没有亲近的人，尽管彼此之间也说不上有多亲近。

鼓起勇气的陈学长想要追求冯一谈一场恋爱，可他并没有任何宣告，也没有任何暗示，只是始终如一地默默对她好。

这段别扭的感情就这样，像风雨中一点也不坚固的树苗，飘零着，摇摆着，看不到未来。

然而谁也不敢否认，这对他们而言已经是最好的结果了。毕竟这个世界上真的有这样一群人，他们认为自己的生活根本不需要恋爱，一个人完全可以活得很好的。还有一些人，自卑的他们认为自己此生不会拥有爱情。在这个世界上，他们给自己起了一个固定的名字，叫作"配角"。

冯一和陈学长就算是这类人。

他们的日子过得简单，没有什么值得特别铭记的精彩。泡图书馆，看热映的电影，吃学校附近好吃的麻辣烫，周末偶尔会去艺术中心看根本看不懂的艺术展。

冯一对自己没有什么期待，每天都像白开水一样寡淡无味，借用她日记里的一段话，就是：

"我不想有什么惊喜，也没幻想过我的人生轨迹会有怎样的变化，因为那都与我无关。或许白色的新裙子会让我有一瞬间的喜悦，可那也仅仅是一瞬间罢了。新衣服总会变旧，惊喜总会过去，日子慢慢就会浮现出它原本的老样子，它本该如此无聊，谁也不要给这二字某种压力。"

这样悲观的女孩值得心疼吗？在她烂透了的世界观里，全世界都是灰暗的，生活好像行尸走肉，了无趣味。

可她仍旧有着最珍贵的意识，那就是无论如何，都要活下去，哪怕是硬着头皮。

这点在陈学长身上表现得更为明显，陈学长会为了打一局电脑游戏而拼尽全力，一旦输得一塌糊涂他就会很懊恼；课上的发言，他总是要紧张得提前一个月就准备好；偶尔有同学拜托给他的任务，他也总是奋力地去做好，害怕会被别人看不起。

不管生活给了他什么颜色，他总是以理智冷酷的脸色相对。

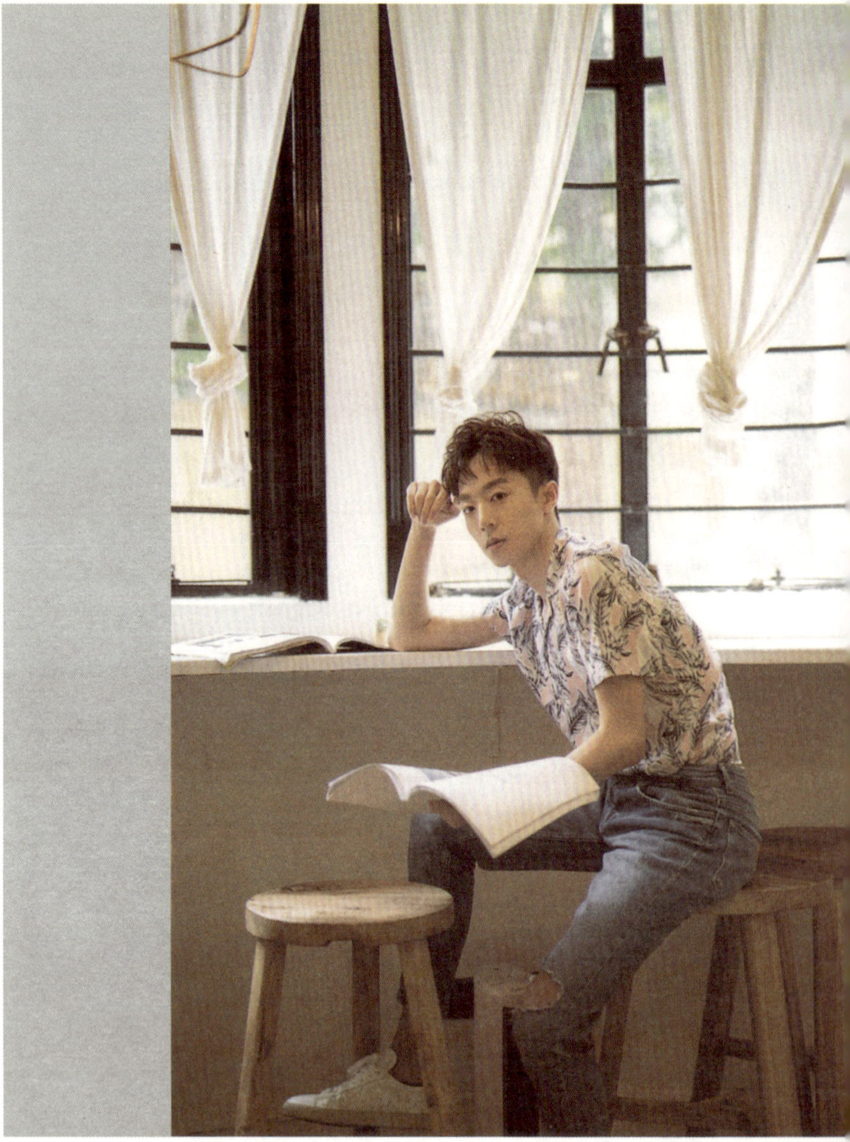

## 06

那是2009年的深秋了,转眼间冯一成为大学二年级的学生,陈学长距离毕业只有不到一年的时光。

这是最好的季节,万物寂静,没有蝉声,没有雨后潮湿,没有大雪纷扬,一切都像是要走向尽头一般,缄默无言。

然而这也是一个最糟糕的季节。有时候落叶掉落在地的声音也可以敲碎一个人的心,西风死去,绿叶死去,好看的裙子死去,枯败的树木可以让你的心情也跟着死去。

冯一对深秋说不上是喜欢还是厌恶,或者正如她所言,喜恶有区别吗?反正深秋不会因为某个人而改变样子。

一场秋雨过后,树叶窸窸窣窣掉落得差不多了。路上积满了黄色的落叶,踩在上面,响声清脆,像叶子骨折了的声音一样。

陈学长约冯一出来秋游,他带了从超市买来的面包和矿泉水,零零散散的还有些卤鸡爪和牛肉干。他们坐着772路公交车,一路颠颠簸簸。

公交车,对失恋的人来说,是最好的治愈场所。坐在公交车的最后一排最角落的地方,任它带着你满城跑,从白天跑到黑夜,夜幕降临你也不必走。无人问津,没人问候,你尽管让自己失落放空。

爱的往复都在嘈杂的鸣笛声中浮现,接着在车流的穿梭中被碾轧得粉碎。你们的那些美好回忆,好像车窗外光怪陆离的颜色,时而恍惚、时而清晰,这时候全世界都与你无关,你可以肆意哭个痛快。

然而此刻的公交车,对于冯一和陈学长而言,却是一段小兴奋的开始。他们望着窗外,生怕坐过了站,手里抱着的一大袋子零食,也生怕弄丢了。此时此刻,他们就是这个偌大世界里最渺小的存在,却也是最真实的幸福。

冯一穿了一身黑色的运动服,由于修身,身材显得很不错。他们找到了一块草坪,铺好带的垫子,就开始了第一次出游的美好时光。

一切准备妥当,却谁也不说话。陈学长按捺不住尴尬的气氛,率先开口,冯一也漫不经心地配合回答着。

"天气不错。"

"嗯,是啊。"

"你看那个云彩,移动得好快啊。"

"哈哈,是啊。"

"我时常想,这世界好奇妙,我们在坐着,其实也在动着。"

"呃……怎么讲?"

"就是我们也跟随着地球在转动啊。"

"可是那也是地球在动,我们没动啊。"

"哎,不是不是,我们也在动的,相对于这个宇宙的坐标体系,我们位置发生了变化,就是在动啊。"

"所以你认为,万物万事都在改变,对吗?"

"是……其实也不是……"

"没关系,我是一个很悲观的人,你可以尽管讲。"

"不是不是,绝对不是!"

"你别紧张嘛,我知道一个秘密。"

"什么?"

"我不告诉你。"冯一故意卖关子,又迅速转移话题,"所以你觉得万事万物都在变?这世界本无永恒?"

"那如果非要诚实地讲,我认为是的。"

"春会变成夏,落叶会被皑皑白雪覆盖,昼夜更替,海洋成为沙漠,感情也无法永远保持不变。"

"但是很多事情,变了也不一定是坏事。"

"哦?比如呢?"

"比如喜欢这件事。"

"所以有一天,你会不再喜欢你喜欢的人了,对吗?"

"嗯,不会喜欢了。那可能是因为我学会了爱。"


好像有一阵秋风吹过。

又过了挺久,冯一的脸才褪去了害羞的红,恢复到了原本的肤色。她觉得自己扑通扑通的心跳声,好像盖过了旁边吵闹的孩子,盖过了头顶划过的飞机。

此刻好像全世界都失声了,真空一般,时间好像使万物静止,然后随即一颗巨大的糖果砸落进她的世界,轰隆一声巨响,宣告着她心里那座处处防备的围墙轰然倒塌。

冯一第一次听到这样的话,难免有些措手不及。

那天,陈学长一直想要拉她的手,却始终没敢,最多最多了,他会借冯一的头发被风吹乱的机会,去抚摩一下她额前的碎发,可他终究没有鼓起勇气说出类似"我喜欢你"这样的话。

身边大多数同学都在议论,两个整天以彼此为伴的人,为什么还没有捅破之间的那层纱。在一起后有个伴,也能改变一下彼此的性格和生活方式。

可是对于两个习惯了孤单的人来说,能够这样已经很好了,谁都不想往另一个世界再多迈出一步,留在原地不受伤害就已足够。如果再幸运一点,能产生一点小暧昧,作为平日无料生活的一点调味剂,那就更好不过了。

做一个孤单的笨小孩,总比做一个闯入危险世界的大人更容易也更安全。

## 07

　　他们这样的状态持续了足足半年，直到第二年春末夏初，陈学长即将毕业，准备去青海支教。

　　饯行那天，他们约在了一家高级餐厅吃饭。这是他们之间吃过的最贵的一餐，如此郑重其事，仿佛这顿饭过后，就再也不见面似的。餐厅位于商厦大楼的56层，可以俯瞰半城的风光，这座城市收留了那么多思念、那么多离愁、那么多难舍难分，也收留了那么多故事、那么多秘密、那么多有苦难说。

　　临别，她低头沉默地看着地板，他沉默地看着她。

　　他突然上前一步，用力抱住她，紧接着用力地亲吻了她的额头，然后把她哭得颤抖的身体抱得更紧，更紧。

　　他的呼吸急促，好像每一声喘息都直接从心脏底处翻涌上来。

　　过了很久他才慢慢松开她，拖着两个笨重的表面都磨得破损了的皮质行李箱，转身走了。轮子滑过地面的摩擦声，和他不停往下吞咽口水的声音，在明亮又寂静的楼道里清晰可辨。

　　他按下好像早就在等着了的电梯。

　　然后突然跑回来，再次抱住了她。

　　虽然很难，但是她还是尝试着推开了他，哭着背过身去，用双手捂住自己抽泣的脸。

她用背感受着他的沉默,他哭或是没哭,感受着他的表情,是扭曲也可能是很洒脱,她用背感受着这个世界全部的引力,就来自于他和她之间。

她应该是能够靠背来感受到,他一步一步地后退。

直到电梯再次"叮"的一声响起,又"砰"的一声关上,她才忽地停止连绵的抽泣,恍然间意识到分别的真实感。

顷刻间,时间和万物都静止,只有她的脑袋在不停地嗡嗡昏转。她背靠着门,在安安静静地痛哭之后,她忽然意识到——

她恋爱了。

## 08

就在他们分开的这一刻,冯一才坦然承认,自己是真的爱上了陈学长。

和很多无能为力的事情一样,冯一只能眼睁睁地看着自己刚刚喜欢上的男孩子离开,这种感觉就好像她在日记本里写的:

"……我发现我喜欢上了他,我很意外,我竟然和爱情扯上了一些关联。而比这更可笑的是,直到他离开时我才察觉到这份感情的存在。原来,喜欢上一个人的预兆,就是自己渐渐失控,抛弃曾经坚持已久的准则,包括孤独。我不知道接下来我需要做什么,每天都想他吗?还是要试着哭一哭。我什么都不知道,我只知道此刻的我,好像真的有点难受。"

此后,冯一尝试着联系陈学长,可他总是不能及时接到电话,有时候是信号不好,有时候是他刚好在忙。冯一不会像大多数女孩一样撒娇,也不敢和他说"想你"这样的甜言蜜语。主动打电话已经花光了她全部的勇气。但是那些不勇敢的念头,已经够她欢喜一阵子了。

晚上睡不着,她会趴在床边,透过狭小的窗户看外面的月亮。她心里想,他们此刻看到的月亮,总该是同一个吧。月亮不会说话,只是安安静静地时隐时现。它不懂人的伤悲,不会点头,不会说话,不会眨眼,可它在地球以外,和冯一一样孤单。

冯一时常想,如果陈学长还在的话,那么几个小时后,他就该出现在宿舍楼下了。宿舍楼下的自行车,摆放得并不整齐,陈学长会选一辆看起来干净一些的自行车,坐在上面等她。他会穿白色T恤,黑色运动裤,手腕上的表从没忘记戴过。如果在冬天,他会戴一个厚厚的毛线帽,那样子丑到可以让冯一笑出声来。

冯一经常问他:"你可以摘掉你的毛线帽吗?"

有次陈学长还戴了一副无比丑陋的手套，冯一笑得前仰后合。陈学长说天气冷，手会被冻坏，于是摘下来一只非要她戴上。现在那只手套就躺在小衣柜里，自他走后冯一再也没有戴起过。

所以坦白讲，陈学长走后的每一天，冯一都过得不太好。吃饭的时候没有人帮她擦面前的桌子，早餐的灌汤包也没有人帮她戳开一个小口放汤，压力大的时候没人陪她四处走走，也再没有人愿意专门等她一起去操场跑步或是去公园野炊。

好像刚刚才来到战场，却弄丢了铠甲，要如何是好。

人总是这样，在拥有的时候不珍惜，等到恍然大悟时，往往已经失去。

冯一真希望那些时光可以倒流，她一定在吃饭的时候多看他一眼，跑步的时候摘掉耳机，答应他去看那场美术画展，秋游野炊时趁飞机在头顶轰隆而过时大胆地说出那句"我喜欢你"。

然而这一切都已经晚了，时间过后，物是人非。

日子反复如常，她整日都浸泡在无尽的失望中。冯一习惯写日记，用这种和自己对话的方式，宣泄着心里一切的情绪：

"也许我不该爱上你，不该去触碰这份感情，如果保持先前的生活，就不会有这些烦恼了。可是现在的我该怎么办。"

"想你，但不告诉你，尽管如此，这都已经构成了我活下去的大多数的欢愉了。靠着这些自我炮制的甜蜜，我过得很卑微，但很开心。"

## CHAPTER [4] - 当你离开我

　　那段日子冯一经常失眠，黑眼圈越来越重，睡不着的时候她就经常在想，为什么日子会过成这样呢？可七个小时后，不管她是否接受，天又亮了，生活还要继续。

　　她给自己打气，好不容易决定起床去上课，可到了教室才发现老师讲的内容她完全听不进去，偶尔讲到一些词汇，她会走神不自觉地联想到陈学长。窗外没有电线杆，白鸽也不知道去了哪儿，教室里的一切都无法吸引她的注意力。

　　每次想到这里，头脑就像要爆炸了一样混乱。疑问充斥着生活，感觉有无数个自己的回声在逼自己缴械投降。说真的，即便是性格里有些孤僻和消极的冯一也不喜欢这种生活，小小的无助都会连绵成持续的消沉。

　　所以看到这儿的你们都知道了，一个根本没想过靠近爱情的人突然失去了爱情，就是这样，如冯一在日记里所说：

　　"我好像吃不下饭，不是因为他，也不是因为天气热，我很清楚是因为我自己，关于这一点我从很小的时候就发现了。坦诚地接受自己的悲观与孤僻是一件很难的事情，毕竟睁开眼睛去寻找阳光总是比闭上眼睛要费劲得多，尽管世界一片黢黑。我曾经以为陈是我世界里新的支点，我也曾妄想着依靠他，摆脱掉那个不堪的自己，但是分别残忍，我不知道以后该怎么办。

　　"我不敢说爱，我只敢说喜欢。可是我既没权利说爱，也没能力去喜欢。我就像断了线的风筝，放到水里的冰，和一不小心弄丢

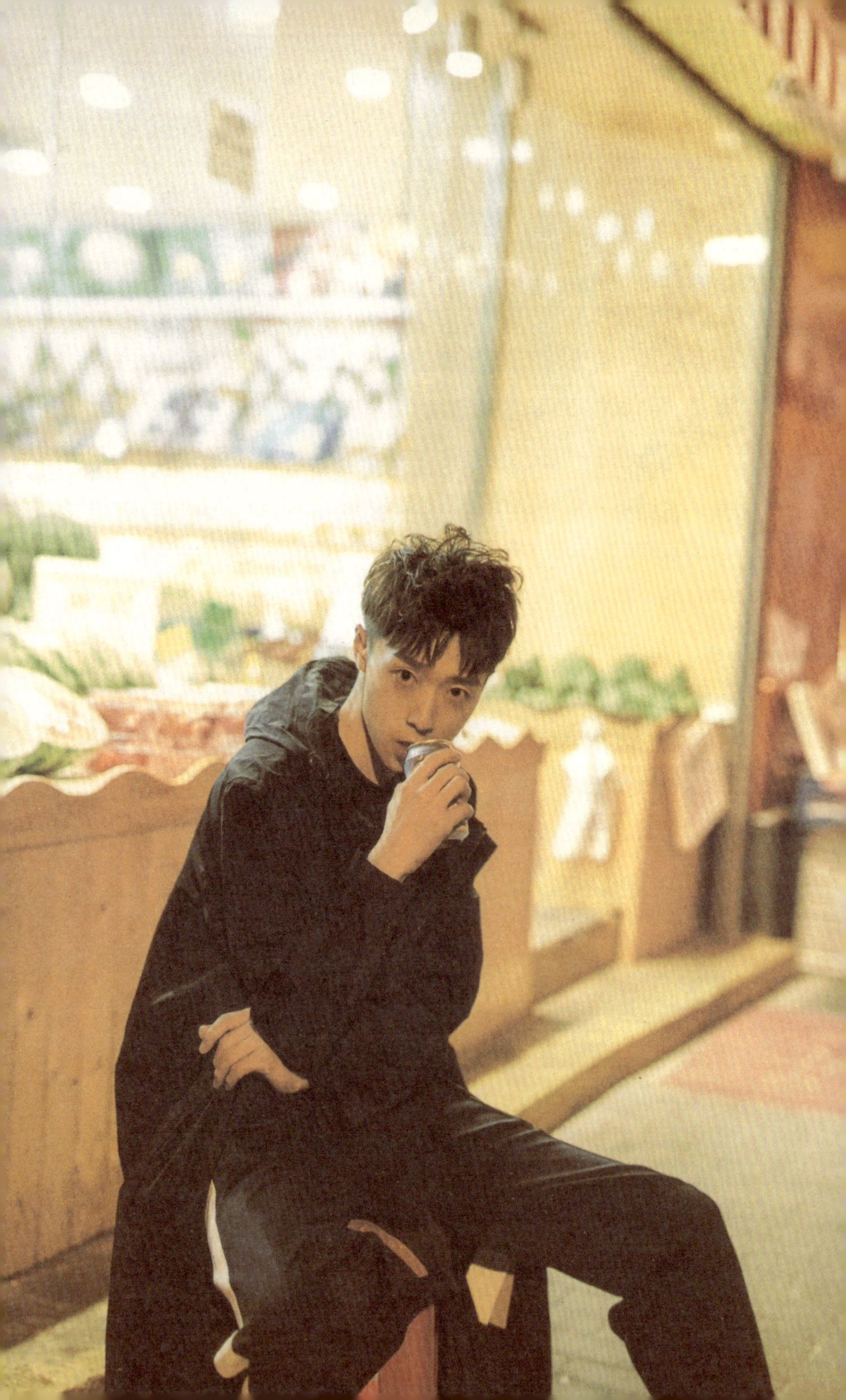

了的好心情。"

## 09

孤单的月亮有星星做伴,沙漠里总能找到水源,晨光被人们期待,你爱的人也会隔着全世界的思念来到你身边。

冯一决定试着了结痛苦,硬着头皮去面对身体里的那些阴暗面。

她规定自己只要白天过得充实开心,晚上睡前就可以给陈学长打一个电话,即使有可能打不通,她也把这通电话当作每天的动力。她开始恢复晨跑,虽然只是一个人也要坚持锻炼,跑完后去食堂吃早餐,假装陈学长在的时候一样,一、三、五豆浆油条,二、四、六粥和灌汤包。记得写信给陈学长,把心里想说的压抑已久的话都告诉他,哪怕邮寄需要很久,或是根本没有送达,也全当作是说心里话了。

冯一试着打理好自己的生活,清扫宿舍,按照自己的习惯把所有认为不干净的地方都清洗干净。她开始尝试照镜子,并且慢慢爱上了对着镜子梳妆打扮,面对眼前这个偶尔连自己都觉得陌生的人,她在一点点接受。

坚强,不是故意逞强;独立,也绝不意味着封闭。她开始和周围的人讲话,为的是赶走没有陈学长时的寂寞,她觉得只要生活忙起来,就不会去胡思乱想。所以不擅长交际的她笨拙又刻意地和别人交谈,甚至不时挤出一个假笑来。偶尔周末还会约上一个同学,去从前和陈学长经常去的电影院看电影,买爆米花和可乐的双人套餐,会赠一小袋果仁花生米。

让人欣慰的是,这些努力都奏效了。

她慢慢变成一个会穿着漂亮裙子,挽着室友的手去大商场里逛街的女孩子,背着从网上看中的包,俨然一个大姑娘模样。谁会知道两年前的她,还是只爱躲在图书馆角落里翻着厚厚的书,默不作声,抗拒着和这个世界全部真实的联系。

很多人都说她变了。是啊,人怎么会一成不变呢。

如果说这所学校没有变,那么新起的大楼和倒下的废砖瓦,就是说谎最好的证据;如果说夏天没有变,那么今年来得稍晚的温度,辜负了早些就唱响的蝉声;如果说细雨没有变,那么斜斜密密的它们,今夜随着东风去,明早伴着西风来。

这个世界不会一成不变,我们也迟早会变成大人。

就像冯一一样。

冯一说,趁着四月天气好,她想去青海看看陈学长。可陈学长说冯一一个人来他不放心,所以并没有同意。

冯一用原本订机票的钱报了羽毛球课和德语班,一周三次的羽毛球课程很挑战人的极限，而学德语，会让冯一觉得这个世界人和人之间的联系很奇妙。她开始接受生活，并习惯用心安排每天的时光。她在日记里说：

"一个人的日子也好，我要学着坚强，学着忍耐。我想等他回来看见我的改变时喜出望外。"

再吃带着汤汁的灌汤包时，她会自己先咬一个小口；觉得桌子脏，拿出纸巾自己擦；虽然有时候一个人拖着大箱的快递很狼狈，但权当锻炼身体了；冬天出去的时候记得戴手套，不管有多丑。谁说一个人就不能好好生活，日子全靠创造，创造全靠自己。

冯一打电话给陈学长时经常说："那些你教我的事情，我都在努力一一做到。"

那些曾经嘲笑过她的同学当中，也有那么一两个暗地里交流过，佩服冯一的改变。这样一个努力生活的女孩，就好像向日葵一样，一场暴风雨过后，努力朝着太阳的方向生长。

## 10

冯一的生活慢慢有了些起色，直到那年五月。

支教工作结束的陈学长从青海回来，两个人约定在那家曾相拥饯行的餐厅见面。那天冯一穿了一身格外好看的裙子,在寝室里紧张地化了两个小时妆。

见到陈学长的时候,冯一的眼泪不由自主地落下,她表达着自己这一年来的不容易,这一年来的思念,这一年来的改变,可陈学长却只是尴尬地笑着。

晚餐吃到最后,冯一用手拄着脸,歪着头,笑着问陈学长:"是不是觉得现在的我变了很多?"她笑起来很可爱,而且可爱里透露着自信,她满心欢喜相信着陈学长一定很喜欢现在的自己。

"嗯。"陈学长把杯里剩下的半杯柠檬水都喝下了。

冯一接着问:"在那边生活苦不苦,想不想我?"说完这句话,她发出了甜美的笑声,双颊泛红,像极了那次秋游。

"苦。"陈学长低着头回答。

冯一皱着眉头撒娇:"哎呀,你好好说话嘛!看着我看着我,有没有想我?"

还没等陈学长说话,她就一个人"扑哧"一声笑出声了,甜得像一颗石榴。

她接着说:"还记得那次去公园,我说知道的关于你的那个秘密是什么吗?"

陈学长摇了摇头。

"秘密就是,其实我从那天开始就知道你很喜欢我了。"冯一伸出三根手指,语气笃定,那副样子虽故作严肃却意外可爱。

她笑得很开心，好像这一年的负担、苦累、疲惫，都一扫而空，像个孩子一样快乐。然而意料之外的是，陈学长竟然没有什么反应，他脸上的表情开始扭曲，之后开始眼眶湿润，泪水就在眼眶里打转。

冯一立刻停止了笑脸，皱着眉头问："怎么了，怎么了啊？"

她起身走到陈学长旁边，抱住他，轻轻安抚着他的背："好啦，都回来了，回来了，不哭了啊。"

陈学长抽泣的身体不安地晃动着，连带着晃动起来的还有初相识的时光，那些数不清楚的暧昧，它们像摇摇欲坠的梦，像摇摆的钟，像忽明忽暗的烛光，忽远忽近。

"对不起，我骗了你。"

陈学长说出这几个字的时候，情绪慢慢平复下来。

冯一不知所措，她不知道此刻发生了什么。

"对不起，冯一，我骗了你，我从一开始就没有喜欢上你，我努力让自己很喜欢你，可是两年多了，我根本做不到。"

冯一像傻了一样，一动不动。

陈学长鼓起勇气解释："从小失去双亲的我没有感受过什么爱，我怀疑这个世界，更怀疑自己。第一次约你去看画展的时候，你拒绝了我，不知道那是第几次被人拒绝，我害怕这种被人拒绝的感觉，那天我在天台上站了很久，一度想要跳下去。

"我和你说过，打游戏我根本不想输；害怕上课时发言被人嘲笑所以我很努力；害怕被同学看不起，所以他们交代我的所有任务我都用力完成。我拼了命地想证明会有人喜欢我的，也拼了命地想证明自己会拥有爱与被爱的能力的。我承认，跟你相处的每一天都很快乐，而且更坦白说这种快乐来自你一点点的回应，每当你发出有一点喜欢我的信号时，我都会很兴奋，这种信号让我看到了类似成功的东西。"陈学长的眼睛里满是愧疚和不安。

所以……她只是陈学长治愈自己的一个工具、一种方式、一个办法。冯一对这段感情的每一份付出，都是陈学长获得自信的基础。

那顿饭之后，冯一和陈学长再也没有见过面。

五月中旬，她因为整日在宿舍闷闷不乐，和寝室里的一个女孩发生了争执。那个女孩满口骂着冯一"你妈的"，敏感的冯一像发疯了一样，拿起桌上的电脑就砸了过去，电脑摔碎了，女孩的头也被砸出了血。因为这件事学校给了她严重警告处分，并依据其他三位室友的意愿，挪出一间新的宿舍让她们搬过去住。

全校都在传冯一疯了。

就在这一年，308宿舍终于成了冯一一个人的宿舍。

冯一没有再参加大大小小的活动，甚至连毕业照都没有拍摄，听说也很少有人再看见她在学校出现。

没有人知道这个时候的冯一有多绝望，她在日记本里写道：

"我恨你，我会很用力地恨你，恨你为什么又把我一个人丢在这黑暗无比的地方。"

## II

"后来呢？"问话的人是唐婉静，曾经是冯一的室友，那个来自西安的胖女孩。

"后来她就消失了，整整一年，学院取消了她的学籍。据说，她一个人跑去了大山里。"

冯一宿舍楼前有一株玉兰花，每年都会盛开洁白的花朵，微风一吹，花朵四散飘落，漂亮极了。

走进她曾经的宿舍，白色的床单铺满了灰尘，螨虫的味道让人发呕。整齐如一的书桌上摆着大大小小的瓶罐，连书都是一本本整齐排列。洗浴篮里的那些用品，都正面对外，体现着主人的严格。拉开衣柜，一股刺鼻的味道扑面而来，在衣柜可见的最外面，那只被取笑好丑的陈学长的手套安安静静地躺在那儿。

后来，又过了很多年，我们都毕业了，偶然看到新闻才知道，冯一去的那座大山，在她老家贵州的一处山区。她在那里的一所孤儿院工作，据说她把所有的薪水都用在了孤儿院的孩子身上。

新闻里冯一看起来过得很好，她在那里结识了一个和她同岁的男生，两个人在当地人的祝福下办了简陋的婚礼，没有邀请任何亲友。

他们都毕业于名校，却甘愿留在这里，他们都有一颗善良的心，收入微薄却还要坚持做公益项目。他们的事件被当地媒体报道后，一时间成为社会上许多年轻大学生的榜样。

有一次，他们接受一家报纸的采访。

冯一说："感谢那些年来自全世界的嫌弃，才让本来并不坚强的自己一点点站起来，那些打击过我的，只要无法置我于死地，就会让我活得更加坚强。"

她在采访的最后还说："每个人都会遭遇到各种沮丧的事，有些你可以找得到理由，有些你甚至不知道为什么会这样。我曾一度认为我不会拥有爱情，后来又被我的初恋男友伤得遍体鳞伤，直到现在我才彻底明白，人只要为自己战斗不止，就会看到希望。"

是啊，谁还没受过一两次的伤害，谁还没遇见过一两个坏蛋，生活不可能一帆风顺，你爱的人也可能不会同样爱你，甚至在恋爱的世界里，你是天平里总因为付出而不断下沉的那一方，但这些都不能影响你活成一个阳光、自信、有爱的人。

请你记得，如果想要燃起那些生命里最难能可贵的光亮，首先要有想成为光亮的决心。对待生活的火热，总有一天会变成舒适的温度，暖暖如衣。

有时候，是否被爱并不重要，懂得爱自己才最重要。

## 12

我承认,那些一个人黯然神伤的时光确实挺可爱的,可我一点也不想回去了。

CHAPTER 5

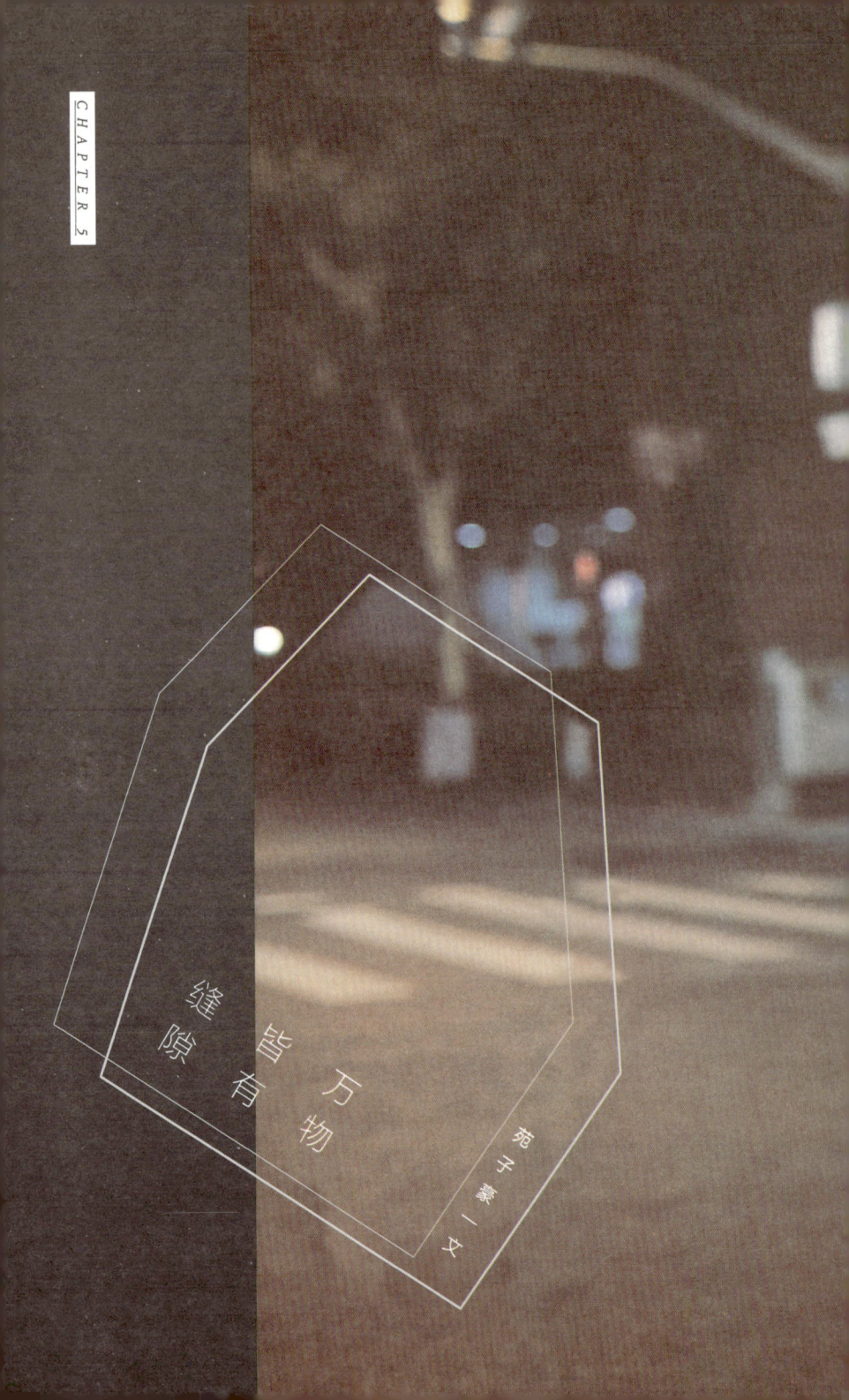

缝隙皆有万物

苑子豪 / 文

2017

17:10

不好意思

我也是第一次当大人

## 01

"那是中午十二点四十五分,窗外阳光刺眼,整个世界通明光亮,吵闹的食堂塞满拥挤的人群。我兀自走进空无一人的教室,由于窗帘被拉上,整个教室呈现出一片黯然昏沉的死寂。

"我突然间觉得心悸,四肢的力气在一刹那消失,瘫坐下来的身体好像被什么东西困住了,压抑的感觉就像有块饱满的海绵在喉咙深处咽不下去。我使劲吞了吞口水,那种压抑感还是存在。"

当吴晓晨跟我讲这些的时候,我怔住了。

她松开在嘴里咬得紧紧的吸管,歪着头对我说:"我逗你呢,怎么啦,吓着了?"

我连忙说着"没有没有",然后往嘴里扒拉了一口早就凉了的豆腐饭。可是我向天发誓,我永远无法忘记那天晚上,吴晓晨咬过的奶茶吸管上,有一排深深的牙印。

吴晓晨是我们班的班长,全校闻名的"三好学生",由于乐于助人,身边总是围着一大帮同学找她帮忙。

据我所知,每天都有人找她借作业来抄,放学后帮其他同学擦黑板是常事,如果和她分到一组做大扫除,洗拖布和倒垃圾的永远是她。她是其他人跟父母申请外出时最好的理由,是所有老师布置在班里的眼线,也是没有底线就愿意帮任何人忙的老好人。

你肯定会疑惑,她为什么要做老好人,为什么不懂得拒绝?

我也曾一度觉得,那简直就是自找苦吃。

热衷帮忙是与生俱来的善意,可任人差遣就是没有原则了。一味地妥协很危险,因为这意味着你没有态度。当有一天你突然想站起来为自己做主,勇敢地拒绝别人的要求时,那些人只会说——你看,那个人变了吧,终于现原形了。

所以记得千万不要任人宰割,不要毫无态度。

除非,你不得不这样做。

## 02

我叫王京,是吴晓晨的同班同学,也是班里的学习委员。我的同桌是体育委员,坐在我身后的是纪律委员,卫生委员就在我前面,所以大家戏称我们这一小块地方是权力委员会。

委员们关系很好,所以总会分享一些彼此的秘密。

我们这群人所在的中学是全县城唯一的中学,这个县城里所有的孩子都要被送往这所中学读书。

中学叫光辉中学,坐落在县城东北角的祁山脚下。隔着一条江可以看到对岸家家户户的房子，高高矮矮，红砖灰瓦。

江叫莽苍江，由于常年缺乏有效的治理，江水混浊不堪，阳光照在江面上，像极了蛇的鳞片。小时候父亲骑车载着我去上学，路过莽苍江，我都会把眼睛蒙起来不愿意看到脏污的江水。

我一直觉得莽苍江就是一条游动的巨蛇，默默注视着这个县城里发生的一切故事。

从江对岸的住宅区到光辉中学，必经之路是一条崎岖的山路，并不高耸，可也不平坦。骑着自行车，车胎下会划过一条印痕，如果你趴在地上仔细看，是可以看到车胎凹凸不平的印记的。

在我们这个并不算发达的县城里，摩托车并不多见。偶尔才能看见摩托车疾驰而行，尘土飞扬起来，连同摩托车冒出来的浓密黑烟，呛得路过的行人直咳嗽。

因此，当有摩托车路过时，有着强烈好奇心的我便会伸出头去看，看看到底是什么样的人在骑着一辆"突突突"冒着黑烟的摩托车。每每此刻，我总会羡慕坐在上面的孩子——皮制座椅宽大而舒适，两条腿可以轻松地架在车上，如果觉得累，还可以把脚放在镫子上面休息，摩托车速度快，不用慢慢悠悠忍受坑坑洼洼的路带来的漫长的烦躁感。

孙秀华就是我羡慕的孩子之一。

孙秀华是我们班出了名的差生，由于爱打架，经常被叫家长。

但是和那些淘气的男孩子不同的是，孙秀华是一个梳着马尾辫、胸前有小小凸起的女孩子。

是的，她是一个女生。

她竟然是一个女生——把男孩子打得在地上哇哇直哭，一直求饶着说以后再也不敢了；与一群坏女孩为伍，她们还总欺负县城里的乞丐大成；跟物理老师顶撞，把上了年纪的老师气出半个心脏病；升旗时她就招招摇摇地坐在教室里睡觉，除了她班里没有其他人，袖标上写着"执勤"二字的学生督察员来教室检查，若无其事地在本子上记录着——该班全勤。

当然在这骄横跋扈的背后，是孙秀华那个经商的父亲在支撑。

孙秀华的家庭条件在县城里算是很好的了，自家盖了三层的小楼，县城里的人多多少少都不太敢招惹她家。

在学校里也是，偶尔有新来的不懂规矩的督察员，会把孙秀华缺勤升旗仪式记录下来，等学校公布，孙秀华就会带人去找麻烦，教训一番。

有次学校教导主任实在看不下去了，亲自来责问孙秀华为什么又缺勤升旗仪式。孙秀华想了想，把手指向身后的那几个坏女孩说："是刘娟娟来了'大姨妈'，让我给她打热水，在教室里泡红糖水喝。"

教导主任皱眉，故作凶神恶煞的样子望向那群女学生，企图在她们面前树立威信，厉声喊道："你们谁是刘娟娟？给我出来说话！"

人群里一个小个子挤了出来，蹭到最前面，举起手说："主任，我就是刘娟娟,我真的非常难受!哎哟,哎哟,我的妈呀,又疼了。"

丝毫不怕教导主任的刘娟娟一边捂着肚子往地上蹲,一边龇着牙歪着眼睛看主任的表情,她做作的样子让那群女生哈哈大笑。

孙秀华赶紧凑过来,配合着刘娟娟的表演:"哎呀,娟娟,要不要我帮你揉揉,快来让我摸摸看你这小肚子是怎么回事。"说着就要把手伸进刘娟娟的衣服里。

尴尬的教导主任下意识地把脸扭过去,隔着空气都能听见他粗粗的气愤的呼吸声。平时一向严厉的主任这次也拿这些坏女孩没办法,他气红着脸,尴尬地转身走回了办公室。

这几个疯疯癫癫的女孩子快笑疯了,觉得一起捉弄肥胖的教导主任是在学校最大的乐趣之一。

这时候吴晓晨哼着小曲,抱着一摞老师刚刚批改过的作业本经过。看见孙秀华和刘娟娟,她的小曲不哼了,笑着的表情也僵住了。她尴尬地冲这几个女孩淡淡一笑,点了一下头表示礼貌,然后低着头,准备快步离开。

刚要走,就被这几个女孩大声喊住了:

"吴晓晨,你给我站住!"

"什么鬼表情啊?看见我们跟看见苍蝇似的一脸丧气。"

"没看见这儿有同学蹲在地上起不来了吗?你身为班长坐视不管吗?"

"眼睛小是小,可是这么大一个活人看不见,你瞎啊!"

## CHAPTER [5] - 万物皆有缝隙

　　吴晓晨一下子就站住了,背后几个女孩子哈哈哈哈的大笑声让她觉得羞耻,刘娟娟眯着眼睛故意学她那双确实不怎么好看的单眼皮小眼睛,惹来那些人更肆意的笑声。

　　她觉得背后的人们仿佛是一个个咄咄逼人的魔鬼,在嚣张地玩弄着她的自尊心,吞噬着她的尊严。

　　吴晓晨转过身来,面无表情,轻声说:"需要帮忙吗?"说这话的时候,她的声音有些微微地颤抖,一只手拖着一大摞作业,然后用下巴顶住最上面保持平衡,另一只手伸向刘娟娟。

　　刘娟娟捂住肚子,"哎哟"着说需要帮忙,然后把手放在吴晓晨伸过来的援助之手上。就在吴晓晨准备拉她一把的时候,她一下子用力,把吴晓晨拽倒在了地上。

　　"啊"一声,吴晓晨扑倒在地上,膝盖蹭破了皮,那一大摞作业本哗啦啦地掉落四处,这几个坏女孩哈哈哈哈,笑得更加得意。

　　上课铃声响起,丁零零,刘娟娟赶忙站起来,拍了拍屁股上的尘土,和坏女孩们一起踩过散在四处的作业本往教室跑去了。

　　吴晓晨一边坐起来,一边收拾着同学们的作业本。

　　她盯着本子上不同形状的鞋印看了很久很久,那是坏女孩们留下来的罪证。

　　吴晓晨缓缓站起来,用力地掸了掸本子上的灰尘,重新抱起作业本朝教室走去了。

## 03

　　夏日的教室里总是充满了困倦，空气闷热，如同蒸气笼罩在教室周围。男孩把校服裤腿和 T 恤的袖子卷到不能再靠上的位置，女孩则把刘海儿别在头顶，拿一张沾了水的纸巾贴在额头上消暑。大开页的历史书被大家拿来扇风，即便这样也不凉快，因此班里总会有那么一两个胖子，不自觉地把鞋子脱了，熏得旁边的女生要喷很多六神花露水。

　　所以为了公平，班级的制度是每两周换一次座位。大家都无比期待着换到电风扇底下的位置，即便是不能正对着电风扇，能挨上风的边，也是好的。

　　最让人难受的便是教室两侧，临近窗户还可以偶尔享受到一阵轻风拂过，而由于靠墙密不透风的另一侧，简直就是夏天的一场噩梦。

　　"老师，吴晓晨热伤风不能吹风扇，我可以跟她换座位。"换座位的时候，孙秀华假装正经地举起手来。

　　那几个坏女孩应和着鼓起掌来，好像密谋已久似的，嘴里还喷喷称赞着孙秀华真的是好人一个。

　　"其他人别起哄。吴晓晨，是这样吗？"班主任扶了一下眼镜框，认真问道。

　　"老师……"吴晓晨的话音还没落，孙秀华就起身拿着书包和桌上的几本书，走到了她的桌前。

她两只手搭在晓晨的肩膀上，用力地捏了一下她的肩膀，然后故作关心状地悉心问候着："晓晨，你忘记昨晚你怎么和我说的了吗，你说你热伤风不能再吹凉了呀，你快点回答老师啊。"

说这些话的时候她嗲声嗲气的，声音温柔得好像真的是在关心吴晓晨一样。刘娟娟那些人快笑疯了。在她们眼里，捉弄吴晓晨真的是一件极富乐趣的事情。

此刻的孙秀华背对着班主任站，实际上她正在用恶狠狠的眼神盯着吴晓晨。还没等吴晓晨怎么反应，就一把把她拉开，将自己的东西顺其自然地放在了晓晨的座位上。接着，孙秀华开始收拾吴晓晨的东西，把大大小小的辅导书和作业本都一并拿到了自己原先那个密不透风的靠墙座位上。

"来吧晓晨，我知道你热伤风动起手来都费劲，我帮你搬好了，换座位完毕。"

吴晓晨始终一声不吭，根本不敢为自己争取什么，只能默认着这一切。无可奈何的班主任叹了一口气就转过身去了。

吴晓晨慢慢走向靠墙的那个座位，刚坐下来，眼泪就掉了下来，落在白色的校服上，晕成了一朵被打湿的花。

孙秀华把书摞得很高，在书桌前面搭起一座围墙似的，然后趴在后面偷偷睡觉，头顶上的风扇忽悠忽悠地扇着，把凉爽的风都送下来，这真是接近天堂的地方。

而远在教室边缘的乖学生吴晓晨,因为害羞不好意思卷起裤腿和袖子,所以就只能全副武装地被闷在夏日的炎热里。她额头上冒着细密的汗珠,早已湿透的T恤黏在身上,这种感觉真让人烦躁。

"我讨厌夏天。"吴晓晨在日记本上重重地写下这几个字。

其实炎炎夏日也不是完全感受不到清凉的——清凉是从小卖店买来一瓶冰镇的可乐,打开时"扑哧"一声,凉爽的气泡冒出来,让人打心底里舒服;清凉是课间去洗手间时打开的劣质水龙头,巨大的水流横冲直撞地从里面喷出来,洗把脸,或是干脆把手臂伸过去冲凉,感觉整个人都得到了救赎;清凉还是体育课,在操场上散步,看着篮球架下的男生赤裸着上身挥汗如雨,听难得花痴的吴晓晨说一句:"好帅啊!"

潇洒又帅气的少年,总能成为那个年纪的女孩最难以启齿的秘密。

耿会鹏就是那样的男孩之一。

## 04

说起耿会鹏,那故事可就有意思多了,他是班里的体育委员。

## CHAPTER [5] - 万物皆有缝隙

通常来说,体育委员都是四肢发达、头脑简单的,成绩一般是全班中游,上课爱睡觉,到了体育课就浑身来劲,平时回答问题比蚊子声音都小,可到了出操时间,口号喊得比谁都响亮。

可耿会鹏是一个特例。

他学习成绩非常好,每次考试都名列前茅,上课全神贯注,下课也不挪动地方,出操的时候声音不大,总是惹来隔壁班的大块头体育委员的嘲笑。体育课上他只爱打篮球,别的运动一概不通。性格内向的他,也从不和女生有什么过多的来往,能不说话,绝对连一眼都不看。

然而耿会鹏打起球来,还是可以让很多女生驻足。他不喜欢团队合作,更偏向自己进攻,靠着卓越的个人能力频频得分。他的身材不好,不高也不壮,看起来柔柔弱弱的,根本不像体育委员。

所以他被大家嘲笑为"全校最不像体育委员的体育委员"。他还有一些外号,比如"弱鸡"。

尽管别人羞辱他,他也没什么反应,而是依然趴在桌上做着自己最拿手的数学题。数学题好像总是很多似的,怎么也做不完,而且解答每道题都要花费大把的时间,然而这些对于耿会鹏来说,都微不足道。

"唉!你们要是能有耿会鹏一半的聪明和认真就好了!"数学老师感慨着说道。

这次月考非常难,全班同学的数学成绩都不及格,只有耿会鹏拿了七十五分。卷子发下来后，有人气馁地趴在桌上，有人嘟着嘴把卷子塞进课桌，有人伤心地把卷子撕了，还有一些没心没肺的，狂呼着终于考完了。

那是一个周五的傍晚，天边的云彩晕上了红色和橘色，壮丽的火烧云像泼墨一般，洒满整个天空。云层厚厚薄薄，有的整片相连，有的相接如丝，把整个人间映得通红。

夜色一点点降临，火烧云慢慢褪去光泽。

下课铃声响后，一周的学习随之结束，同学们纷纷收拾书包准备回家过周末。每逢这时候，大家的心情都是最好的，归心似箭般期待着赶快回到家里。对于这些生活无比简单的中学生来说，最美好的事情莫过于回到家，看一晚上电视，或者睡一个懒觉。

"嗖"的一声，一个纸团飞到了吴晓晨的课桌上。

她回头看，并没有发现这个字条来自谁，慢慢打开后，发现上面写了一小行字，她仔细地认了认这歪歪曲曲的字迹，上面写的是："别急着回家，北门巷子里姐几个找你谈话。"

吴晓晨认出了这个难看的字迹来自孙秀华，她的心脏扑通扑通跳着，咽口水的声音大到可以让讲台上的老师听到。她一把把字条攥起来，丢在脚下，装作根本没收到这张字条的样子。

"放学咯，快走咯。"孙秀华大声嚷着，她的嗓音洪亮，带着挑衅语气，不紧不慢。紧接着那群坏女孩一边模仿着她说话的腔调，一边背着书包出门而去了。

晓晨吓得一直在抓自己的裙子,她眉头紧紧皱着,好像世界末日来临了一般。

所以她们是在宣战吗?那么大的声音是赤裸裸的挑衅吗?如果去了会很惨,如果不去会更惨对吗?

这些问题像一个又一个炮弹一样,在晓晨的心里炸裂着。她挪着沉重的步子,一点点走向停车区,四处看了看,并没有什么发现。

她鼓起勇气,决定不按照字条上的指示去北门,而是走学校的南门,顺着南门有一条比北门小巷子更窄的路,那里也可以绕回家,只不过远了一些。如果之后被问起来为什么放鸽子,就假装没收到字条。

她怯怯懦懦地推着车,偷偷溜到南门,然后顺着那条很深很深的巷子走去,生怕被孙秀华发现。

那条巷子有很多处拐弯,曲曲折折,很是隐蔽。若不是天色还有光亮,是没有人敢走这条路的。巷子里很静,静得可以听见远处车轮胎压过坑坑洼洼的路时发出的颠簸声。

吴晓晨骑车穿行在巷子里,心里忐忑极了。她一方面为自己的逃脱感到轻松,另一方面又在想下周一上学要如何解释交代。

可是转弯后,她突然一个急刹车,停在了原地。

"哎哟,这不是吴晓晨吴大班长吗?怎么也来凑热闹了?"

吴晓晨吓傻了,她万万没想到孙秀华和一群坏女孩竟然出现在了眼前,她们围成一个圈,一个衣冠不整的男生被她们围在中间。

再仔细看，那个男孩儿是耿会鹏。

## 05

"我，我……"吴晓晨头脑一片空白，不知道接下来要说什么，也不知道接下来会发生什么。明明说的是北门巷子见，为什么她们出现在了南门巷子？

这是一条老旧的巷子，墨绿色的苔藓爬满了墙根儿，几丛杂草在泥土地上肆意地生长着，破烂不堪的水缸被弃置在了路旁，上面堆满了垃圾。巷子里没有人家住，因此放眼望去都是墙壁。不高不矮的墙壁封锁着这条狭长的巷子，好像这里是另一个世界。

"别我我我了，你又不是结巴。你走这条路干吗，是要来帮他吗？！"刘娟娟一脚踩着墙角边摞起来的红砖头，一手指着吴晓晨的鼻子。

"没有没有，我，我不是……"吴晓晨无比紧张，握着车把的手不停地颤抖。

孙秀华走过去，一把把吴晓晨从自行车上拽下来。吴晓晨没站稳，一下子摔倒在脏兮兮的地上，自行车也随之倒向了地面，和此时此刻的耿会鹏别无两样。

## CHAPTER [5] - 万物皆有缝隙

"既然来了,那就一起教训。"刘娟娟恶狠狠地对着吴晓晨说。

吴晓晨赶忙为自己辩解道:"等一下!我和你们无冤无仇,我只是路过,你们应该放我走的。"

刘娟娟眯起眼,抄起地上一根木棍走向吴晓晨,她踩着倒在地上的自行车,拿木棍抵在吴晓晨身上:"你以为和你没关系吗?你整天在课堂上发言发言,搞得我都睡不了觉,我快被你烦死了!我听到你的声音就觉得烦!再说了,你们几个班干部,哪个不是串通一气来整我们?连个弱不禁风的体育委员都敢记我的人旷早操!"

身边的一个小姐妹"哼"的一声站出来,在孙秀华的保护下向班长和体育委员宣布以后不要再招惹她。

耿会鹏坐在地上,一言不发。

刘娟娟走到耿会鹏面前,用手抬起他的下巴,问他:"知道以后该怎么办了吗,弱鸡仔?"

全场哈哈哈一片笑声,耿会鹏依然什么话都没说。

兴许是她们的声音太大,引来了路过的两个中年男人的注意。他们呵斥:"你们几个!干什么呢?"这几个坏女孩才匆匆跑掉。

"吴晓晨,你给我等着!"刘娟娟朝地上吐了口口水,才跟其他几个小姐妹跑向巷子尽头,她们边跑还边回头看,那些恶狠狠的面孔在落日的余晖下,有些模糊。

坐在一旁的耿会鹏一动不动,眼睛直勾勾地盯着地上的青苔看。

晓晨爬起来拍了拍身上的灰,湿润的泥土沾在裙子上,根本掸不去。

她在想，要不要拉耿会鹏一把？可是想到刚才他也无动于衷，最终她还是没有伸出手来。况且，现在的自己都已经够狼狈不堪了，全是因为他。

于是吴晓晨推着自行车往家的方向走去，一路上都和这傍晚的夜色一般恍惚。

## 06

碍于孙秀华家里在县城的势力，吴晓晨和耿会鹏的家人都没有向学校反映这件事。不过吴晓晨的父亲决定以后每天接送她上下学，以保证她的安全。

周一的太阳照常升起了，它根本不理会这世间日夜的故事，大家纷纷穿着校服走进学校，好像一切都没发生一样。

吴晓晨胆怯地走进教室，头也不敢抬，快走到自己座位上时，才发现刘娟娟正坐在那里。

刘娟娟扯着阴阳怪气的嗓子说："哦，原来是吴班长的座位啊，借我坐一会儿咯。"然后一边笑着一边和身边的同学聊着天，桌子上是一袋没吃完的瓜子，她手里还拿了一串洗好的葡萄，吃完就把葡萄皮吐在地上。

低头看,吴晓晨的座位下面全是瓜子皮和葡萄皮。她就干巴巴地站在旁边,默不作声。

上课铃声终于响了,刘娟娟抬屁股走人。吴晓晨坐在自己的座位上,刚把书包里的书掏出来,才发现自己书桌上的课本全被画满了猪头,封面上尽是不堪入目的脏字。

她的眼泪又忍不住地往下掉。

有时候生活真让人感到绝望。往后的每天,吴晓晨都能收到不同的威胁信,恐吓充斥着她的生活。

有次放学铃声刚响起,刘娟娟一行人就飞一般地冲出教室,扔下一张字条给吴晓晨。字条上歪歪扭扭地写着:"你个汪汪不叫的狗。"

吴晓晨把这张辱骂的字条用力攥起来,扔进了垃圾桶。

她如往常一样坐着父亲的自行车晃晃悠悠地回家。走到家门口,发现院子里一片狼藉,平日乖巧的大黄狗躲在墙角里,发出"嘘嘘"的喘息声,它的身上都是伤,血迹斑斑。四处留着拍断了的砖头,折断的木棍,盆盆罐罐被打翻,碎了一地。

吴父气得快要晕过去,走出门,对外面反复大吼着:"这是谁干的?"他嘴里骂着脏话,发誓要把干坏事的人收拾一顿。

晓晨抱着自己心爱的大黄狗哇哇直哭,由于受到惊吓,它一声不吭。她想起那张字条,猜到这一定是一下课就跑了的孙秀华干的。

她不知道自己的生活怎么就变成这样，也不知道为什么这些女孩会如此恶、如此狠，她连睡觉做梦都希望这几个坏女孩掉进河沟里。

除了这样公然的搞破坏，她们还往吴晓晨桌子上放毛毛虫，往她的书包里塞吃剩下的带着汤汁的卤蛋，把她前夜削好的铅笔头纷纷弄断……

吴晓晨烦透了这种生活，也烦透了这些人，她想转班或者休学，再也不要受这样的欺负。

后来，有一天吴晓晨在铅笔盒里又发现了一张字条，但和往日不一样的是，字条上的字体挺括英气，应该是来自班里哪位善良的同学，上面写着："晓晨，别怕她们，该走的人是她们，不是你。"

看来这个世界也不是没有好人嘛。

## 07

耿会鹏面无表情，缩着肩膀走到讲台上，拿起一根白粉笔，转身在黑板上写下这样一行字："体育课改到体测房，今天进行体测。"

他的嗓音小，所以每次通知都是靠粉笔字写下来的，从来不用嘴通知。如果他站在讲台上对同学们说，哦不，更夸张一点讲，即使是喊，应该也只有第一排的人可以听个大概。

## CHAPTER [5] - 万物皆有缝隙

随着这行俊秀的小字写下，班里的女生开始小声发起了牢骚。

"为什么不早点通知啊，早知道昨晚就不吃晚饭了嘛。"有人皱着眉头说。

为了检测同学们的身体锻炼情况，体测每年都要进行两次，测试完往往会跟体育老师做一些非常不专业的新式广播体操动作。

这一天和往常一样，同学们脱了鞋子进入到体测房进行体测，一排排鞋子摆在门口，大家在体测房里叽叽喳喳地聊着天，测试后体育老师照常做着滑稽的新式广播体操动作，还强迫同学们都要跟自己学习这些动作，说这一套新的广播体操动作修身养性，对个人素质的提升很有帮助。

直到下课铃声响起，耿会鹏才用并不洪亮的嗓音宣布："解散，下课。"大家纷纷拿着脱下来的外套和带来的水壶走回了教室。

"啊！哎哟哎哟！"

"我靠！"

"啊啊！"

外面传来孙秀华和刘娟娟那几个女孩的大叫声，她们面部表情狰狞不堪，每个人都用两只手捧着脚，单脚站立在换鞋区。原来坏女孩们的鞋子里被人放了大图钉，她们的脚底被图钉刺伤，疼得嗷嗷直叫。

刘娟娟看见站在门口的吴晓晨咒骂道："王八蛋，肯定是你干的!"

吴晓晨用无辜的眼神看着她们:"疼吗,要不要我帮你们去医务室取药?"

"滚!"

几个坏女孩相互搀扶着去了医务室,临走的时候恶狠狠地瞪着吴晓晨。

吴晓晨否认图钉是自己放的,尽管她们根本不信,毕竟她们都看见了上课铃声响后才来到体测房的吴晓晨,手里拿着一盒大图钉。

耿会鹏每次都会最后一个走,认真又负责地检查体测房,并把同学们落在体测房里的衣服、水杯等物品拿回班里。

这次的大图钉风波因为随后而来的期末考试很快就平息了,大家都变得忙忙碌碌,就连平时最闲的刘娟娟,也在绞尽脑汁想着究竟要怎么办。要知道这次期末考试很重要,因为考完会召开全校规模的家长会。

所以在期末考试前,这几个坏女孩也变得安静起来,很少吵闹。

"孙秀华!你看看你,又上课走神,马上期末考试了一点紧张的样子都没有。"班主任在讲台上念叨着。

孙秀华一个回神,注意力才回到课堂上,只是不知道为什么,她的头上渗出细密的汗珠,嘴唇的颜色惨白。

"你怎么回事啊?怎么最近总跟梦游似的。"同桌刘娟娟捅了捅孙秀华的胳膊,小声问道。

孙秀华只是心不在焉地回答："我最近很不好。"

## 08

太阳的光照越来越强烈，透过茂密树冠的缝隙洒下来，照在人身上暖洋洋的。白天开始慢慢变长了，每天的思绪也像这闷热的鬼天气一样烦躁着。

刘娟娟被叫去办公室训话，回来的时候咬牙切齿。她喘着粗气，一屁股坐在座位上，双手交叉放在胸前，气急败坏地跟孙秀华说："秀华，咱下课了整整吴晓晨呗，她今天又把我的作业本放在第一个给老师看，气死我了！"

"不了，我要先回家。"

"啊？你怎么了啊？"

刘娟娟一头雾水，连续数日孙秀华都是这样的状态，整个人迷迷糊糊，一点精神都没有。

还有一次，刘娟娟从刚下过雨的泥土里翻出几条蚯蚓，好不容易抓着放到了吴晓晨的桌子上。孙秀华看见了，赶紧让她把蚯蚓都拿走去放生，而且言辞严肃认真，一点也不像开玩笑。只好照做的刘娟娟气鼓鼓的，不知道孙秀华什么时候变成这样一个人。

[ 苑子豪 | 17:10 ]

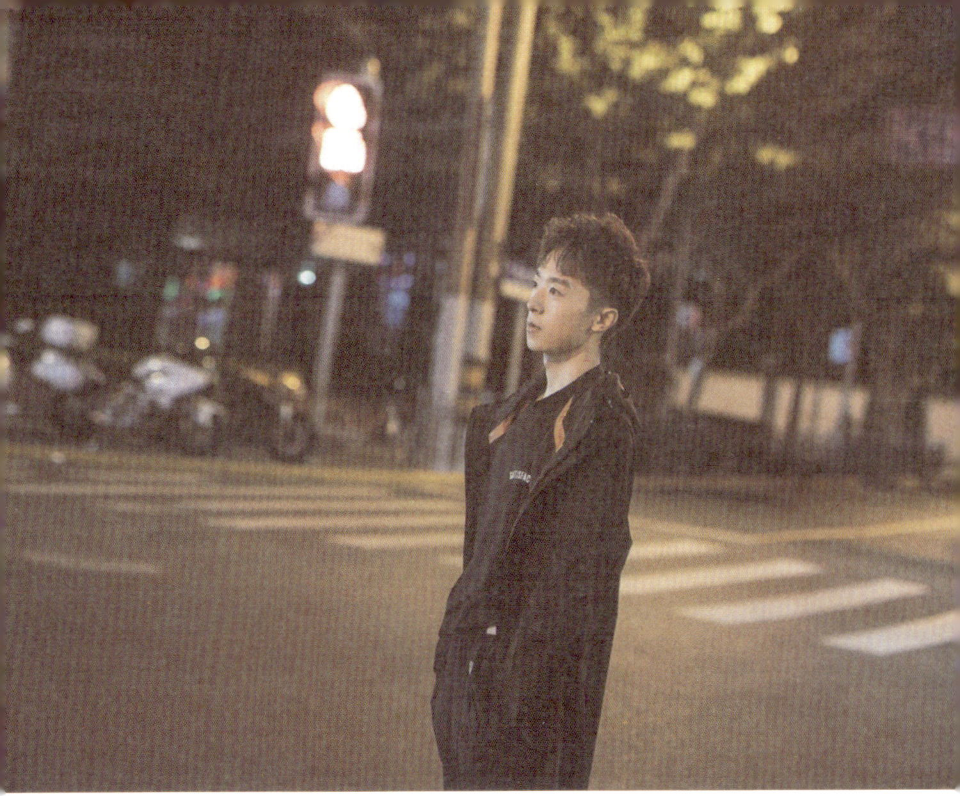

少了整蛊,坏女孩的群体变得很安静,教室里也少了聒噪。

笔尖划过草纸的声音簌簌的,配合着头顶摇晃的电风扇,昭示着这里是教室,一个大家埋头苦读的地方。

其实在这个县城里,多数孩子还是有理想的,他们都想考个好成绩,去县城外的世界看看。谁也不想一辈子靠着大山生活,谁也不想一辈子走在这条熟悉得不能再熟悉的路上。

重新恢复和平秩序下的班级,经历了第一次大型模拟考试,之后学校如期召开了全校规模的家长大会。在家长大会上,秃顶校长操着一口乡音,宣布正式进入高考状态,希望全体家长和学生提起精神,备战高考,谁也不能马虎。

那天,学校里挂满了红色横幅,上面写满了激励人心的话,整个学校洋溢着一种高考前的紧张气氛。

吴晓晨的成绩很稳定,虽然之前受到骚扰时有暂时性的落后,但是随着坏女孩们的消停,她的成绩也终于赶上来了,又考回到了全班第一。

可惜这样平静的生活,并没有持续多久。

## 09

"孙秀华掉河沟里摔死了!"

刹那间这样的小道消息开始在学校里传开,随后孙秀华的消失坐实了这条消息。

学校里风言风语很多,最可靠的一条消息说她是在去学校的必经之路上出事的。目击者说,那天看见她的时候是在晚上,那条路的两边既没有防护措施也没有路灯,她突然跌跌撞撞跑起来,然后不小心跌进了河沟。

一时间全校传开了,大家肆意谈论着这个八卦,纷纷说都怪她平时作恶太多,这次遭了报应。

刘娟娟垂丧着脸收拾好孙秀华的课桌,把所有的东西都打包好,帮忙给她送到家里去,无论别人怎么问,她一路上没吐一个字。

孙秀华确实跌进河沟中了,只不过和传闻不一样,她并没有死,而是被医院抢救过来了。但是很不幸,虽然保住了命,却因为河床水浅,河底多嶙峋石块,孙秀华最后高度瘫痪。

很多人说,这和死其实没什么两样。

学校里依旧人来人往,大家捧着课本,拿着作业,匆匆忙忙为高考做最后的努力。

六月如期而至，高考那天，成群的家长送学生来学校参加考试。有的家长在学校门口一跪就是一天，对着学校磕头祈求孩子可以考个好成绩；有的家长站在校门口，两只手因为紧张一直不停地搓来搓去。

学生们拿着准考证，找到不同的考场，他们大多不说话，不知道是因为紧张还是因为恐惧，总好像情绪不高。

直到为期两天的这场高考过后，整个学校才彻底沸腾。

考生在教室里疯狂撕掉课本书页，朝窗外尽情地扔着试卷，纸张纷飞在校园的天空中，好像压抑许久的青春终于准备起航。

学生们拿着粉笔在黑板上签名留念，女孩们拥抱彼此大声哭着，男生站在桌子上唱着流行歌曲，老师热泪盈眶地为孩子们鼓掌，好像一切艰难与痛苦都过去了。

只是谁也不记得，曾经有一个叫孙秀华的女生也在他们之中。

她就像过往的旅客，只在这个学校有过短暂停留。

高考放榜那天，全校共一百五十八名同学考上了本科，其中吴晓晨以全校第一的成绩考上了重点一本，她的志愿是报考北京师范大学。

## 10

可是，就在高考后的第十天，吴晓晨被怀疑为是致使孙秀华跌进河沟里的"犯罪嫌疑人"，被县城警察带走了。

时间退回到高考前三个月。

"我靠！"刚起床准备洗漱的孙秀华由于受到惊吓大声喊着退出了洗手间。

洗手间里，整面镜子被喷满了红色喷漆，牙膏被挤在洗手池里，和这些一样混乱不堪的，还有掉在地上的肥皂，剪碎的毛巾，湿漉漉的地面，全被扯出来的卷纸。

孙父说一定是家里进了小偷。但让一家人费解的是，为什么家里没有丢一分钱，而且只有孙秀华的卧室、洗手间被破坏成了这样。

一家人轮流守了一个星期的夜，没有任何发现。于是迂腐迷信的孙父把这件事归结为灵异事件，烧了香拜了佛，这件事就马马虎虎过去了。

就这样又过了半个月，孙秀华半夜起床上厕所，睡眼惺忪坐在洗手间的马桶上，突然听见脚边的窸窣声，她定睛细看，一共有好几只老鼠在她面前爬来爬去，她"嗷"的一嗓子就哭了出来，提起裤子往房间里跑去。

让人害怕的是，她的房间里也有三四只老鼠，就在她上厕所的工夫爬进被子里，爬在书桌上，爬入衣柜中……

那天晚上，孙秀华一夜没睡，总觉得自己耳朵发痒，浑身都觉得不舒服。

第二天去学校，她上课一直在走神，老师点了她的名字，训斥她模拟考试要来了为什么没有一点状态。同桌刘娟娟小声问她怎么了，为什么这几天状态都像梦游似的。她只能心不在焉地回避，不知道原因该从何说起。

发现老鼠后的第十七天，噩梦再次降临。她早上起床时，发现厨房冰箱门敞开着，鸡蛋掉了一地，蛋黄以不同的形状摊在地上，各种菜叶被丢在厨房各处，冻死的鱼张着嘴巴，眼睛浑圆，最让人害怕的是一把菜刀立在木质的切菜板上。

和先前一样诡异的是，这次家里仍旧没有丢一分钱。

孙父急了，总觉得是生意上惹到了什么人，连忙破了财请了大仙来给家里驱鬼。

那几天孙家人的神经都比较脆弱，彼此很少说话，平日里嚣张跋扈的孙秀华也收敛了很多，不去收拾吴晓晨，甚至连蚯蚓都不敢得罪。因此，教室恢复了往日的安静。

孙秀华掉进水沟前的最后一次事故是，有天晚上她正在睡觉，突然好像听见了家里有阵阵笑声。她刚睁开眼睛，翻了个身，就发现自己房间里的地板上躺着一个人。

## CHAPTER [5] - 万物皆有缝隙

她吓得一下子跳了起来,什么也顾不得,大哭着跑出去,跑到父亲的房间,等他们回来,打开灯,才发现那个躺在地板上的人竟是县城里有名的乞丐——大成。

大成常年在县城里乞讨,因为精神不正常,也没人敢收留。

听见声音,大成坐起来,眯着眼睛,笑嘻嘻地冲孙秀华扑过去咬。孙秀华哇哇地哭,眼泪直往外飙。孙家人只好拿出棍子,想把大成轰出去,可发了疯的大成四处逃窜,把孙家搞得一团糟。

后来警察来了,才把大成带走。

孙秀华一直记得,大成走的时候眼里恶狠狠的目光。

随后几天,孙秀华都吃不下饭,甚至连觉也睡不安稳,她总觉得有人躲在自己被子里偷笑,过往的那些恐怖回忆像蜘蛛网一样扑在她身上。

就这样神志恍惚了好几天,那天放学,她在回家的路上听到了像大成一样的男人的笑声,吓得转身去看,远处恍惚有一个人影慢慢靠近。路上没有灯,也没有其他人,她被吓得扭头就跑,一不小心脚下踩空,掉进了河沟,失去了意识。

## II

### 一

县城里的人都说,之所以发生这样的惨案,是因为平日里孙秀华那群坏女孩总爱捡地上的小石头砸大成,还爱趁大成睡觉时往他的破缸子里丢吃过的果核。

所以人们说,因果循环,善恶有道,一报还一报。一切罪恶都有尽头,善良会得到好报,欺辱会换来惩罚。你不想要的结果,在一开始就不要强加在别人身上。

高考结束,刘娟娟实名举报,这一切都是吴晓晨的报复。而警察也确实在吴晓晨的书包里找到了孙秀华家的钥匙。

刘娟娟在警察面前说,从有次吴晓晨不小心摔倒后,她就开始在找各种机会报复她们,按照刘娟娟的口述,故事是这样发展的——

那次课间,刘娟娟来了"大姨妈",疼得坐在地上站不起来,好心好意的吴晓晨过来想拉她一把,结果自己没站稳摔倒了,作业本散在地上七零八落。

上课铃声响起,刘娟娟赶忙站起来,和一群女孩踩过散在四处的作业本往教室跑去了。

吴晓晨慢慢坐起来,满心仇恨地收拾着同学们的作业本。

她盯着本子上不同形状的印子,那是女孩们鞋底留下来的罪证。

吴晓晨用力地掸了掸本子上的灰尘,朝教室走去,她清楚地记

## CHAPTER [5] - 万物皆有缝隙

下了每个人的鞋印形状。

她把那天在场的人的名字都记在了心里，在后来的体测课上，她趁大家不注意，翻了每一双鞋去寻找那几个鞋底的样子，然后把大图钉放进了对应的那几双鞋子里。后来孙秀华和刘娟娟被扎破了脚，疼得哇哇直叫。

再后来，吴晓晨拿到了孙秀华家里的钥匙，逮住机会就去她家里搞破坏。她从集市里买了红色的喷漆，喷满了镜子，把孙秀华的洗手间搞得一片狼藉，让她清早起来就被吓一跳。刘娟娟笃定地说，那天吴晓晨看到面色慌张的孙秀华时，高兴得不得了。

然后她开始深夜潜伏进孙秀华家里，趁她熟睡，在她的卧室和洗手间里放了老鼠，大家都知道老鼠是孙秀华最怕的动物。之后吴晓晨又在某天晚上潜入孙秀华家的厨房进行破坏，最后还把菜刀插在了木板上，以示警告。

最后的一次，便是她把县城里出了名的傻乞丐大成带进孙秀华家里，并借大成的手把她家里搞得一团糟。

所以害孙秀华瘫痪的罪魁祸首就是吴晓晨。

刘娟娟知道，吴晓晨恨孙秀华。她恨这种校园暴力，恨孙秀华对善良人的欺辱，恨孙秀华的嚣张气焰，所以她想出那样的方法去报复也不足为奇。

孙家一再要求警方一定要为女儿讨回个公道，如果刘娟娟的举报属实，他们不会放过吴晓晨。可是吴晓晨否认了这一切，吴父、吴母也哭着说品学兼优的女儿是不会做出这些事情的,不过为了尽快让事情真相大白,他们最后还是同意了让警方带晓晨去做调查。

没有人再听说过有关吴晓晨的消息。

## 12

有时候我会忽然想起小时候,在这座不大的县城里,吴晓晨、孙秀华、刘娟娟,还有我,我们曾是关系很好的玩伴。孙秀华家里有大院子,我们常去她家玩,孙母是一个为人很和善的女人,她总是多蒸出来很多豆沙包,分给我们吃,或者让我们带回家里。

那时候邻居之间的关系都还很亲近,当地的民风也很淳朴,晚上不关门,也不会有贼闯入,这么多年压根儿就没听说过谁家里丢过东西。

夏天的时候,我们几个就跑去孙秀华家的西瓜地,挨个敲西瓜的肚皮,找一个听起来熟透了的西瓜,剪断枝蔓,用手一劈,瓜就裂了,几个人掰着西瓜啃,吃得满脸都是西瓜香甜的红色汁液。

等晚上天色黑了,我们就躺在孙秀华家的大摇椅上看星星。那时候我不知道什么是银河,也不知道哪个是猎户,我只知道天上的星星很多很美,地上的人们很渺小。

## CHAPTER [5] - 万物皆有缝隙

到了冬天，我们会一起跑到雪地里打雪仗，吴晓晨和孙秀华一起，我和刘娟娟一起，我们一点也不怕冷，就在大雪地里疯狂地跑着、笑着。那时候的寒风并不刺骨，时光也不凛冽，整个世界都是洁白纯净的。

只是到了后来，我们都各自长大了。我们之间不知不觉产生了许多秘密与隔阂，这些烦恼在青春里统统被称作"迷茫"。迷茫解决好了叫成长，没能顺利度过就会引发叛逆。

显然我们这群人，没能解决好这份迷茫。

在那个世界观蓬勃生长的年纪，意见不合的彼此很容易站在对立面。孙秀华不喜欢独立的吴晓晨总是有自己的主见，而吴晓晨也看不惯善于控制一切的孙秀华。曾经的亲密无间，就这样变成后来的各自一方。

记得有次我们上山去玩，遇到一个蛇洞，孙秀华捧着一大把土，盖在了洞上面。她想这样蛇一定出不来了，可临走时，晓晨偷偷拿一根小木棍，在那一小堆土上划开了一个口。

后来我问她为什么要这样做，她回答我说："只要有缝隙，就会有光亮，蛇就可以顺着光亮爬出来。"

吴晓晨最不喜欢的就是孙秀华那种无理的霸道和自以为是。

还有一年夏天，我们坐在院子里小憩。我突然指着地上成群结队的蚂蚁，惊奇地对她们说："快看，蚂蚁连成一条线了！"

我们几个蹲下来，看着蚂蚁排着队向前跋涉。孙秀华却随手捡起一个小石子，拦在蚂蚁队伍的中间，她开怀大笑着自己阻断了蚂蚁的队伍，把这种以强凌弱的成就感当作快乐。

那时候的吴晓晨还不怕孙秀华，她用手拨开小石子，让蚂蚁恢复了原本的线路。

她说："蚂蚁好端端地在搬家，你哪里来的权力去打扰它们。"

在长大的过程中，我们总会有"去破坏"的念头——想踩一脚走路时遇见的废弃纸盒，或者踢开躺在路中央的空水瓶；捉住一只自由飞翔的蜻蜓，打破原本静谧无波的水面；摘掉绽放的花朵，把乌龟翻过来看它动弹不得的样子……

我们本就与世界平行存在，谁也没有高谁一级，这些破坏的念头一旦积攒多了，就会成为恶念。总有人想要成为控制者，而往往当费尽力气爬到关系链最顶端的时候，才发现这一切不过是一个又一个循环罢了。

当时孙秀华不理解，还问我谁对谁错，我睁着眼睛投了弃权票。

直到后来，我们慢慢长大，再也无法容忍彼此的性格时，就渐渐疏离了。

好像一夜间，友情脆弱得分崩离析。

真后悔那时候投了弃权票，我本应该站出来对孙秀华说，你不可以这样。

我很想念小时候的时光，院子里蟋蟀在自由地跳舞，鸟儿无时无刻地歌唱，藤蔓生长，太阳困了就下山而去，孤独的月亮叫醒许多颗沉睡的星。

可是一切都回不去了。

吴晓晨被警察带走后，我总是时不时就想起小时候的事，越想越难受，越难受就越想哭。

那几天我总是失眠。

## 13

连续几天无法安睡的我，最后打算将我知道的秘密全说出来。

其实真正想杀死孙秀华的人，是耿会鹏。

从一开始，耿会鹏就对孙秀华和刘娟娟的欺辱怀恨在心，有一次他记了那些坏女孩中的一个人旷早操，等到放学时，收到一张字条，上面写着："放学南门巷子见。"

聪明的他知道肯定是孙秀华和刘娟娟要找事，于是他撕下一张纸，模仿孙秀华的字迹，写下另一张字迹歪歪扭扭的字条："别急着回家，北门巷子里姐几个找你谈话。"

然后"嗖"的一声，把这张字条丢给了吴晓晨。

耿会鹏知道吴晓晨曾被那些坏女孩欺负，他想利用她进行报复。

他故意把南北门调换了顺序，猜中了同样聪明的吴晓晨收到恐吓字条后会走另一条路，于是就这样把吴晓晨引到了他们见面的地方。

尔后，如耿会鹏所料，吴晓晨被打了。

时间继续流转，那次体测课前，耿会鹏对吴晓晨说："晓晨，体育老师让你去向综合办公室借一盒大图钉，要拿钉子钉一下体测房里的窗帘。"

身为班长的吴晓晨照做了，由于去借大图钉，她迟到了。众目睽睽之下，她拿着一盒大图钉走进了体测房。后来下课后，孙秀华和刘娟娟的脚被大图钉扎破，她们嘴里骂着脏话，确信这肯定是吴晓晨干的，还没来得及收拾东西就嗷嗷叫着冲去医务室了。

耿会鹏在收拾体测房时捡到了两个水壶，一本小说书，还有一件校服。校服是匆匆跑去医务室的孙秀华遗落的，里面有她家的钥匙。

耿会鹏用这串钥匙又配了两把新的，并把其中一把钥匙偷偷塞进了吴晓晨的包里。

所以潜伏进孙秀华家里的人其实是耿会鹏，喷漆、放老鼠、破坏厨房的人也根本不是吴晓晨，这一切都是耿会鹏干的。

最后一次，他趁着深夜，把大成带去了孙秀华家里大闹一番。他深知大成受过孙秀华的欺负，见到她一定会大闹一场。

第二天，耿会鹏猜到孙秀华一定没睡好，于是放学路上就一直紧跟在精神恍惚的她身后。

天色已黑,这条路上并没有任何保护措施,连路灯也没有。于是耿会鹏故意学大成的笑声,果然孙秀华中了他的圈套,惶恐至极的她转过身来巡视四周,一边大叫着"救命",一边狂跑起来,最后跌进了河沟。

她差点死掉。

这些都是我偷看耿会鹏的日记后才知道的。

我知道我不该早恋,可我真的很喜欢耿会鹏。那天我看见他丢给吴晓晨字条,以为他们之间有了什么感情秘密;和吴晓晨一起站在篮球场旁边看耿会鹏打篮球时,她说的那句"好帅啊"让我更加确信他们在谈恋爱。

于是我想尽办法偷了耿会鹏的日记来看,而当我发现日记本里记载的内容时,我吓坏了。自私又无知的我不想看着自己喜欢的人葬送了前程,因此我一直不敢说出真相。

从小我就是这样一个不善言真相的人,从小时候面对孙秀华投了弃权票,到现在包庇着耿会鹏,我一直在犯错。我原本以为爱一个人就是保护他,甚至连他的罪恶和秘密都要予以保护。但是后来我发现,真正值得守护的,只有这个世界上的真爱与阳光。

于是我鼓起勇气将我所知道的一切都告诉了警方。

警方按照我提供的线索,找到了这本写满犯罪心理和过程的日记本,从配钥匙处找到了认识耿会鹏的人证,又通过耿会鹏的网购记录找到了被他藏在家里的红色喷漆,并依据孙秀华家里菜刀上的指纹,查证了真正作案的人就是耿会鹏。

吴晓晨被无罪释放,耿会鹏被依法逮捕,善恶终有报。

## 14

又是一年初春,碧绿的树冠茂密起来,放假的我决定回母校转转。

学校还是老样子,在这个时间点上又挂起了红色横幅,上面写满了激励人心的话。秃顶校长拿着大喇叭喊着:"高考必胜!"

而我们曾经那个班的班主任,作为教师代表在主席台上发言时这样说道:"守住梦想很简单,守住自己不容易。万物皆有缝隙,那是光照进来的地方。"

我随便在校园里闲逛,篮球场上再没有一个赤裸上身靠个人能力进攻得分的耿会鹏,女生们手牵手绕着球场散步,却也再没遇上一个抱着一大摞作业本的吴晓晨。

经过高三教学楼时,发现墙角边有一只小小的老鼠,它浑身灰黑,躲在那里一动不动。

啊,人的那种破坏欲又来了。

CHAPTER [5] - 万物皆有缝隙

我本想大吼一声，或是用力跺脚把它赶走，可当我看见它的眼睛正盯着我的时候，我突然心软，对它而言，我算是庞然大物了。我不能欺负它，它或许只是迷了路。

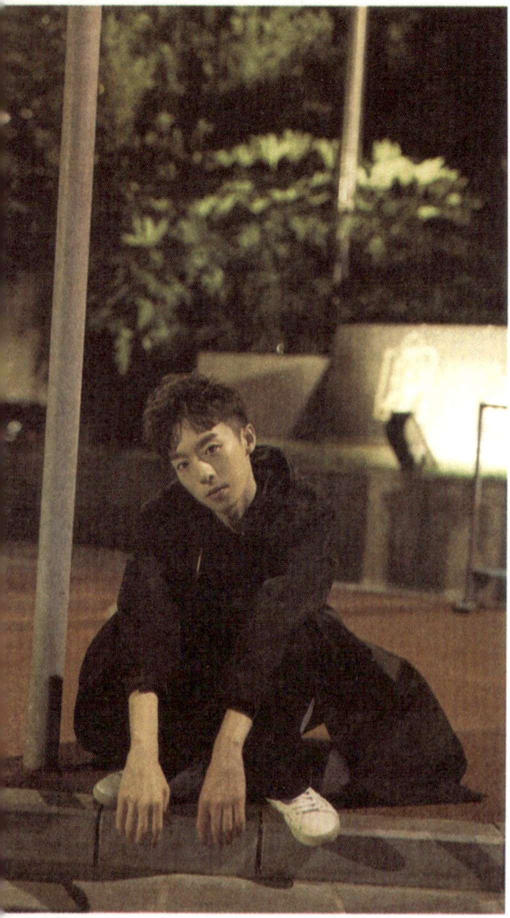

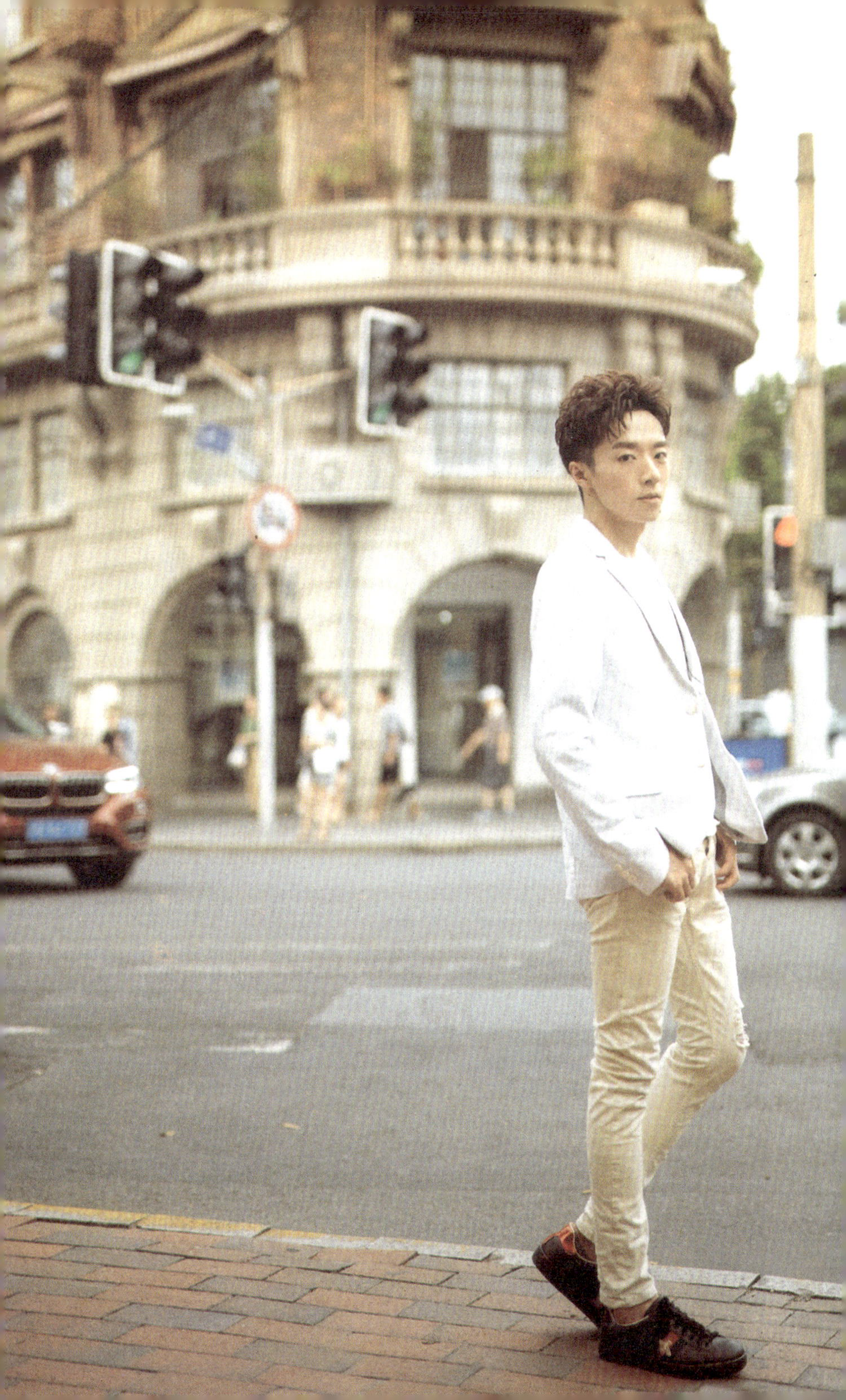

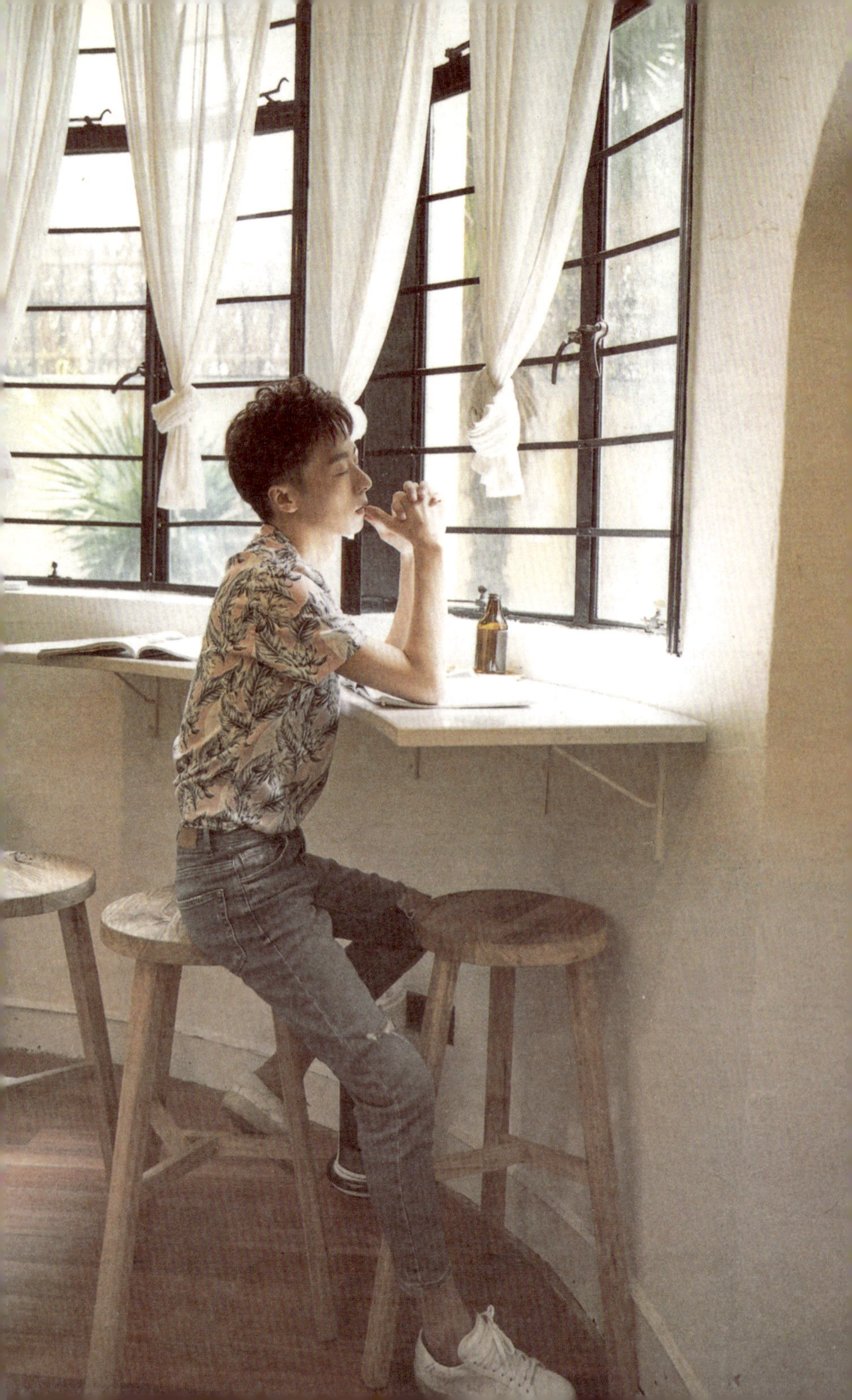

2017

CHAPTER 6
17:10

苑子豪 — 文

牛奶箱上的来信

不好意思　　　我也是第一次当大人 //////////////

## 01

　　蓝色是分层次的。最远处是深蓝，凝重而庄严。近一些的地方蓝色就变浅了，好像是从湛蓝的天空中掉下来的。再靠近岸，海水慢慢变成湖蓝色，仿佛蓝绿的墨水在水中交融。最后是清浅的绿色，清澈透亮，可以一眼看到底部的沙砾。

　　在海岸交接的地方，有层层卷起的白色浪花，一声一声地撞向岸边的岩石。浪花是蹑着步子而来的，好像是提着白色裙子的小女孩，想要趁妈妈熟睡跑出去玩。结果刚打开门，妈妈醒了，于是"哗"的一声，伴随着涛声又重新回到大海的怀抱中去了。

　　"原来海的样子这么美！"李芍药欣喜地感叹着，她的两只手捏着素白的裙裾，闭上眼睛，用力地吸了一口来自海洋的空气。

　　空气带着海风黏黏糯糯的湿润感，像是被打湿了的棉花糖。可更为坦诚地讲，空气里还有海水的咸，她呛过水，并不是很喜欢那股子咸味。

　　所以海洋从来就不只是纯美的，它也有不尽如人意的一面。海水的腥提醒着你，它绝不是平静安全的湖泊，而是一片充满未知可能的远洋深海。

　　是的，海是无尽头的谜。

"上船啦,快点。"芍药的爸爸扯着嗓子喊她,嘴角咧出一个兴奋的笑容。

李爸在广州的一家搬家公司打工,工作内容就是接客人的订单去帮忙搬运家具,有时候人手不够,还要充当司机。先前他还做过一段时间商场保安,穿着一身精神的制服,带着一个红色的袖套,袖套上写着大大的"巡"字。

这一切都是为了赚钱养活芍药,供她念书。

芍药的家在广州边上的一座小城市里,这座小城市中的很多劳动力,都选择去广州务工,因此人们习惯把这座城市叫作"空城"。

芍药没有妈妈,这要从她出生来到这个世界的那一刻开始算起。李妈身体不好,怀芍药的时候家人就很担心,结果还是没能走运,李妈产后大出血而亡。

所以李爸一直很疼爱芍药,也常为女儿没有一个幸福的童年而懊恼,于是他拼了命地努力工作,拼了命地打工赚钱,就是为了给女儿一个好一点的生活和一份更多的安全感。

今年是李爸在广州工作的第六年,他已经成了公司搬运部门的总经理,年底时公司发了一笔奖金,李爸决定拿这笔奖金带芍药出国看看。

这是他们父女俩第一次出国,考虑到没有经验,他们报了去马来西亚游玩的旅行团。从没踏出"空城"半步的芍药,没有见识过飞机,因此坐在飞机上的她,一直扒着舷窗往外看,尽管那些云彩都是一个样。

芍药更没见过海，尤其是眼前这么美的海。

"你这个小磨蹭，还去不去看海豚啦？快点！"李爸笑着大喊道。她三下两下跑到爸爸身边，怯怯懦懦地跟着爸爸登上了船。

芍药喜欢海豚，在学校的课本里，海豚是可爱的精灵，会唱歌，还会跳舞。它们生活在大海中，时而跃向天际，时而沉入深海。因此这回李爸狠了狠心，又单独掏了一笔钱，在当地额外报了这个观赏海豚之旅的一日游，这原本不包含在跟团行的项目当中。

李爸搂着女儿，把带来的外套披在她身上，轻轻拍着她的背说："眯一会儿吧，醒来就可以见到你最想见的海豚了。"

在芍药的印象中，爸爸一直是很爱笑的，他一笑，清晰可见的皱纹就出现在他的眼角。爸爸很黑，长年累月的暴晒、劳累，让他看起来很显老，手上磨满了茧子，因此他从不碰女儿的脸。

那天，芍药就像小时候睡在爸爸怀里一样安静，靠着爸爸宽阔而踏实的肩膀，和着徐徐的海风，睡下了。她的睡梦里都是海豚的模样。

再醒来的时候，她是被整艘船的尖叫声喊醒的。船随着巨大的海浪摇摆着，晃荡着。汹涌的海水旋出一个又一个涡，不同方向的海风把海水搅得风起云涌，船只随着海浪起起伏伏，船员大声喊着

## CHAPTER [6] - 牛奶箱上的来信

听不懂的语言。

芍药吓坏了,问爸爸发生了什么,这个问题和船上其他人问的一模一样,大家都是在睡梦中被惊醒的。船上会说中文的导游告诉大家,船只遇到了未预测到的恶劣天气,现在非常危险,要赶快穿上救生衣。

刹那间,船上全乱了。

大家嘶吼着,哭着,剧烈晃动的船只让人根本站不住脚,所有人都摇摆着,跌跌撞撞。船员把救生衣丢在了船中央,于是整艘船的人都开始疯狂地哄抢。

李爸大声吼着:"你扶住这个杆子,哪儿也不许去,听到没?!爸爸去拿救生衣,马上回来给你套上!"

芍药用力抽泣着,两只小手紧紧抱着身前的栏杆。

李爸踉跄着步子,身体左右摇晃着朝船中央走去。他在人群中抢了两件救生衣,回来的时候先给芍药套上了一件。由于芍药身材小,救生衣很大,李爸把救生衣上的绳子来回系了几个扣,用力地勒紧了保证它不会松开。接着他蹲下身去拿另一件救生衣,这时候突然一个大浪打来,整个船朝一侧剧烈地倾斜,李爸还没站稳,就被惯性直接晃出了船,"扑通"一声掉进了海里。

"爸爸!爸爸!"芍药嘶吼着,眼泪止不住地往外流。

根本不会游泳的李爸在海水中无力地挣扎着,有浪头打来的时候,就看不见他,等浪过去,他好像又浮出了水面。芍药的救命声被淹没在了所有人的救命声中,根本没人注意到有人被甩进了大海。

后来船只进了过多的水,发动机失效,最后被大浪打翻。幸存的人们穿着救生衣,漂在海里等待救援。十二个小时后,路过的渔船发现了落难的人们,芍药和另外十五个人获救。

救援队到最后一刻都没有发现李爸的尸体。

## 02

"这害死人的女孩……"

"太要命了,上辈子肯定作了不少的孽……"

"是不是没给这孩子命里好好求一求啊……"

一时间,"空城"里满是有关芍药的流言蜚语,大家纷纷议论着,这么好的一家人,怎么就因为一个女孩全毁了。

失去双亲的芍药由叔叔领养,叔叔是李爸的弟弟,家里有妻有儿,领养芍药实在是无奈之举。他们家住在"空城"的光明街上,那是一条有些年头的老街了,老街的四方邻居听说芍药住了过来,都很少再与叔叔家来往。

光明街并不宽,由一条深深窄窄的巷子贯穿,两侧是各户人家。

## CHAPTER [6] - 牛奶箱上的来信

挨家挨户的门多半是生了锈的,墙垒得并不算高,可是这一带安全得很。如果你敲开门,就可以看到每家都是有一个院子的,穿过院子,才能进到家门。就在这条老街边上,盖了几幢新的居民楼,由于挨得近,从楼上可以清楚地看见、听见底下院子里发生了什么。

在芍药叔叔的家门口,有一盏破旧的灯,连着一根简陋的电线,晚上打开,昏黄色的光会透过玻璃灯泡散出来。在破旧的灯旁边,有一个小铁箱,是用来收新鲜牛奶的。然而叔叔家并没有订购每日都送达的新鲜牛奶,凿在墙上的牛奶箱只是因为当时牛奶商做推广,免费给挨家挨户安装上的。

叔叔偶尔会从超市买回牛奶,但这与芍药无关,牛奶向来都是留给叔叔的儿子喝的。因此那个破旧的牛奶箱,像可怜的芍药一样,孤独得无人问津。

这些事情统统发生在芍药读初中三年级那年。那一年,她才十四岁。

后来芍药失聪了。

传言说是因为那次海难,她的耳朵进水过多过久,引发炎症,因此耳聋;也有人说是因为有一次芍药不听话,叔叔一巴掌扇过去把她打失聪的。

由于是后天性失聪,已经学习过的语言不会立刻忘掉,所以芍药还是会说话的。但是医生说，随着失聪程度的加重，她长期听不到声音，无法对语言表达进行巩固，就会慢慢遗忘已经学会的语言，最后彻底不会说话。

再后来，读高中，芍药干脆就被叔叔直接送去聋哑学校了。在那里，大家都被一样对待，你上课听不到，说话表达不了，完全不用担心，因为每个人都和你状况相同。

叔叔自言自语地说："芍子，别害怕，别有压力，到了那里，同学们都和你一样，这对你而言是最好的选择了。"说完，他摸着芍药的头，眼里含着假惺惺的泪，接着就把书包给她背上，送她去学校了。

芍药平时都要寄宿在学校，每周只能回一次家，每次回家也没有人去接她，她就骑着叔叔的自行车穿过五条街，三个十字路口，才能到达光明街。虽然耳朵听不见，这样独自骑自行车很危险，可这也是无奈之举。

由于是男士自行车，叔叔的车子又高又大，芍药骑起来总是晃晃悠悠，脚要很用力才可以够到脚踏板。而她就是骑着这辆别别扭扭的车，往返于学校和家之间的。因为芍药骑车很慢，每次回到家，天都有些暗了，推门进去，肯定能看见已经吃上饭的一家三口。

婶婶会比叔叔更假惺惺地说："你路上又磨蹭了吧，等你吃饭好久了，弟弟肚子饿得不行，就先吃了。"

婶婶总是这样，明知道芍药听不见，还要故意这样说，假装若有其事得让人觉得自己情有可原。

每次听不见的芍药只会乖乖坐下来,吃着所剩无几的饭菜。

她在家就是这样,面对收养她的叔叔和婶婶,她已经习惯全盘接受,从没反抗过。与在家不同的是,芍药在学校的生活更自在,上课不吵不闹,下课不疯不跑,安安静静读书,每天写着小小日记。

直到有个周末,芍药放学回家,她发现灯泡旁的牛奶箱里有一袋牛奶。在牛奶下,压着一封信。

她拿起牛奶,把压在底下的信小心翼翼地取下来——

"你好,我叫冯初……"

## 03

每个女孩都曾幻想过,有天可以在家门口的牛奶箱里,收到一封折得完好无损的信,这封信来自美好的童话世界。在这个铁制的生锈的牛奶箱里,天使还会放进来心爱的布娃娃,一起编织着属于一个女孩子最甜蜜的白日梦。

现在这件事真的发生了。

芍药当真收到了这样一封信,和一袋今日生产的鲜牛奶。

她四处张望,并没有发现什么端倪。她把牛奶和信藏在书包里,才推着自行车进了家门。

芍药心跳加速，蹑手蹑脚地走进房间，把书包摘下来，掏出里面的课本和练习册，然后拿出这封信，藏在这堆书本底下。

信上这样写着：

"你好，我叫冯初，初心不变的初。我也是聋哑学校的同学，只不过比你大一级。我想和你做朋友，如果你不介意的话，可以答应我吗？"

隔着房门，叔叔扯着嗓子喊她吃饭了，然后又走过来推了推芍药的房门，示意她开饭了。芍药有所察觉，一把把信攥成一个纸球，放在扑通狂跳的心口，然后小心翼翼地转过身去，发现叔叔只是推了推门，并没有继续走进来。

她咽了咽悬在喉咙处的口水，耸下去立起来的肩膀，然后拿出手心里的信，慢慢舒展开来，将这封信悄悄地夹在了自己的日记本里。

所以听这个名字，他是一个男孩对吗？牛奶是今日生产的新鲜牛奶，就代表他一定是了解我每周都是这个时间回家的对吗？我确实不介意和他做朋友，所以要回信答应他对吗？

芍药紧张兮兮地吃着饭，好像青春期里被捉到早恋一般心虚。叔叔和婶婶给不满七岁的弟弟剥着虾，虾皮从婶婶嘴里发出噼噼啪啪的咀嚼声。桌上还摆着一道蒜蓉炒菜心，由于油放得有些多，透过那层油脂，可以看到反射着的头顶的吊灯在微微晃动。冰箱发出"咯

## CHAPTER [6] - 牛奶箱上的来信

"吱"一声的抖动声,然后随即停止了运行的声音,两根木头筷子碰到瓷质的盘子,发出清脆响亮的碰撞声。

这一天在芍药心里,如此不凡,甚至可能一根头发掉在地上,芍药都能破天荒地听到。

然而实际上她并不能听到这些声音,一切的一切都是她想象的罢了。她还想象着,外面有喜鹊在歌唱,花盆里的草木伸展着懒腰,阳光透过屋顶,轻轻落在院子里。树叶一定是有声音的吧,它们像风铃一样。蚂蚁搬运泥土,也会说悄悄话。星星会嗒嗒地眨眼睛,月光伸出手来,温柔如水。

"我不管,此刻全世界都有声音,我都可以听得到。"芍药在心里暗想。

夜色降下来,她反锁上房门,悄悄地点亮桌上的台灯,叼起那袋牛奶,一边吮吸着,一边回信:

"冯初,你好。我不知道你长什么模样,也不知道你在哪里,甚至连你到底存不存在,此刻我都不能确信。我好像做了一个梦,忽然间有人往我的牛奶箱里投了一件陌生而神秘的礼物,我不知道该如何是好,更不知道,这份礼物到底是不是属于我。或许是你搞错了呢?如果你确定没错,请你给我回信吧,我将在下次告诉你,我的名字。"

芍药用力一握,牛奶顺着被挤到了嘴里,她闭上双眼,笑眯眯地喝着牛奶,傻笑着。

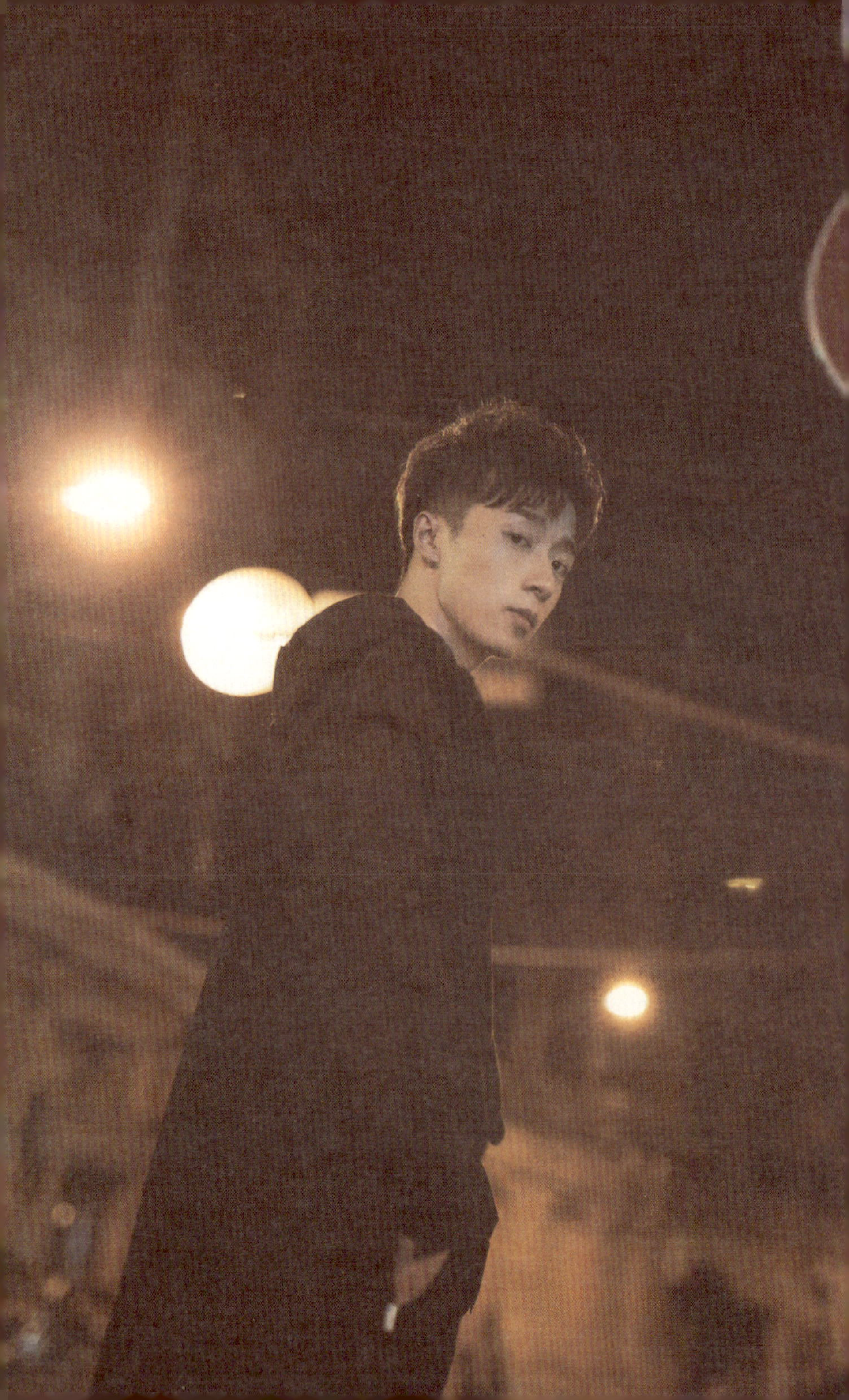

这是她人生中第一次觉得，牛奶好甜。

## 04

第二天，芍药把写好的回信悄悄放在门口的牛奶箱里。她放信的时候，还特意又观察了下四周，确定没人看见，才快步跑回房间。

躺在床上的芍药，感觉心怦怦跳，她从没有过这样的感觉。一直以来，这个世界都是对她不公平的，她从一个可爱的小女孩，变成现在这样沉默寡言的"害人精"，天知道她有多委屈。

她经常对着月亮流眼泪，她想妈妈，想爸爸，她一点也不想在叔叔的家里寄人篱下。窗外的铁栅栏总会让她有一种被囚禁的错觉，她多想快点长大，飞去一个外面的无人纷扰的世界。

芍药躺在床上，心情平复不下来。

此刻是下午三点，她开始在心里数羊了。

不知道数错了几次，也不知道数到了哪里，再看表时已经四点了。

她想，应该会有回信了吧？

她悄悄跑出房间，轻轻打开家的大门，闭着眼睛，把手伸进牛奶箱里。

嗯，空无一物。

"唉！"芍药叹了口气，走回房间。

此后的每一个小时，她都会跑出来摸摸牛奶箱，闭着眼睛企盼能有惊喜，可结果却都是空无一物。

等了足足一天没有回信，芍药着急得小脸通红。

所以，是他搞错了对吗？

或者，是和往常一样，有人在恶意捉弄她？

那天晚上，她把那张夹在日记本里的来信，撕了个粉碎。作为大家口中的一个害人精，她受到的捉弄已经不少了——从走路会有小孩子丢来石子，到门外有人往她家院子里偷偷扔鸡蛋。她，连同领养她的家人，一起受着来自旁人的歧视和羞辱。

芍药躲在床上哭，由于害怕被叔叔和婶婶听见，她拿被子蒙住自己的头，扎在枕头里，小声抽泣着。她知道不可能会有人愿意接触自己，也知道自己或许注定了命途孤单。

她突然很想从未谋面的妈妈，更想为了救自己而死去的爸爸，于是哭声越来越大，越来越放肆，汹涌而出的感情一发不可收拾。

声音惊动了婶婶，她猛烈地砸着门，破口大骂着："你这个丧门星号什么号！大晚上的！弟弟都被你吓坏了！你给我闭嘴！"

失聪的芍药哪里听得见婶婶的声音，她仍然满心悲伤地继续哭着。

这下婶婶不耐烦了,一个健步走进来,抓起芍药就是一个耳光。

"啪!"

芍药眼神迷离地看着婶婶,哭着说一些别人根本听不懂的话。因为长时间没有听力,她现在说出来的都是令人听不懂的喊叫。婶婶伸手又是一个巴掌,抽在了另一边脸上,她大声叱责着芍药,尽情地宣泄着自己的不满。

芍药终于静下来,不再哭了。

模糊的眼睛里,芍药清楚地看见婶婶的嘴巴在张张合合,她一定是在吵嚷着什么。

然而这些重要吗?不重要吧。

第二天早上,家门口不知道被谁贴满了大大小小的大字报,上面统一写着:"别再打人了!"这应该是院子楼上的居民听到了半夜的吵闹声。

婶婶气得把这些大字报撕下来,冲进芍药屋子里,全都丢在她面前,叉着腰,恶狠狠地瞪着她。

## 05

太阳照旧出来了,沿着山头,缓缓升起。

芍药穿上洗干净的校服,背上书包,从房间里走出来。叔叔和婶婶陪着弟弟在客厅吃饭,压根儿没人抬头搭理她。她也知道昨晚的哭闹,又让婶婶生气了,所以她低着头,径直走出了家门。

这已经不是她第一次觉得自己没脸吃饭了。

推着笨重的庞大自行车出门时,她的眼睛不自觉地扫了一眼牛奶箱。

唉!

哎?

牛奶箱里竟然放着一袋牛奶和一个饭团!

芍药擦了擦眼睛,发现牛奶和饭团还在,她又用力地拧了一下自己的大腿,疼得哎哟哎哟的,牛奶和饭团居然还没有消失!

天啊!

她飞速地打开书包,把牛奶、饭团和压在底下的信一起扔了进去,然后匆匆忙忙骑车走了。

光明街的巷子很深,来来去去的有吆喝着磨刀的老人,有在一旁卖豆浆的中年男人,有穿梭跑着的孩童,有坐在家门口搓洗着衣服的妇人。挨家挨户都有各自的生活，无论喜悲。

芍药骑着自行车，朝学校奔去。风吹起她的发梢，阳光正好打在脸上，包子铺冒着热腾腾的水汽，巷子尽头巨大的棕榈树碧绿地拔节着，万物皆如此美好。

芍药来到学校，小心翼翼地打开书包，她取出还热乎着的饭团和牛奶，连同那封回信。饭团是糯糯的米夹着咸香的肉馅儿，玉米和青椒的颗粒让饭团变得没有那么腻。牛奶和上次是同一个品牌，生产日期恰恰是今天。

她一边大口咬着饭团，一边大口喝着牛奶，没有几口就都吃完喝完了。在她的味觉体系里，饭团格外好吃，牛奶格外清甜，这真是世界上最美味的食物了。

第一堂课是数学课，可她根本没心思上课，于是打开数学课本，偷偷地把信纸塞到书下，趁老师回过身去写板书的时候就打开看。信纸的质地很好，硬硬的纸张并不容易破损，上面有细细的不规则的纹路，好看极了。信纸上是好看的钢笔字，蓝色的墨水晕在纸上，每个字都充满魅力。

等老师一回头，她就把书盖好，托着腮假装在认真看板书，直到老师拿着三角板在黑板上画图形的时候，她再掀开书偷偷地看：

"你叫芍药，芍药花的芍药，我都知道，你就不用自我介绍了。饭团好吃吗？那是我最爱的早餐，每天早上我都会吃一个。如果你喜欢的话，下周给你带肉松蛋黄的好吗？我不说太多，可不是交朋友不认真，我是想告诉你：笨蛋，快点认真听讲吧！"

芍药"扑通"一声把书盖在信上面，像是要压住心底那头快要跳出来的小鹿。她怦怦直跳的心，和着信上的那几行好看的字，一起融化在这春天无比美好的早晨里。

此后芍药最盼着周五回家，因为那一天，她总会在家门口的牛奶箱里摸出一封信来。于是这小小的期待就成了漫长学习一周的全部动力，也成了支撑她活下去的为数不多的希望。

有没有牛奶不重要，有你在最重要。

## 06

芍药和冯初保持着每周的通信，他们像笔友一样交换着彼此的故事和心情。

芍药清楚地记得，她的第三封信是这样写的：

"冯初，感谢你愿意做我的朋友。我觉得这有些受宠若惊，对现在的我来说，从没奢望过会有人跟我讲话，更别提交朋友了，我甚至有些惶恐，怕有一天这一切就突然消失，我会像被打回原形的妖怪，要重新忍受痛苦。所以如果会有那么一天，我宁愿不要现在的种种。一直痛着，总好过伤了再伤。你的朋友，芍药。"

## CHAPTER [6] - 牛奶箱上的来信

芍药写下这些话时,是红着眼睛的,在此前,她已经撕碎了五封写好的信了。在那些信中,她想做自我介绍,想讲述这周班里的故事,想询问冯初的爱好是什么,想和他聊一聊牛奶和饭团要如何搭配……可每一封她都不满意,她觉得那些话都是虚伪的面具,纠结来,犹豫去,她终于决定把这封作为最终的回信。

一个遍体鳞伤的姑娘,最需要的就是直击问题本身,最需要的就是清楚地告诉她——你是在游戏,还是在给真的温暖。

芍药就是这样一个缺乏安全感的人,她已经不需要任何的意外了,平平稳稳的生活都好过有惊喜的过山车。

她把回信悄悄放在牛奶箱里,像是存放着一个少女的梦。

如愿以偿的,第二天,芍药就收到了回信。

冯初在回信中说:

"别怕,我会一直做你的朋友,陪伴你渡过每一个难关。其实生活总会像坏人一样欺负我们,但是千万别对自己失去信心,你永远不知道什么时候就会有份礼物出现在你的牛奶箱里。所以,就算再烦躁,也要保持微笑,答应我,好吗?"

冯初的文字总是如牛奶一般温暖,他好像一个永远也不会生气的人,去包容芍药的坏情绪。

新的一周开始了,芍药又要去聋哑学校上课了。她照惯例出门,在看向牛奶箱前默默祈祷信一定要在,然后在大笑着拿到新的回信后拥抱美好的早晨。

飞快的自行车像是飞快的日子，转眼间芍药和冯初已经通了十封信了。

芍药向他说着自己家里发生的事情，诸如婶婶和叔叔吵架，婶婶气得呜呜直哭，这让芍药感到有"报仇"了的快感。冯初向芍药说着，巷子口的包子铺关门了，因为卖包子的大叔有了孙子，他要悉心照顾刚出生的小宝宝了。芍药说尽管在学校的学习有些吃力，但因为有了动力，也总觉得力气使不完，成绩保持得非常好。冯初说着最近"空城"大动土，是响应国家号召进行城市面貌改造，盖着新建设的大楼……

他们的聊天无关风月，也难碰感情，就是最单纯的做伴。

直到有一天，芍药写信问冯初，她说："我们什么时候才可以见面？我想见见你，我的好朋友。"

那晚冯初的回信让芍药失眠了，他说：

"我们可以见面，但是我不会和你说话，因为我是哑巴。"

## 07

"小芍药，请允许我这样叫你。我是一个哑巴，原谅自私的我怕你嫌弃，一直没有告诉你。可能在书信里，冯初是一个很完美的形象，但是在现实生活中，他是一个和你一样有着一点软肋的人。我只是想说，你不要觉得这有什么，其实我们都可以活得好好的。你看，这已经是我们的第十一封通信了，现在觉得如果每周不写点什么给你，那会是一件无比别扭的事情。当我烦躁的时候，我就会坐下来给你写信，随着笔落，心情也就舒缓了。上帝为我们关上了一扇窗，这扇窗就真真实实地被关上了，不要去否认，也不要去抱怨，这是无可争辩的事实。但是真正聪明的我们可以选择去寻找另一扇窗，并且努力地打开它，获得阳光。书信就是我们之间的窗户，我们用笔和纸，成为彼此的依靠，这难道不是很美好吗？"

冯初的信总是那么温暖，坦白说，他确实陪伴了芍药很多无力的时刻。在那些想要放弃的节点上，芍药总能想起冯初，有这样一个人愿意信任她，支持她，她就要勇敢活下来。

对，冯初说得对，只要活下来，就会有希望。

芍药一如既往地给冯初写着信，说着自己的小情绪。

直到有一天，芍药回到家，一个穿着校服的男孩出现在她家门口。

眼前这个大男孩，个子很高，瘦瘦的身子却有很宽的肩膀，黑色的短发精神利落。如果仔细看他脸上的五官，超过五秒钟就会感到窒息——鼻梁高挺，目光炯炯，浓密的眉毛有好看的形状，小小的嘴巴藏着害羞的笑，那些整齐洁白的小牙齿，在他低头一笑的瞬间闪露出来。

周五的夕阳透过层层云雾打下来,昏黄的光线充满了暧昧的气息,背着光的他可真好看,好像从看不清的光线里走出来的童话王子一样。

芍药用手揉了揉眼睛,发现他竟然还在。

糟了,这一切都是真的。

芍药的脸一下子红了,心跳又开始不听使唤地怦怦直跳,她低下头,打开家门,推着自行车往里去,此刻害羞的她像极了一朵芍药花。

男孩突然跟上来,伸出手臂横在家门前。芍药一下子怔住了,男孩麦色的手臂就挡在自己眼前,肌肉的线条在昏暗的阳光下格外有型,他抬起手,用修长的手指敲了敲芍药笨笨的脑袋,然后转过身从牛奶箱里拿出信和牛奶,递给她。

那轻轻的两下敲打,芍药已经蒙了,她的世界开始天旋地转,头脑嗡嗡作响。接过来信纸和牛奶的时候,不小心手碰到手,她的心快要融化掉了。

男孩把头侧过去,意思是你可以走了。芍药慢慢抬起头,看着他轮廓分明的侧脸,眼睛眨啊眨,她在想怎么会有这样好看的男孩子。

"为什么开了门一直不进来啊?!"突然,婶婶从屋里走了出来,喊了一嗓子。

反应过来的芍药赶快把男孩推开,吓得他一下子跑开了。

"我,我……"芍药费力地扯着嗓子,边支支吾吾冲屋里喊着,

## CHAPTER [6] - 牛奶箱上的来信

边往里面走,临关门的时候,芍药探出小小的脑袋,手扒着门,望向躲在远处的男孩。

男孩伸出手来,示意她快点回去,露出了一个无比灿烂的笑容。

芍药跑进屋,躲在洗手间里,把信纸悄悄拿出来。她靠着洗手间的门,呼吸紧张而急促,脑海里想象了一万种来信的内容。甚至她的思绪还停留在刚才的那一刻,停留在男孩的模样和动作里。

这一切是什么意思呢?

芍药把来信打开一个小小的缝隙,眼睛凑到信纸旁边,像抓彩票一样紧张神秘。她的眼睛,一只眯着,一只睁着,用睁着的那只偷偷地往缝隙里看:

"小芍药,马上要见你了,我好好好紧张!第一次不知道该写些什么给你!如果一切顺利的话,看到这里的你应该已经见过我了吧?祈祷我千万不要太丢人!"

天啊。

芍药顺着洗手间的门往下滑,一下子瘫坐在了地上,她感觉自己呼吸快要停止了。

所以,那个人就是冯初。

那么,她好像恋爱了。

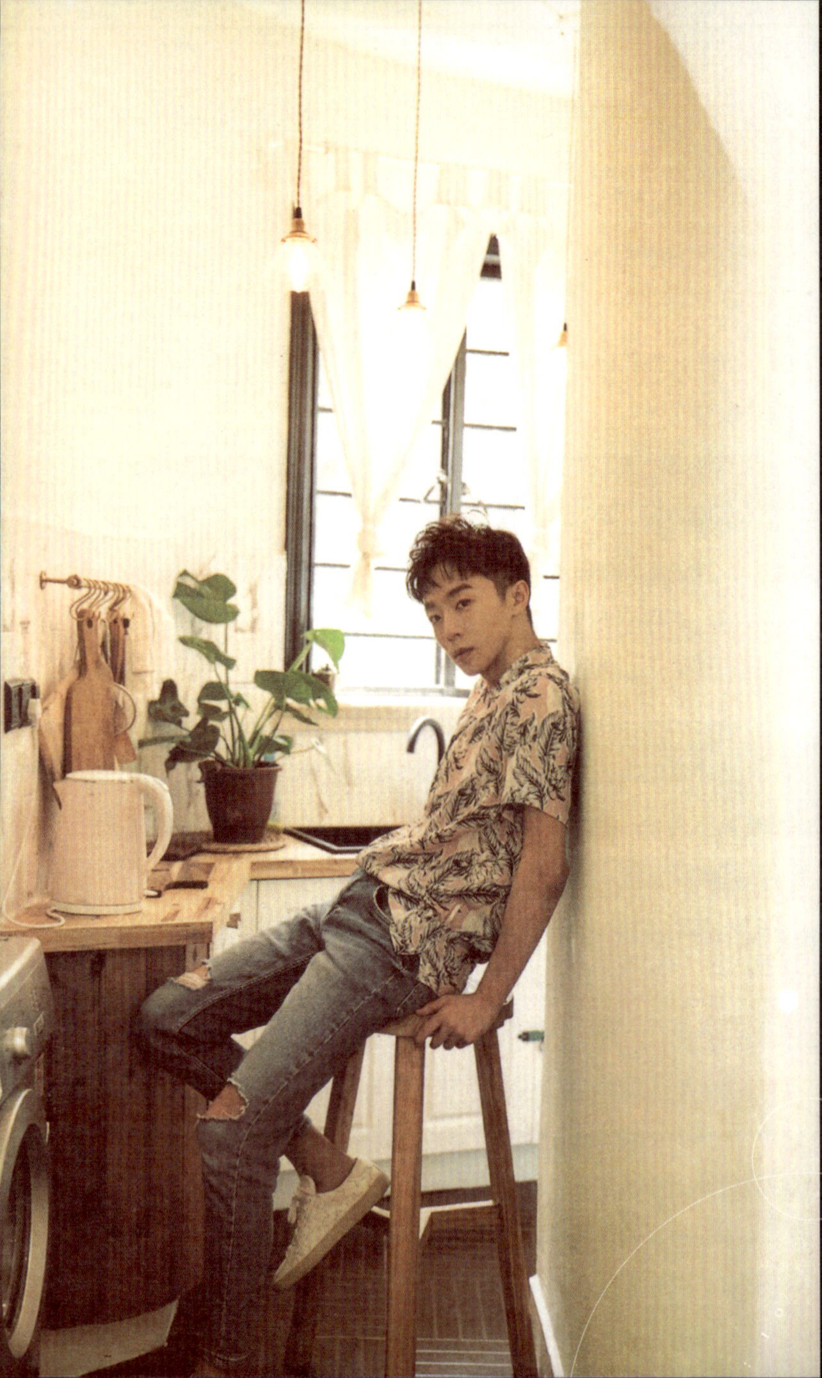

## 08

往后每个周五的晚上,冯初都会准时出现在芍药家门口,他不说话,她也不说话,两个人就是对着彼此傻笑。

依依不舍的分别后,冯初多半会躲在距离芍药家不远处的电线杆后,然后默默看着她,跟她招手说"再见"。

每周一次的见面成了芍药活下去的最大动力,她从来不承认自己对冯初的喜欢,也从来不否定对冯初的好感,可能青春期里最好的感觉,就是这种说不清道不明吧。

但是有一点可以确定的是,芍药对冯初很依赖。每次要进家门的时候,芍药都是恋恋不舍,连关门都要慢吞吞。她会先把车子停到家中院子里,然后再跑出来,扒着门,露出一个小脑袋找冯初的身影。

你朝我挥手告别,我向你挥手再见。谁也不肯先离开。

于是很多次都是冯初拗不过芍药,只好背过身去不看芍药,然后把手伸出来,顶到头顶上,数着三、二、一。当三根手指变成两根手指的时候,芍药会听话地把门半掩上,等到冯初的手指变成一根,这代表着芍药必须回家了,她就只好叹口气,把门关上。

天知道,数到一的时候,关上家门的芍药有多难受。

等到周一早上,芍药要去学校上课了,这时候冯初还会再次出现。他通常是把冯妈那辆弃置的自行车偷偷骑来，然后到芍药家门口，跟她换车。芍药骑着冯妈好看又小巧的自行车，而冯初骑着叔叔笨重又庞大的自行车，如此温暖甜蜜。

冯初在前，芍药在后。在这个深深的巷子里，流言很多，蜚语也不少，所以年轻的孩子们，即使有什么感情，也都会藏得好好的，这就是青春期里唯一的秘密了。

有时候巷子里没人，冯初会偷偷回过头来，冲着芍药笑。她害羞地低着头，和开在花季里的芍药一样美。他在前面开路，她蹬着脚踏车跟在身后，风吹起他的衬衫，风扬起她的长发，阳光就照在这最好的年华里。

他们从没说过一句话，最多的交流，就是冯初拨动几下叔叔老旧自行车上的铃铛，芍药开怀地大笑几声。路旁摊位上热腾腾的豆浆冒着蒸气，手艺匠人准备着每天出工的家伙，一切都美好如愿望。

不知道这样的时光会流转到何时停止，也不知道这种美好的感觉何时消失，可能从得到的一刹那，我们就已经开始失去，正像我们匆匆来到这人间，就已在慢慢走向了退场。

芍药始终不会忘记，一个如此俊朗的大男孩，像天使一样守护在自己身边，在此之前，她从没想过自己的世界会被人点亮。

随着日渐熟络，两个人也慢慢大胆起来。每周五放学，冯初不再傻傻地等在她家门口，而是准时出现在校门口。他推着冯妈那辆女士自行车，尴尬地躲在校门口的石狮子像后面。偶尔路过的女孩子们会朝他发出咯咯的笑声，然后低着头窃窃私语。

每每这时，冯初都会把脸扭过去，藏起来，然后在心里骂几句芍药为什么还不出现。等到芍药出来，看见一个一米八五的高个子男孩，躲在比他矮的石狮子像后面，通常会"扑哧"一声笑出声来。

皱着眉头的冯初常常在心里暗想：笑你个头啦，快换车，然后回家。

就算会这样窘迫，也无法影响他们回家的欢快。骑脚踏车是最好的放松方式，只要用力地蹬它，它就会带给你速度，带给你风，带给你不同路段的风景，你可以呼吸着迎面而来的空气，当你站起来，仿佛还能伸手够到天。

有时候冯初在前面骑，他会忽然转过头，目光如水地看着芍药。芍药拨动脚踏车上的铃铛，红着脸把一个女孩的羞涩都藏在落日的余晖里。冯初丝毫不让步，就那么直勾勾地盯着她看，然后笑着，感觉全世界的温暖都汇聚在了这一刻。

# 09

日子如飞箭，恍恍如昨日。

转眼芍药要毕业了，在与冯初来往的信件中，也多数时间说着日渐紧张的学业。

"我现在很紧张，感觉很多知识都还不会，每天都有做不完的功课，书有那么多页，总也翻不完，你说如果我没考好，去不了广州读大学，岂不是要留在这个'空城'待一辈子。不过，我这样说没有别的意思，也没有说你现在读的空城技术学院不好，我很爱这里，也很爱和你在这里的时光。"

芍药把信放进牛奶箱，回到房间就坐下来看书，再也不像从前那般躺在床上少女心泛滥了。有时候她真觉得，长大是一件很酷的事情，可更多时候会觉得，长大根本不是酷，而是残酷。

冯初是这样回信的，他说："别有太大压力，谁都和你一样需要经历炼狱般的高三，都是一样苦不堪言的。去年的这个时候，我恨不得每天睡在课桌上，书根本看不完，虽然最后还是考了个全校倒数第十名，可是依然进了咱'空城'的职业技术学院，现在日子过得也挺好啊。我跟你说啊，我们老师说了，别看我们学校不好，但是我们找工作很轻松！因为是技术人才，所以都争着抢着要我们！所以嘛，放宽心，尽力而为就好了，我会陪着你的！行了，我不唠叨了，你快去看书吧，下周见。冯初。"

不能说高考会改变一个人的人生，但是高考会改变一个人的生活。

芍药每天背着沉重的书包上课放学，甚至连写信的时间都顾不上。有一周的周五，学校临时通知要补课，周六、周日不放假，她没能回家。在教室里做着成堆的练习册时，她竟然忘记了按照惯例冯初会在校门口等她回家。

夜幕降临，学校里的路灯点亮了，钟表上的时间指向九点钟。芍药猛地坐起来，才想到今天是周五，本该放假的，不知情的冯初肯定还在校门口等她，于是丢下笔就跑了出去。

她跑得很快，像是去追丢了的礼物，去追丢了的时光，去追丢了的人。她心里想，冯初一定等急了，在校门口傻傻地站着，一定腿都累酸了，顿时强烈的自责感溢上心头，本就有些患得患失的芍药，开始觉得自己不配拥有冯初这样的陪伴。

到了校门口，果然空无一人。

她跑遍了校门口的每一个角落，都没有看见冯初的身影，唯一发现的，是石狮子像上放着一张熟悉的信纸。她打开这封信，里面写道：

"芍药，今天我在门口等你，可是等全校的人都走光了，也没看见你，我着急地去四处问询情况，后来才得知你们班补课，不放周末的假了。我在这里躲了三个小时，和第一次见你提前去你家门口等了三个小时一样，那时候的我生怕别人抢走了你的牛奶，现在的我生怕见不到你。可能你忙得忘记了，所以我今天就先回去了。遗憾的是未来几周我也不能来看你了，因为最近学校组织实践，要去外地，所有人都要去。你加油吧，努力备考，我一回来就会去看你。

相信你的梦想，加油！冯初。"

后来芍药去了空城技术学院打听，得知学校根本没有组织同学去外地实践这回事，大家都在学校照常上课。知道真相的芍药一下子蒙了，她可以理解冯初的离开，但她无法接受冯初的欺骗。

或许这就是自私的我们，总是在有人闯进自己的世界时感到欣喜，却不愿在送走他们时忍住悲伤。

芍药心里想着，一定是自己不够好，才让对方厌倦反感；一定是自己不配爱，才让痛苦反复无常。

她泪流满面，滚烫的眼泪顺着脸颊滑下来，像破碎的月光一样滚落满地。她大声哭着，嘴里不停地喊着"对不起"和"为什么"。

谁说岁月会永恒呢？又是谁说山无棱，天地合呢？

青春是一场兵荒马乱，或许你只是我孤单而灿烂的遇见。

## 10

不愿面对冯初的欺骗，也不想再回家去查看牛奶箱，芍药在高考结束前只回去拿了必备的换洗衣服，就再也没回过家，她一直寄宿在学校。

其实除了冯初，她那个烂透了的家，也根本没有值得回去的必要，

## CHAPTER [6] - 牛奶箱上的来信

她索性就把自己关在学校，麻醉着，不去想那些烦恼。芍药真心学不会"还会再见"和"常回来联系"这种技能，她处理人际关系像收纳一样，就是简单地断舍离。

当然，那个被遗忘许久的牛奶箱，也被她锁住了。

一个月过去后，高考放榜，发挥出色的芍药考上了广州的大学，这意味着她不用留在"空城"了，她要去大城市开始自己的新生活了。

都说高考后的暑假是学生时代最漫长的暑假，而芍药选择了提前去广州，一方面是想提前适应一下那边的生活；另一方面她找到了一份学生暑期工作，可以打打零工赚些钱。

那天早上，芍药收拾好行李，穿上了一件碎花裙子，她拎着大小两个箱子走出门，向这座城市彻底告别。出门的时候，正好赶上一个送报员，他正拿着一份报纸，用力地往牛奶箱里塞。

"小姑娘，你直接拿着报纸吧，另外记得让你爸把订报箱的钱赶紧交上，牛奶箱塞着太费劲了！"送报员一边皱着眉头念叨着，一边把一份厚厚的报纸递到芍药手里。

她当然不懂送报员在说什么，只是怔在原地，迟疑了几秒钟后，她拿出钥匙，打开了那个被她在一个月前故意锁住的牛奶箱，里面却塞满了袋装牛奶和信纸。

她捂住嘴巴，眼泪顷刻间涌出，难以抑制的感情从心底里溢出来。

"芍药，你怎么还不走？再不走你的火车赶不上了！"婶婶在屋里大声叫着，伸手做道别状赶着她走。

芍药把那些牛奶和信纸匆匆塞进书包，朝着车站的方向跑去。

在开往车站的公交车上，她按照日期打开了所有的来信，从冯初消失的那一周开始，信纸一封不差：

"芍药，原谅我的自作主张，我选择了高考前，再也不来看你。可我希望你能理解，并且相信，我这样做是为了不打扰你复习，而绝不是我不想来看你。爱哭鼻子的你，那天一定哭了很久吧？我应该实话实说，不应该说谎，让你担心了，对不起。冯初。"

"芍药，我看到牛奶箱被锁住了，你是真的不理我了吗？不理我也好，那样你就会认真读书，认真复习了，对吗？其实现在的我每天都睡不好，吃不好，不过我只能安慰自己是在帮你选择人生更好的路，然后让自己默默忍住所有的委屈。冯初。"

"已经第三周没有收到你的来信了，我有好多话想要对你说。冯初。"

"芍药，这周你已经结束了高考，应该可以和我好好聊聊了吧？我知道你一定对我失望透顶了，可我有好多好多话要对你说，这一路走来我真的太不容易了，如果就这样错过你，如果就这样失去你，我一定会后悔到死。我宁愿你不能考去大城市，也宁愿你没有逃脱你现在的生活，我只想自私地奢望你每天都在我身后，骑着单车，在我的视线里就好。现在的我不知道要如何面对你，也不知道要怎么见你,满脑子羞愧和后悔。如果你还愿意见我,给我一封回信好吗?我等你的回信,你可以放在牛奶箱的上面,我个子高,一下子就可以摸到。冯初。"

"芍药,我每天都来你家门口,每天都闭着眼睛摸牛奶箱,我多希望我的手可以碰到信纸,可是没有,什么都没有!告诉我,这一切都不是真的,你一定不舍得这样的,对吗?冯初。"

……

原来每个星期他都会通过牛奶箱上面的缝隙,往里面投递信纸和牛奶。

芍药看着这些熟悉又陌生的来信,在车上哭成了一个傻瓜。

谁说的能够抓紧的就别放开,能够相爱的就别互相伤害,那些凡是自以为分开是为了让彼此更好的言论,根本就是最荒谬的逻辑。

两个人站在一起淋雨,总好过一个人在晴天里发呆。

## II

芍药抵达"空城"车站,站在车站的广场中央,不知道自己该做什么。

西风吹过去，那是怀念的歌声吗？夕阳西下，那是散场的告别吗？白鸽从头顶飞过，它们要去哪里呢？

芍药哭着，流着所有青春里不可名状的眼泪，所有爱与恨，舍得与放不下，都在这一刻交织在一起。

"芍药！"一个声音忽然在寂静的站前广场上响起。

她明明听不见，却好像有感应似的，慢慢转过了身——一个一米八五的高个子男生，气喘吁吁地站在夕阳里。

光线昏暗，仿佛他们第一次见面的那天。

冯初哭着向芍药跑去，最后停在她面前，一把把她紧紧搂在怀里。

那一刻，蓝天抱着白云，海水抱着潮汐，大地抱着原野，我抱着你。

"对不起。"冯初的嘴唇一张一合。

原来，他根本不是一个哑巴。

他也从未在芍药就读的聋哑人学校上过学。他从出生都现在，都是一个听力健全正常的人。

事实上，冯初的妈妈是芍药的班主任，他第一次见到芍药就是在妈妈的办公室，那天芍药因为错的题太多而被喊去训话。

后来，他在校园里看见过芍药喂流浪猫，看见过芍药扶起倒下的自行车，看见过芍药傻站着望向天空，当然也看见过芍药被其他同学嘲笑欺负。也就是从那时候开始，冯初意识到自己可能是喜欢上了面前这个怯懦又笨拙的女孩，他也下定决心要保护这个柔弱善良的女孩。

而比这种相遇更巧的是,他们家就住在芍药家楼上,因此经常可以听到楼下院子里,传来芍药的婶婶凶狠的打骂声。那些往院子里丢的鸡蛋是他用来警告芍药的婶婶的,在芍药家门口贴着"别再打人了"的大字报也是他做的。芍药在拿到牛奶和信纸时,看过巷子东头,看过巷子西头,就是没回头看看楼上。那时冯初正躲在阳台上,看着这个一脸莫名其妙的傻姑娘呢。

所以他在芍药面前花了整整三年时间,去假装做一个哑巴,用这种方式告诉她,其实听不见并没有什么,只要赤诚相待,心灵就会相通。他想用这种充满善意的方式,去靠近芍药那颗敏感而脆弱的心。

骗她的不仅这些,还有冯初根本不在"空城"的职业技术学院读书,而是在广州最好的大学念本科。所以每周五,他都是坐着从广州开往"空城"的长途汽车回来看她的,风雨无阻,无一例外。

后来冯妈发现了这件事,警告他,如果他再这样就会打扰芍药高考前紧张的复习节奏,在冯初心里,他是清楚知道芍药想要离开那个充满家庭暴力的寄养家庭,想要离开她的叔叔和婶婶,于是他只能选择暂时从她的世界消失,让芍药专心学习,考到一个更远的地方去,摆脱现在的生活。

面前的这个男孩红着眼睛,像极了一个犯了错的可怜兮兮的孩子。

## 12

六月的风懒懒的,只有偶尔才会吹起额头前的头发。阳光静好,太阳并不炽烈。蝉还没有叫个不停,反倒是飞机划过会发出轰隆的声音。

芍药张着嘴,很卖力气地想要说着什么,只是长时间不说话又没有听力的她,好像已经忘记了要怎样表达。冯初看着眼前这个支支吾吾的女孩,笨笨的,傻傻的,可爱极了。他把脸凑到她面前,然后用嘴贴住她的耳朵,小声地说:

"我喜欢你。"

她好像听到了,又好像依然什么都没有听到。

柔柔的光线中,穿着碎花裙子的芍药美极了,她"扑哧"一声笑了出来,像一朵盛开在最好季节里的芍药花。

芍药轻轻地吻了一下冯初的脸颊,然后张了张嘴,努力地想要表达着什么。可是有好多心里话她根本说不出来什么,那些想要说的词汇只能在脑海里打转。

忽然一阵风吹过,她舒缓了所有的表情,轻声说道:

"小哑巴,小聋子也喜欢你。"

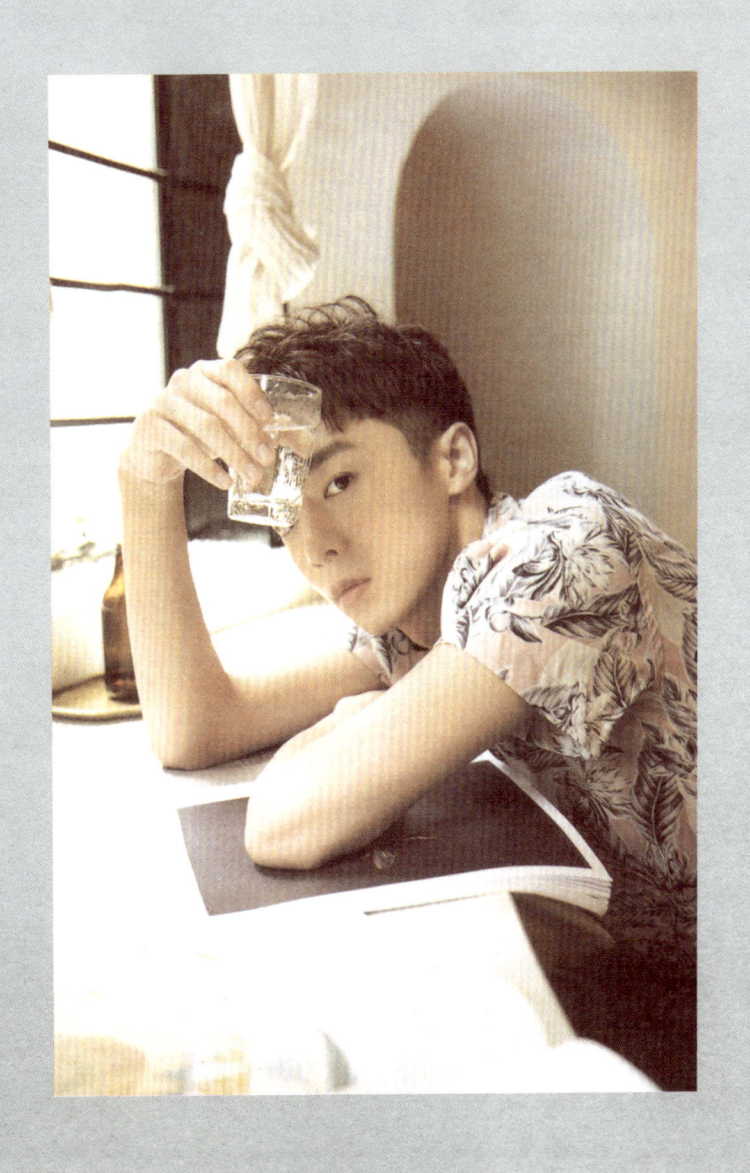

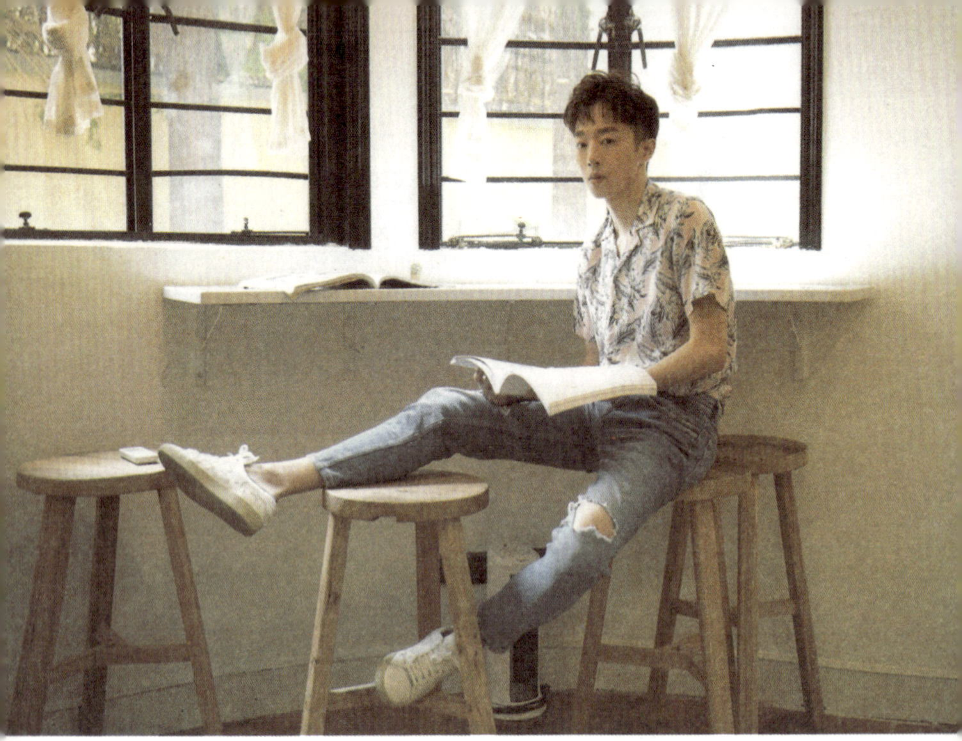

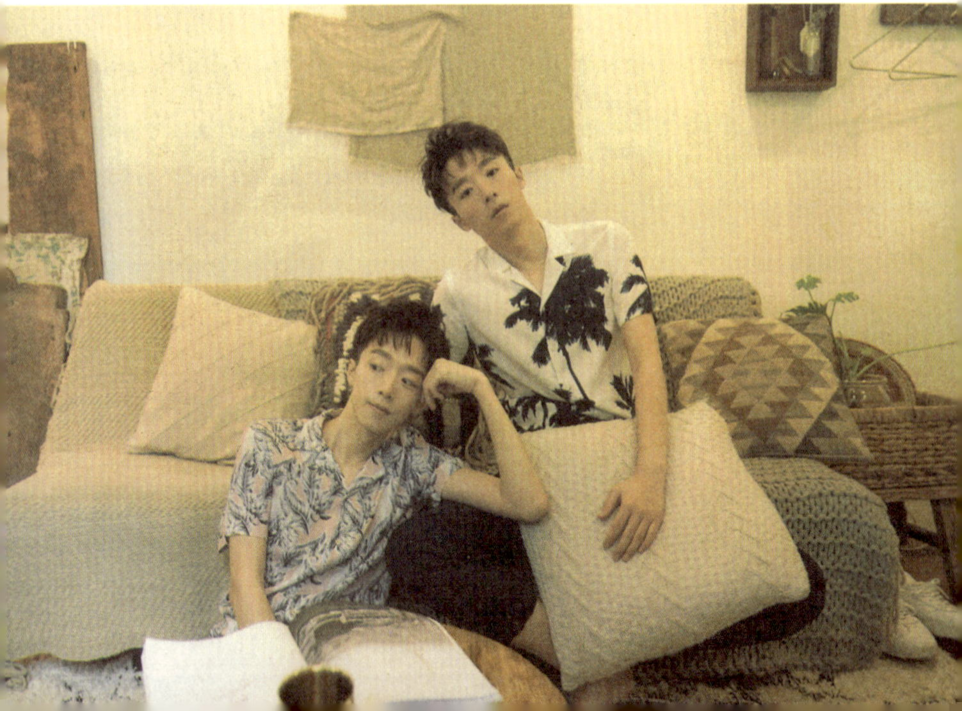

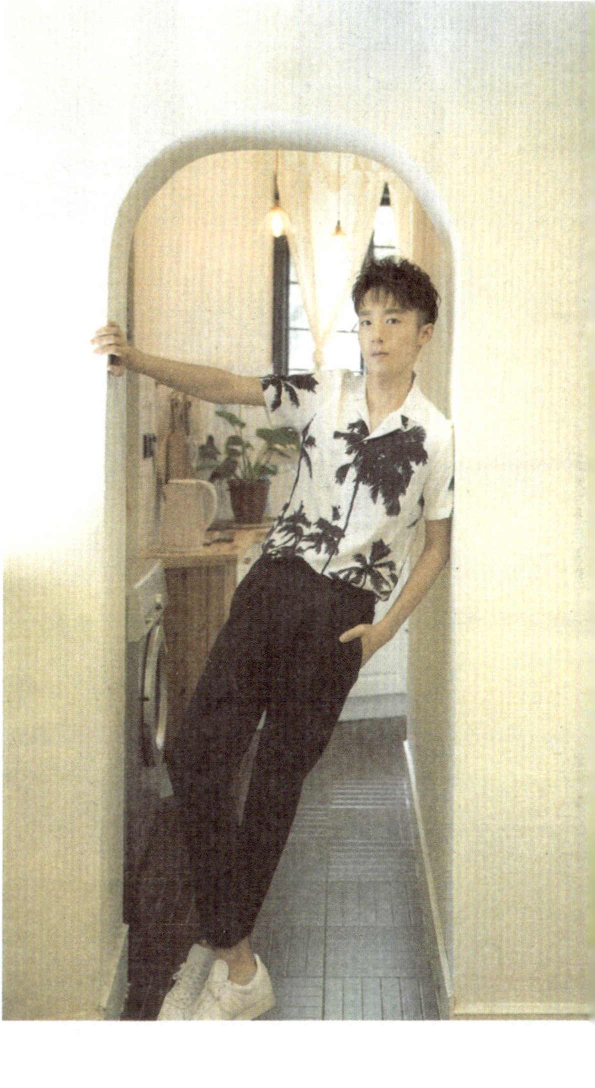

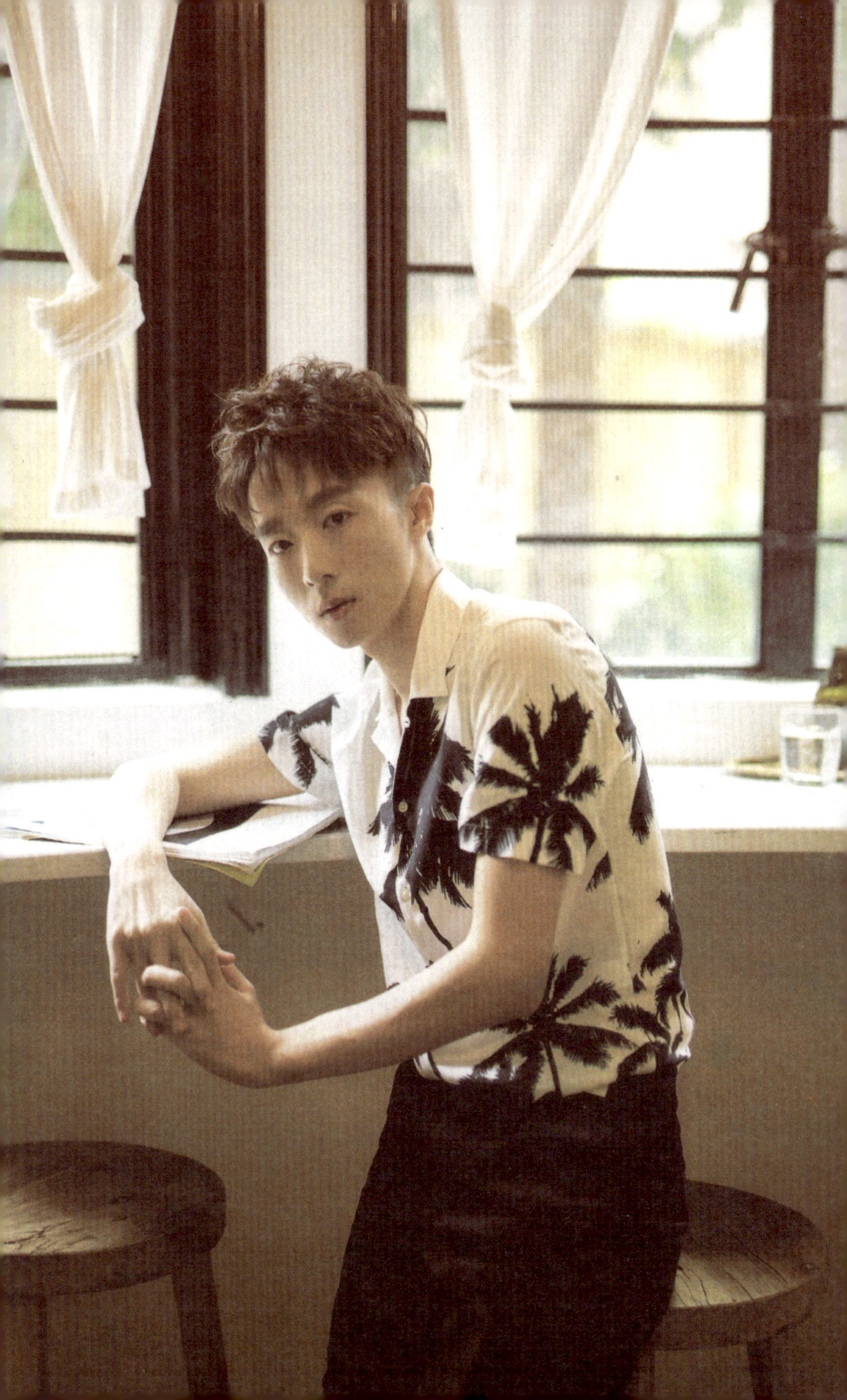

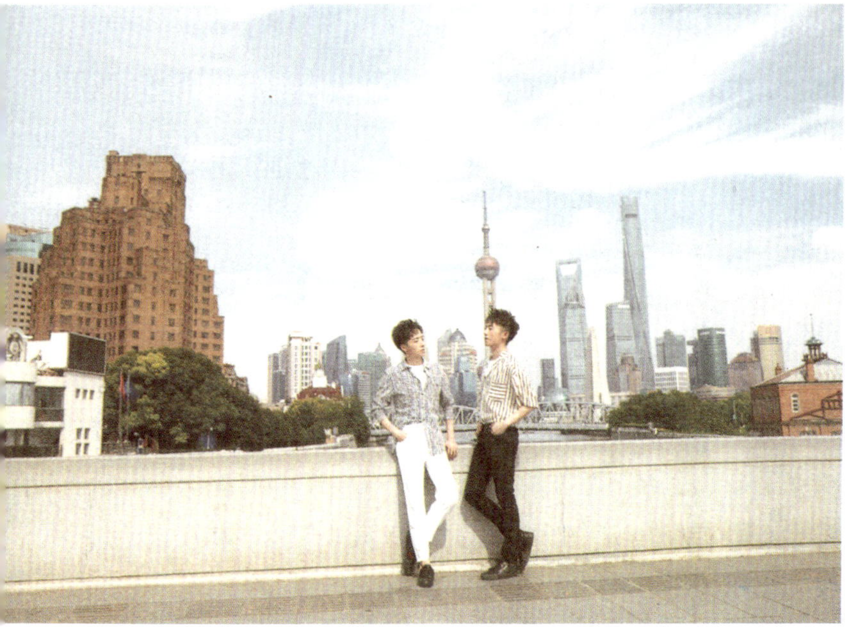

后记：

我们都是
追光的人

苑子豪／文

这本书来来去去一年多，之间发生了太多的故事，可到现在这一刻，我却不知道要怎样表达才好。

在可记录的范围内，这本书一共毙掉了八篇稿子，文章选题讨论了七次，换了三次，最后保留下来的这六篇文章，又改了足足十五遍。新书的名字我们总共取了三十四个，最后在其中五个之间争执不休，长达两个星期。

为了让书有更好的阅读体验，我们做了三套方案，最终决定去上海拍摄书里的照片。拍摄新书照片的前一夜，我们的航班因为天气原因取消，于是我们不得不早上六点起来，抢到了最后几张高铁车票，坐了六个小时动车来到了上海。到达那天已经是晚上，拍摄完毕时，我看了看表，已经是凌晨一点钟了。第二天早上六点起来继续拍摄，中午只吃了一个从便利店买来的饭团。

这本书依旧是我和哥哥分开书写自己的故事，然而即便如此，我们也有超过几十次的讨论和十几次的争吵。他帮我反反复复改稿，我为他不断提意见，从逻辑问题到用词造句，都认真得不得了。

坦白讲，这期间的日子并不好过，我的自信心也一度受到巨大的打击。那时候我甚至在想，是不是我根本不适合写作，或者，我已经写不出自己满意的文字了。看着身边的朋友不断地出版新书，看着微博上大家不断地问询新书，我真的很崩溃，也很想放弃。编辑质疑我的文章选材，朋友对我露骨地讲篇章结构根本不对，时间嘀嘀嗒嗒地告诉我，已经超过约定的出版期一段日子了……

唉！

可是那又如何呢？

偶尔还是有几个朋友会给我鼓励，说文章故事好看，喜欢这种写法；每次活动见到那些小女孩，她们还是会给我安慰，说慢慢来不着急，她们会一直等；爸妈会在深夜读完我的文字，发来他们作为试读者的感受，细致入微。我也慢慢坚持着自己想要的，想表达的，终于完成了这本中长篇的故事集。

是啊，生活本来就是有人给你阳光，有人打你耳光。灿烂是孤独的，蜕变是漫长的，解脱是需要挣扎的，柳暗花明是需要疑无路的。

不光创作这本书如此，我们的生活亦然。人总是要经历一点打击和挫败，才可以有一点进步和坚强。风雨会吹乱你的头绪，迷雾会混乱你的方向，惊雷会呵斥你的坚定，但那些都不能影响你想成为什么样的自己。

我曾迷茫过，不知道这本书要写些什么；我也曾沮丧过，不知道自己能不能真正写出自己的心声。因此这个过程很痛苦，痛苦到时常对自己的认知产生偏差。有过无数次动笔，写着高中校园里，男生喜欢女生，女孩暗恋男孩；我也有过无数次动笔，写着我擅长的阳光照耀在努力的人身上。

只是，那是我的生活吗？

很可惜，并不是。

我生活的世界并不是所有爱情都甜美，青春就是羞涩与懵懂，也绝不是努力的人都可以如愿以偿。相反，这世上实际上有很多人，他们不幸福，被爱辜负，伤痕累累。一些人因为年纪轻不懂得做人应保有善良，被恶念冲昏了头，所以会犯错，给别人造成伤害；还有一些人，他们饱受着来自命运的捉弄，所有不公平的概率都降临在他们头上，云层好像永远都在故意遮挡他们头顶上的繁星。

我看到这个社会上校园暴力在肆意发生，它们像魔鬼一样吞噬着孩子的心灵，把他们的生活蒙上一层厚厚的尘埃，让阴影掩盖着光明。于是我想写一篇文章，去告诉所有能看到我文字的同学，什么是善，什么是恶，什么是终有报。我们与他人平等，与万物平等，与真理平等，我们没有权利去欺辱别人。甚至包括一只躲在墙角的老鼠，都没有惊吓它的权利。

我看到身边的朋友忍受着家庭暴力，不敢与家庭抗争。所以我写了一篇在家庭暴力背景下的文章，告诉你，哪怕生活尽是黑暗，也有光明的希望。你绝对不知道在哪天，你的生活里就会闯入一封来自牛奶箱里的来信，温暖你的生活。

我还看到有的朋友，可能从小就不那么幸福，不够幸运的他们会有着常人感受不到的压力，于是顺理成章地封闭自己。所以我写给所有被生活、被爱辜负的悲观主义者，想告诉他们，想要真正走出那段苦不堪言的日子，要依靠自己的力量。生活永远不会选择我们，唯有我们可以选择生活。

所以我写下这三篇故事，去表达我对生活中负能量的回应，希望我的文字可以化成光亮，把那些生长在潮湿角落里的阴郁晒得暖洋洋。

那些在生活中暂时失意的男孩、女孩，愿你们明白——

什么都不要怕，我们生来就是要寻找光芒的人。

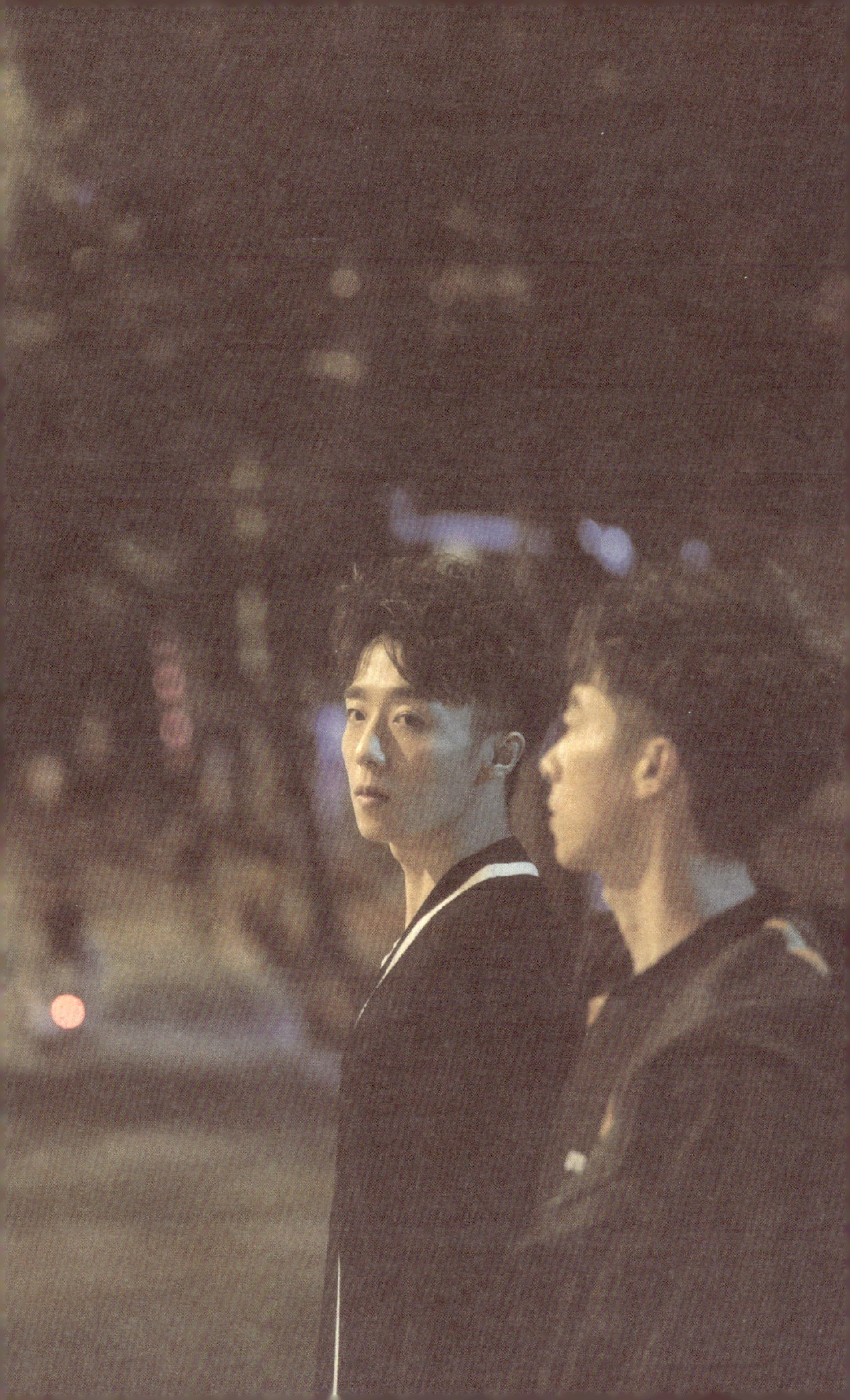

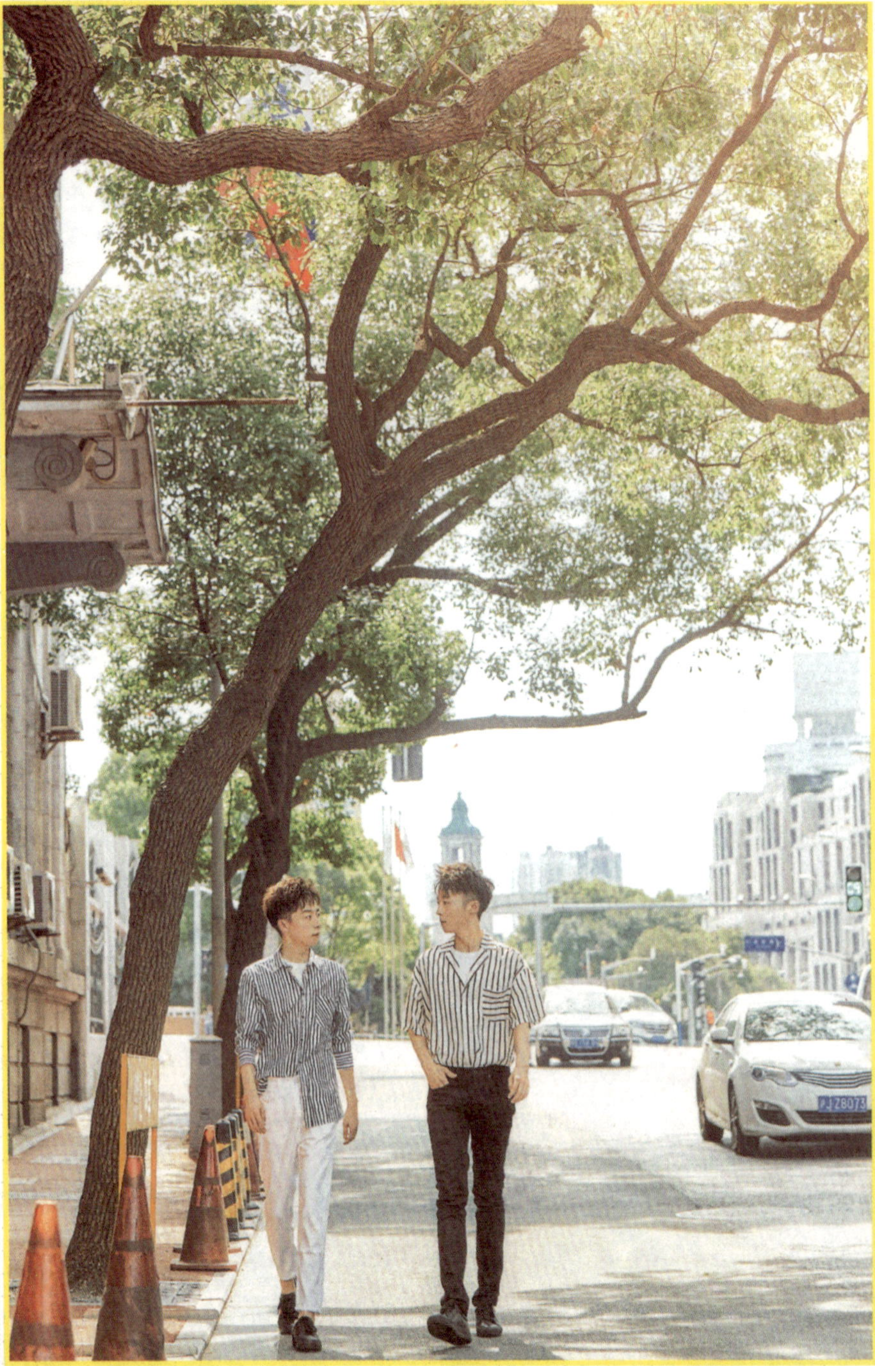

附 录 :

写 给 亲 爱 的 你

不 好 意 思　　　　我 也 是 第 一 次 当 大 人 //////////////

# 我所理解的理想生活

## 01

苑子文 / 文

2016年11月3日，结束了一场兵荒马乱的活动之后，钻进车子，把自己扔进杭州漆黑的夜里。

随着车流路过钱塘江，身边的工作人员说，这就是上学时候课本里的钱塘江。我扭过头朝窗外看了一眼，心里默默想，这几年来，我去过那么多以前在书里才能看见的地方，做了那么多以前憧憬很久的事，误打误撞被一些人认识，但我真的，过上了自己的理想生活吗？

人们都说夜晚是感性的，所有思绪都会在这个时候被触发流淌出来，我倚着车窗，努力去寻找回应自己问题的答案。

坦白讲，我喜欢忙碌的日子，身边跟我的工作伙伴都知道，我会把自己的生活安排得满满的，如果稍有空闲，我就会问他们，还有什么我"欠大家"没完成的工作吗？最近常常熬夜写完论文，然后开始点开邮箱处理"双十一"的文件，赶在同事第二天上班前给她意见和反馈。白天需要上课和对接各种各样的工作，周末到外地出差跑校园活动，有超过三个小时在家里的时间，就忍不住想去健身房运动一下，如果幸得一上午空闲，我会在家里燃一支香，噼噼啪啪地在键盘上敲新的稿子。

附录 ： 写给亲爱的你

当然我也喜欢过有价值的人生，这里的价值不是物质财富，而是可以帮助别人、给他人带来好的影响的事情。如果有能力，就再为社会做点力所能及的事。我在繁忙的学期中，选了一门自带100个小时实习要求的课，所以被分配到朝阳区一家医院实习，做精神病房的实习生。我看着白色大褂后面，是对每个病人以及家属的关怀、真情和仁爱，每每想到这里，就特别羡慕和感动，偷偷地站在后面，像是一个贪婪的小孩，得到了一块糖，还想要另一块似的，在后面偷偷地看着。我想去点亮更多人内心深处那盏灯，如果力不能及，就用我心里的灯给他们照亮一点去路。

我喜欢去很多很多地方，不用在拥挤人潮中拍游客照，但是可以在一个咖啡厅里坐一下午，看看行色匆匆穿着各式各样衣服的男人和女人，看拿着报纸、衣衫不整、自言自语的乞丐，看导盲犬为它的主人完成任务获得一块巧克力和一句"good boy"。最近我总觉得，在漫长的人生经历中，有两件事是必不可少的，一件是感受烦恼，一件是荒废时光。在一把椅子、一杯咖啡和一束阳光中荒废时光，也是很幸福的事吧。

以前常对自己的人生产生很多的怀疑，眉毛挤一挤的时候我总觉得日子艰难无比，可是现在心里会想，这样的时刻不是第一次了，这么多年，难过的时候总是若隐若现，像家常便饭，可是都一路走过来了,所以你别不信,时间可以抚平那些磨难留下的褶皱,而带给你真正的思考。

以前觉得忙碌的生活是理想状态,越忙越好,后来想有价值地活着,特别爱追求"意义",偶尔我也会觉得走走停停,慵懒地晒一下午太阳,天马行空地胡思乱想,好像也是理想中生活该有的样子,直到现在我仍然在思考这个问题,究竟什么才是我想要的理想生活?

后来发现,没有固定答案,我所正在经历的,就是最理想的。

所有的幸福都由碎片的快乐组成,我们的理想生活应该就是所选择的当下,不管是忙碌的、是充满意义的还是懒散的,甚至是倒霉的、晦气的、不可理解的,既是你所经历,必成为宝贵记忆。

熟悉我的人都知道,我喜欢《小王子》,家里收藏了大大小小各种版本,没事的时候总喜欢随手翻翻。《小王子》很治愈,里面有一句我很喜欢的话:"你在你的玫瑰花上花费的时间,使得它变得如此重要。"说得多好,只要你在你的生活上花费了时间,它就会变得很重要。所以不管是白天上课没听懂,还是傍晚放学和同学吵了一架,不管是写不完作业还是成绩退步直下,不管是没人理解还是不愿意与人分享,你所在生活里花费的每一分钟,即使是去挣扎、去对抗,都让你更靠近你的理想生活,它每一分钟都变得更重要。

所以去花费时间、倾注心血给你的"玫瑰花"浇水吧,你所经历的,都是上帝给你准备好的礼物。

你现在爱的人值得你那么爱，不爱寂寞吗？做的工作把你拖得疲惫不堪，不做后悔吗？闲下来的时候空虚，忙碌起来焦虑吗？生活百态，尽管品尝，好不好只有你自己知道。去感受吧，不必太在意别人的眼光，愿你一直往前冲，就算头破血流撞到南墙上，那也是只有你有别人没有的勇气；你退到整个世界都没人发现的角落里，也没有人怪罪你。

所以根本别去在意那些与你不相干的人，做你的选择，生活其实本就是这样走一点，错一点，再走一点，又对了一点。不管怎么样，你开心就好呀。

杭州的夜又深了，路灯好像一眨眼就倏地亮了起来，收拾好一切，准备去往现场了，此刻耳机里循环着徐佳莹的《理想人生》：

> "
> 我们有没有 比从前快乐
> 各自过着 理想的人生
> 心里面 其实比谁都清楚
> ……
> "

# 你对我的喜欢从来不是单向的，我也和你一样

## 02

苑子文 / 文

曾经写过一篇与亲人有关的文章，是关于我的独立护肤品牌源本初见，这次和大家分享的亲人，依然不是真正意义上有血缘关系的家人，但胜似亲人。

我们的生活充满了故事，每天与陌生人擦肩而过，也不断认识新的人。我们去爱上一个理想的他，也从对他的热情中慢慢冷却，我们遇见一个人的概率有多小？不大，如果遇见了呢？那就是百分之百。我们爱上一个人的概率有多大？很小，如果爱上了呢？那就是一段最好的时光。

写到这里，不知道你会想起谁？而我满脑子想的，都是你，和与你有关的日子。

每次签售结束，我回到车上，朝着窗外追出来的女孩挥手，我知道你们一点也看不清窗内的样子，也看不见我是休息了还是同样在看着你，尽管你看不见，但我还是一直挥啊挥，多希望跟你说，别不开心，笑一下，我们还会再见的。

每次你们有一些小情绪，因为期末压力大，因为和朋友吵架或者是想谈恋爱，我都尽可能了解到，然后想想有什么温暖的话发给你，你说，谁那么喜欢发鸡汤啊，还不是因为想让你看见？不能面对面对你说，没关系，我在，只能以文字短信的方式发给你了。

每次你们帮我投票，我都会问饭饭，这么多票，她们要投那么久，

怎么那么好啊？可能你们为自己都没有这样拉过票、上过心，所以我是知道真心真意喜欢一个人的时候，要付出多少决心和勇气的。

从 2016 年下半年开始，我慢慢看到一些粉丝，说脱粉、退圈，说实话，那种压抑和失落真的不是用文字可以形容的，尤其是当我翻到之前有那么多与我有关的微博时。但我已不再患得患失，因为江湖太大了，相忘未必是件坏事，我相信她会更加轻松，也会有更多的时间去追求自己喜欢的事情、去找到自己喜欢的人，毕竟让你找到幸福，也是我要经营一辈子的事业。

从今年上半年开始，我开始了一些新的挑战，有工作的，有学习的，有生活的，这些挑战光是想想就会头大，我知道我一定会很不适应，我也知道最后我一定都会做到，因为你们是我全部的自信，也是我最大的底气。

当我再害怕一些困难，又开始犯怂胆小不想尝试的时候，你一定记得轻轻敲我一下，然后不经意地说，去啊，去努力追求，去吧，我就在身后。

写这封信的时候我坐在首都机场的休息室，准备和弟弟飞去泰国跨年，旅途前的兴奋都被文字一点点变得温柔，像一杯夜光下的水，摇曳出光影，想送给你。

给你写下这些文字，零零散散，不整不齐，但一字一句都是真心话，只想和你说："谢谢你喜欢我，我也真的很喜欢你。"

# 你是不是也喜欢自己和自己相处

**03**

苑子文 / 文

放假前晚六点的紫禁城,在地图上是一串串红色的线,路上车水马龙,每个人都行色匆匆,我在车里慢慢写下这些文字,安静得都能听见噼噼啪啪敲键盘的声音。说实话,这一刻,除了司机师傅放的音乐不是很合胃口,我还是很享受这种一个人相处的时光。

过去的二十三年里,我习惯了做任何事情都有一个伴儿,习惯到什么程度呢?每一餐一饭,都不能只选自己爱吃的,要问一下他想吃什么;出门很少有自己单独行动的时候,因为和他绝大多数生命轨迹都是重合的;以前挤在一张床上,青春期之后开始分开住,但还是总会在早上太阳懒洋洋升起的时候,跑到对方的屋里腻歪一会儿。

我一直以为,两个人形影不离的生活是作为双胞胎的生命常态,但后来的这些年,我渐渐发现,其实我和大多数人一样,会突然想和自己相处,会争取和自己对话的机会,会发现自己需要时间与自己纠结、谈判、和解。

我发现,我们这一代人,依赖症很严重,拖延症也很严重,一旦独立做一件事,会很没有安全感。但其实很多时候,不管我们是否愿意,不管我们是否有家人陪伴,恋人在旁还是朋友成群,都仍需要面对自己、成就自己、反思自己,都真的需要自己与自己相处。

很多事情，只有你一个人去做，很多压力也只有你一个人承受，除此之外，并无他法。

我不知道你是不是也喜欢一个人的状态，或者讨厌它，不重要，因为我们都不得不面对它，在我们年轻的时候，都要学会认真和自己相处一段，那是一种纯粹的自我交流、调节和重构，没有新的世界观要塑造，但真的会改变过往痛苦的念头。

挑一个闲适无扰的下午吧，泡一壶茶或干脆倒一杯白开水，坐在窗边看着来往车辆和过路行人，读书、听音乐或者是发呆都好，你会发现其实人很容易平静下来，去获得时间沉淀自己。

选一个夕阳迟迟不肯西下的傍晚吧，走在宽广的路上、无人的操场或者任意一个地方，碎碎念这段时间你所怅惘的、焦虑的、心心念念所放不下的、真的在乎的，努力尝试给自己讲明白道理，让不好的情绪都轻易过去。

过一个任性难忘的夜晚吧，连着几部经典的电影，开一罐喝了会皱眉觉得苦涩的啤酒，或者是早早爬上床昏睡一天。黑夜会吞噬所有白天的不满，一切洪水般的情绪都在钟表时针的挪动中，一点点被柔软。

跟自己相处的时候，很随意，很简单。穿很难看的衣服，你自己舒服就好；吃很随意的垃圾食品，不怕长胖开心就好；冲动一次去看演唱会见见偶像，把每一个细节记住就好。人生不过短短这些年，我们都应该宽待自己，宠爱自己，扔掉所有令人臃肿、令人烦恼的东西吧，和自己身无一物、念无一扰地相处一段时间，以更好的状态再出发。

以前还没有很强烈的感受，但后来去欧洲旅行的时候，我才发现，原来我内心里，一直有一个和"习惯陪伴"相斗的小怪兽，它不断努力告诉我，它有多渴望自由。

飞往巴黎的航程要十几个小时，路途遥远且枯燥，几乎全程我都是吃了睡睡了吃的状态，那也是我第一次和弟弟分开旅行。

我飞过色彩绚丽的云层、飞过湛蓝如洗的天空、飞过壮阔辽远的山河湖海，所有的美景和飞机的颠簸都是自己和自己分享的，落地巴黎的时候，我还是习惯性地给弟弟打了视频电话，但因为时差弟弟并没有接通，所以我只发了一条信息给他：

"一切都好，会玩得更好，爱你，勿念。"

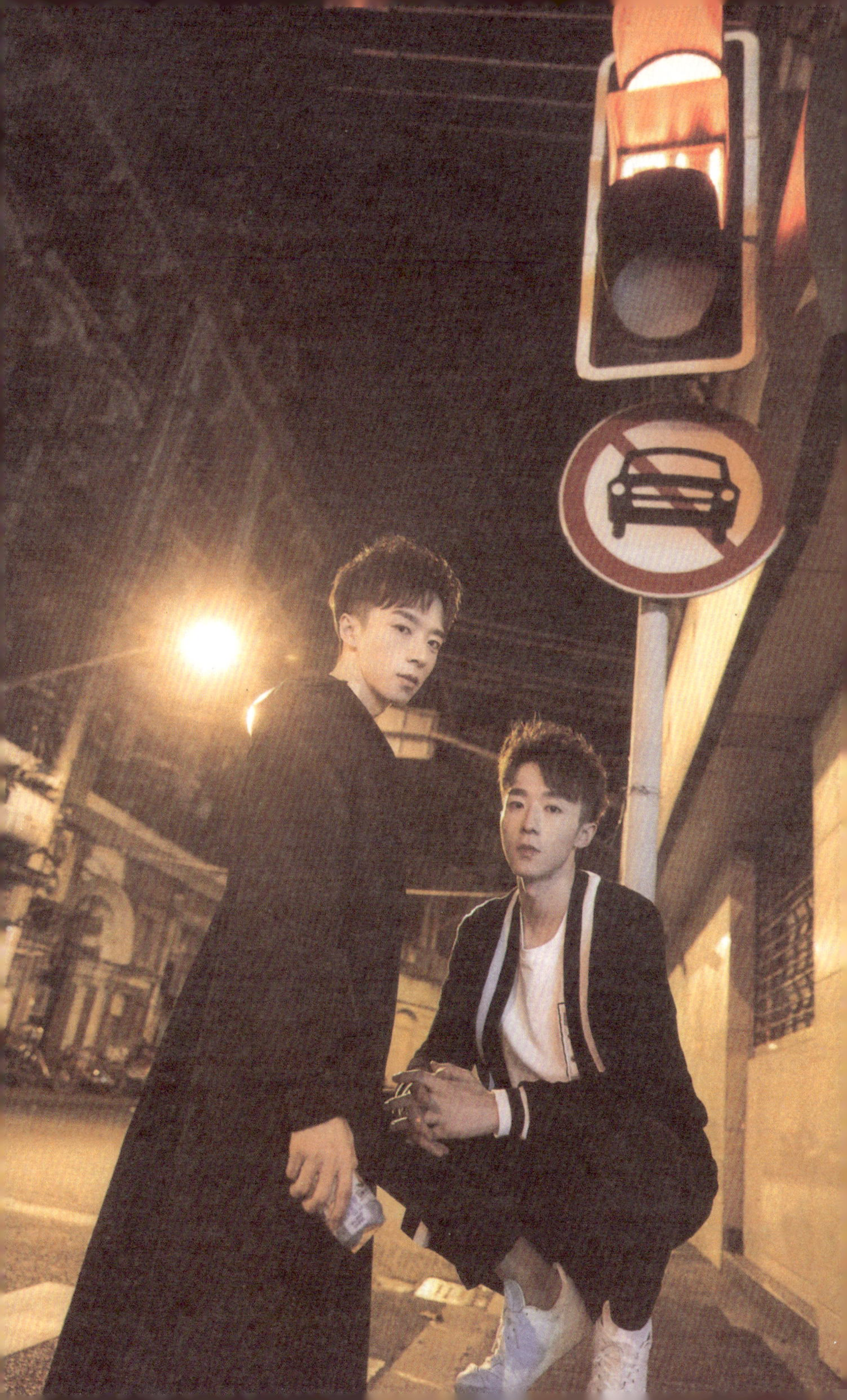

# 所有前任都是
# 恰到好处的错过

**04**

苑子豪 / 文

　　前几天,我高中最好的朋友失恋,她哭得眼睛又红又肿,作为看遍人世间纷繁情感的大师,我早已没有过多的揪心之感。但是想来想去,朋友一场嘛,我还是略作安慰吧。

　　我问她:"你哭啥哭?"

　　她说:"伤心,难过。"

　　我又问:"那你明知道自己会伤心难过,为什么还把人家甩了啊?!"

　　她突然停下来一直揉眼睛的手,抬头盯着我,几秒后她面无表情地说:"是他甩的我。"

　　我赶紧吞下一大口口水,差点没噎死,连忙嬉皮笑脸地打圆场,说着那是他傻,他没眼光,他不懂珍惜。

　　可是,就算他傻,他没眼光,他不懂珍惜,又如何呢?
　　到头来悲痛欲绝的还不是你,天崩地裂的感觉还不是真真实实的。
　　是啊,感情里总是付出多的人输得最惨,善良的一方遍体鳞伤。

　　她问:"那是不是谁渣谁幸福,谁傻谁自在?"

我作为一个三观正确的感情大师，连忙纠正："当然不是！渣的人，自会有小恶魔去收；而受伤的人，都会长出翅膀活成小天使的。"

我咧着嘴挥着手臂作翅膀扑棱扑棱状。

她接着号啕大哭着问我："那我是不是特别亏，亏到姥姥家那种？"

我疑惑："等一下，到底是亏到妈家还是姥姥家？"

然后她恨不得要动手打我了！

"啊！再等一下！我想出答案了！"看她停住了在空中挥舞想要打我的手，我喜笑颜开地说，"你当然不亏啦，你看至少你用了女孩子最宝贵的三年青春时光，证明了这个人不能跟你一辈子。"

我嘻嘻笑着，她撕心裂肺地哭着。

……

其实后来我想了想，我说的也并没有什么不对嘛。

谁在感情里永远是赢家，谁又不是谈过几段恋爱才慢慢成长起来？谁没遇到过几个人渣？谁又不是哭着闹着不想活过几次，到现在都一直很好地活了下来？

和大多数感情的终结相似，他们分手的原因很简单，男孩说不爱女孩了。在外地工作的这一年里，男孩认识了另一个女孩，并产生了感情，也终于肯承认异地的撕扯和距离磨淡了之前这段感情。所以，说好听点，男孩在异地之后就慢慢不爱女孩了，直到之前的感情基础完全消磨殆尽。说难听点，男孩爱上了别人，或者说，男孩出轨了。

在她新学期开学的这天，男孩从外地赶回来了。完全没有任何征兆，女孩开心地选了漂亮的衣服见久违的男朋友，她拉着他去报到，去吃以前常吃的食堂，直到晚上男孩终于跟女孩摊牌。

男孩提了分手，女孩哭了很久很久。

我这个女同学，大学时候认识的另一半，相爱三年甜甜蜜蜜。男孩是女孩的学长，两个人在学校的社团里相识，没多久就在一起了。那时候同学和朋友都羡慕他们——每逢暑假、寒假都要去外面玩一圈，拍着恩爱的照片发朋友圈，在学校也整天腻在一起。食堂吃饭，女孩子吃不下的学长都会倒在自己碗里吃掉，一包酸奶要在两头插两根吸管一起喝；晚上在教室上课，窗外大雨瓢泼，学长早就站在门外拿着雨伞等她下课；大大小小的快递盒子，学长都一只手抱在胸前，还要腾出另一只手拉着她。

我刚认识女同学的时候，她是一个大大咧咧的粗心姑娘，怎么看也不像会谈恋爱的人，事实上也是这样。她不懂主动，也不会表达自己的感情，每天混在熙熙攘攘的人群中，随着其他姑娘过着平淡的小日子。

直到遇见学长，她开始爱得小心翼翼。每天写少女的日记，写完就拍下来给他，一起看的电影票像收集邮票一样一张不漏，每次出去旅行的飞机票、火车票、大巴车票、的士票，整整齐齐地叠在一起，用一个粉色的小夹子夹好，藏在写字桌的最里面。她变得很懂事很乖，身边的男生朋友越来越少，她几乎整个世界都围着学长转。今年过年的时候见了家长，为此，九十斤的她足足饿了两个月，每天晚上到操场上跑步减肥，紧紧张张见过后，她曾以为这是她一辈子的归属。

天知道那时候的她有多开心。

学长比她大两岁，大学毕业后去了外地工作，那时候他们分开，说是为了更长远的考虑，男孩愿意为了两个人以后的日子去独自打拼。为此，女孩又整整感动了三天两夜，哭得天昏地暗，全部力气都用在了不舍得上。

一年的异地生活，也算正常，打电话，聊视频，每逢节日学长都会给女孩寄来礼物，一个月一次的零食，买的都是她最爱吃的。只是学长总莫名其妙挂女孩电话，开会和加班的日子越来越多，每次女孩要来看望的请求都被"不舍得你折腾"拒绝。

现在的她才知道，这一年里其实发生了很多事情，也改变了很多，学长生活里也需要真真实实的陪伴，而不是电话里摸都摸不到的声音。他生病时那个女生会熬粥照顾，他累时那个女生会陪他打电动，他烦恼时那个女生会约他去看电影，他有压力时那个女生会帮他做很多很多。

那个女生就是那个女生，说不定也是个漂亮温柔的女生呢。

女同学难过得几天没出门，朋友纷纷来看，抱着就是一顿哭。她说她一想到自己爱的人和另外一个人，像自己曾经那样甜蜜，就会心痛。他们会不会也像我们曾经一样许下誓言？他们会不会也常去吃我们爱吃的食物？他会不会也总骂她笨？她会不会也收集着每一张看过的电影票？

她越哭越厉害，想到过去三年里的点点滴滴，和那些通过感情建立起来的勇敢、自信、阳光、幸福，都一点点在随着感情观和世界观崩塌下去。

她并不怪他，也并不恨他，我们最信以为真的总会不经意给我们个耳光。可是那又能怎么样呢，只能希望在抽泣哽咽的时候，可以允许她这样没出息地难过一会儿。

我不知道该如何去安慰她，也不知道安慰管不管用，应该不会管用吧，谁爱个三年五载的，突然被分手估计都会有想死的冲动。

可是这种事情就是概率事件，你遇到了，就是遇到了，我们都无法阻止遇到坏事的可能，正像是我们也都不会错过真爱到来。如果这次遇到的，是遗憾的，没关系，他只是亲爱的陌生人，阴差阳错过后会有人来跟你相守。

所有前任都是恰到好处的错过，过去了，就过去吧。愿你可以释怀得像个没长翅膀的天使,愿你可以依然期待明天的阳光。

这时候我一个人坐在公交车上,耳机里放着刘若英的《亲爱的路人》,那首歌的歌词每句都无比清晰地打入心里。我恍惚间觉得自己听得眼泪横流,赶紧拿出手机,打开微信,点击分享给女同学。

那首歌是这样唱的——

"
何必刻意难过 去证明快乐过
时间改变你我 来不及回看就看破
洒脱 是必要的执着
每一次都以为 是永远的寄托
承受不起的伤 来不及痊愈就解脱
所谓承诺 都要分了手 才承认是枷锁
所谓辜负 都是浪漫的蹉跎
那时候 年轻得不甘寂寞 错把磨炼当成折磨
对的人终于会来到 因为犯的错够多
总要为 想爱的人不想活 才跟该爱的人生活
来过 走过 是亲爱的路人成全我
……
"

# 别忘记我，亲爱的好朋友

**05**

苑子豪 / 文

很多很多年以前，在中学时代的某个夏天傍晚，我们第一次认识。

那是军训的第一天，我受到了几乎来自全班同学的排挤，他们嘲笑我走正步的样子很丑，肥胖的我动作十分滑稽，里面穿的白背心因为汗流浃背而透出了全部轮廓，一个人踏错步而导致全排人跟着受罚。就在所有人都对我白眼翻上天的时候，他出现了。

孤独坐在地上的我，原本以为他会伸出手递来一根冰棒，然后慢慢坐下来安慰我说："没关系，别理那些人，我们交朋友吧。"

然而事实上，他对我说："你留下多练一个小时再回家吧，不然拖累全班人，你脸皮再厚也会不好意思吧。"

年纪小好欺负，就被同学们生生逼到了加练这条路上，人家都背着书包骑山地车嗖嗖地冲回家了，我在操场上等着夕阳。

但是，有件小事儿是出乎我意料的，就是那个骂我脸皮厚的男生竟然留下来陪我练了。

后来的后来，我们成了好朋友，他是我们班的体育委员，爱打篮球，全校的长跑冠军，语文和英语很烂，喜欢化学；我是我们班的班长，考试总考第一，除此之外，再无优点。

我们总是一起行动，上操的时候，升旗的时候，放学的时候。

赶上他做值日我就在旁边写作业，赶上我被老师叫到办公室训话的时候他就在门口等，我们默契到用眼神可以说话，情同手足。

每天晚上睡前都会打个电话确认一下今天各科留的作业，早上到了就一起跑去学校小卖店买课间吃的零食，一起偷瞄隔壁班的班花，笑微机课老师穿的衣服把肉都挤出来了好几层。他爸妈也很喜欢我，总喊我去家里吃饭，阿姨人很好，红烧肉比我妈妈做得要好吃，虽然每次他来我家时，还会违心地说我妈做饭更好吃。我每年生日他都会第一个零点祝福，QQ空间踩来踩去也都是他的号码。

像很多人一样，我们曾说过要做一辈子最好的朋友。只是小时候的我们还不知道，这些发过的所谓誓言，等长大了都是曾经撒下的弥天大谎。

我们之间既有相同也有不同，上体育课的时候，他总想带我打篮球，教我过人和上篮，但是我死活学不会。其他玩得好的同学都着急因为我耽误他们打球赛，我只好说着我先到旁边学学。

所以后来体育课是我一生的黑名单，我抗拒着这门课程，因为在这时候我最孤独，我只能一个人不停绕着操场跑啊跑，跑啊跑。心里问着自己为什么，才想明白原来我只有他这么一个朋友。

我曾很多次心里试想过：要不然你别打球了，陪我跑跑步？我一个人走，很尴尬，也很孤独，像一个被世界抛弃的角落，或是一个害怕被人发现的小怪物一样，在孤独的桥上慢慢走着。

而我不能干预他打篮球这件事，就好像我不能干预我们长大一样。

毕业、升学、我们成人、再毕业、再升学。

后来从别人口中听说他去了南方读大学，学的是汽车工程，交过两个女朋友，一个劈腿，一个骗他钱，被伤得不行。等他本科读完回来时，在我们中学时常去吃的餐厅里打过一阵子工，现在考虑着要不要去开出租车。哦，对了，还有就是他妈催他结婚，通过别人介绍好像是相亲，正在交往着呢，女孩岁数也到了该嫁的年龄了，估计差不多能成。

我们少了联系，他没有再闯入我的生活，一南一北，天各一方。我们家他也没有再来过，可能是怕我爸妈认不出他了吧。也已经有几年的生日没收到他的祝福了，然而可怕的并不是零点时候没有收到他的消息，而是我竟然也习以为常，或者是说，我也接受了我们走散了的事实。

偶尔从朋友的照片里看到他的现状，还是蛮感慨的，长大啦，长大啦。

我们都长大啦。

我也再没有跟他说过生日快乐，甚至，更诚实地讲，我好像一年三百多天里，都几乎没有再想起过他，你看时间多残酷。

直到前些天，我回爷爷家的时候，爷爷说他不小心把手机调成了静音，他不会弄，让我帮忙调回来。

那个老旧的按键手机是我中学时候用的，号码也都一起给了爷爷用，我离开家乡后就换了号码和流行的智能手机。

打开手机的时候，发现陈年累月有很多条短信，除了一些垃圾短信外，竟然看到他每年都发来的生日祝福，准时准点，一次不落。

我记恨自己，心底里翻涌着这么多年的释怀、挂念、肆意、软弱，所有复杂的感情都在记住和遗忘的边缘徘徊。回到家后周周折折很多次，终于要到他的微信加上，他问我说："换手机号了吗？是不是也搬家了？那次去敲门是陌生人开的，说阿姨叔叔搬走了？"

"嗯。"

"最近忙吧？"

"嗯。"

"有空来家里，我妈说给你做红烧肉吃，我家没搬。"

你看，时光的大风吹啊吹啊，呼啸而来，呼啸而去。

有些人就站在岁月的门口没走过，有些人背着行囊选择了永远离开。

而还有些人，他们只是出了趟远门，他们一定还会再回来。

# 你恨他，还是恨自己放不下他

**06**

苑子豪 / 文

我有个朋友，前不久失恋了。

刚过去的这一段感情里，她爱得死去活来的，如果非要用输赢来定夺一场恋爱里的男方女方，毫无疑问她一定是输的那家。

其实这任男朋友算不错的了，每周一束花，变着花样哄，一个月出去看一次电影，吃一次二人的浪漫晚餐。虽然选的电影都是《分手大师》和《失恋33天》这类的，大餐也一般是烤全羊和铜锅涮肉这样简单又粗暴的，但也算是宠她的了——每天道晚安，连续保持一天一个吻，亲不到的时候用微信语音发来，寒假、暑假不在一起的时候每天一个视频、两通电话，从没让女生感到孤单过。

可也正是这种宠，让她慢慢失去了自我。在她的全世界里只有男朋友，做不出的数分题找男朋友，拿不了的快递找男朋友，找不到丢了的物件找男朋友，小感冒没胃口找男朋友，就连下错地铁口找不到方向也找男朋友。于是有一天，男朋友不见了，她的世界就好像海市蜃楼一样，一起消失得彻彻底底。

那段日子她总是垂头丧气，出门不化妆，眉毛断得一半一半，脸上的痘痘红得很尴尬，气色很差，去了食堂连一两米饭都吃不下，上课走神，下课就回宿舍躲被子里哭，日子过得浑浑噩噩。我劝过很多次，每次都被"你不懂"回绝了。

都说时间是治愈伤口的良药，也都说好的感情都会在最后的关键时刻到来，可是不发生在自己身上，谁又能知道真假。

那段时间另一个比她大的学长总是安慰她，主动献殷勤，不是买吃的喝的出现在宿舍楼下就是借给她肩膀倚靠。然后没过几天，我这个朋友就跟学长好上了，所有人都大跌眼镜。

"开玩笑的吧？"

"你确定你们之间有爱？"

"你故意气前任的对不对？"

只有她厚着脸皮说是真的爱上了学长，跟任何人无关。

我心疼她，从心底里心疼她，倒不是可怜，而是幼稚。你爱不爱谁你自己一清二楚，几天的感情不需要心动、不需要磨合，真让我难以想象这份感情的结果会是什么样。

后来她跟我交代，承认了是因为恨那个男孩，想报复他，告诉他，你看，你离开了我，世界依然转动，仍然有人愿意爱我。

我沉默了，我分明想告诉她，你这根本不是世界依然转动，而是你自己天旋地转地原地打转，你制造出一切都还在动的错觉。

可我终究没好意思开口，每个人的感情都有自己的理由，你愿意百分之百付出爱一个人奋不顾身，也就会有人毫不费力就获得一切宠爱，重要的是在这样或那样的感情里，你开心吗？真的开心吗？

恨一个人并不能给你带来快感，报复一个人也不能给你带来任何实际的利益，你只是用另一种方式惩罚着自己被惩罚的那一部分，或是用另一处伤口的痛感缓解原来伤口的痛。你转移了半天注意力，最后却还是跟自己玩着捉迷藏。

所以重要的并不是你有没有人爱，而是你自己了解不了解自己。被爱就幸福吗？没有人爱就一定悲哀吗？

我抬头看了看在一旁晾衣服的哥哥，家里的音箱开着，它放着好听的外文歌，点了一支好闻的熏香，它散发着让人舒适镇静的味道，多肉开在白色的篮子里，厨房有泡着的水果，被子整洁铺着，鹅黄色和灰色的奇怪搭配让人分外温暖。灯光并不明亮，却也因此不刺眼，高的楼层要等很久的电梯，却也因此有更好的视野。

我总是羡慕着一个人依然井井有条的生活，那是一份对自我多好的把握啊。所以我一点也不觉得哥哥可怜，也不觉得单身的他有多不好，电脑开着等他办公，手机里有朋友嘻嘻哈哈的微信，沙发上有铺好的被毯，一切都是刚刚好的样子。

所以你呀，别着急想投奔谁，也别在一份感情里失望太久，更不要用笨笨傻傻的方式去伤害自己，有那么多时间，可你真的了解自己了吗？

体验幸福和拥有幸福都很重要，我说不出那种违心的话，胡说八道告诉你体验幸福和珍惜幸福最重要，因为我也知道连拥有都不曾拥有，空来感知有什么鬼用。但我仍想告诉你，修炼重要，体验重要，因为万一哪天幸运女神降临在我们身上，当她给了我们一份幸福的时候，你要有资格、有能力、有勇气去接住。

现在我的朋友和学长分手了,没什么原因,她自己对外界说本来就没在一起。现在的她依然起早贪黑,比别人早半个小时化妆,吃饭认真,洗澡爱用丰富的泡沫,一切看起来好像什么都没发生过一样。

也不知道她是不是真的开心,不知道能不能真的释怀,更不知道时间会不会帮善良的人疗伤,但是我希望,且坚定地希望,她可以在一次又一次对自己的打量中慢慢成长起来。

朋友圈里又一个朋友失恋,女孩子哭哭啼啼打来电话一顿哭诉,跟我说被甩了难受得想跳楼,还没等她说完,我一句话骂了过去:

"××你是不是傻!你那么好,他那么差,凭什么要你死!"

凶狠狠地骂过去后,电话那头不哭了,也不说话了。

我意识到吓到她了,于是赶紧温柔起来,安慰着说:"好了好了,乖,你值得更好的。"

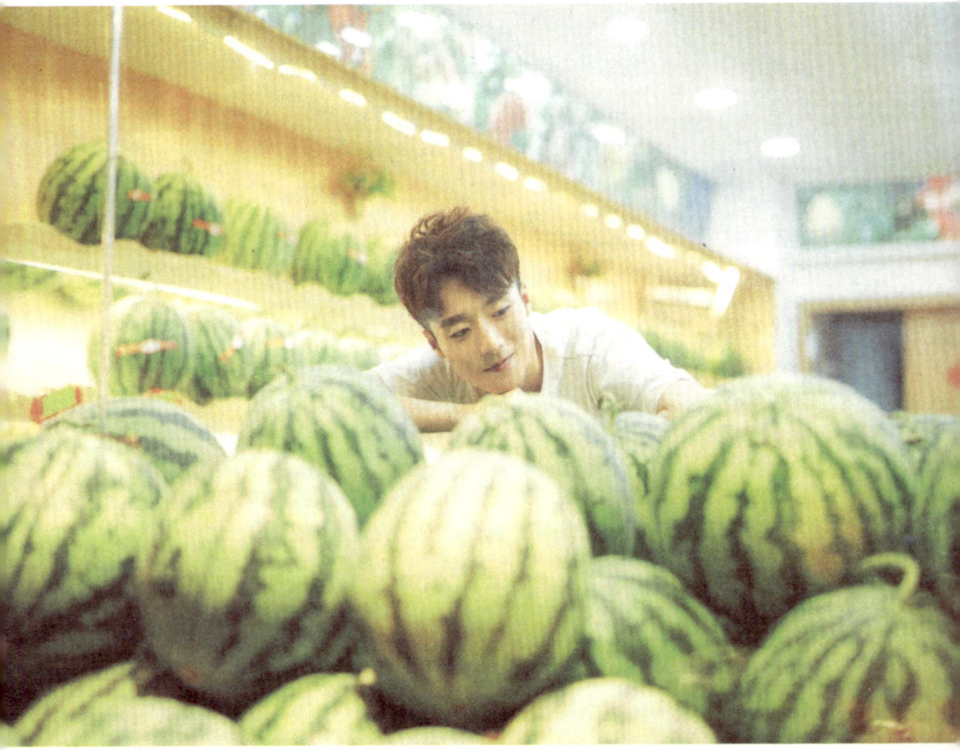

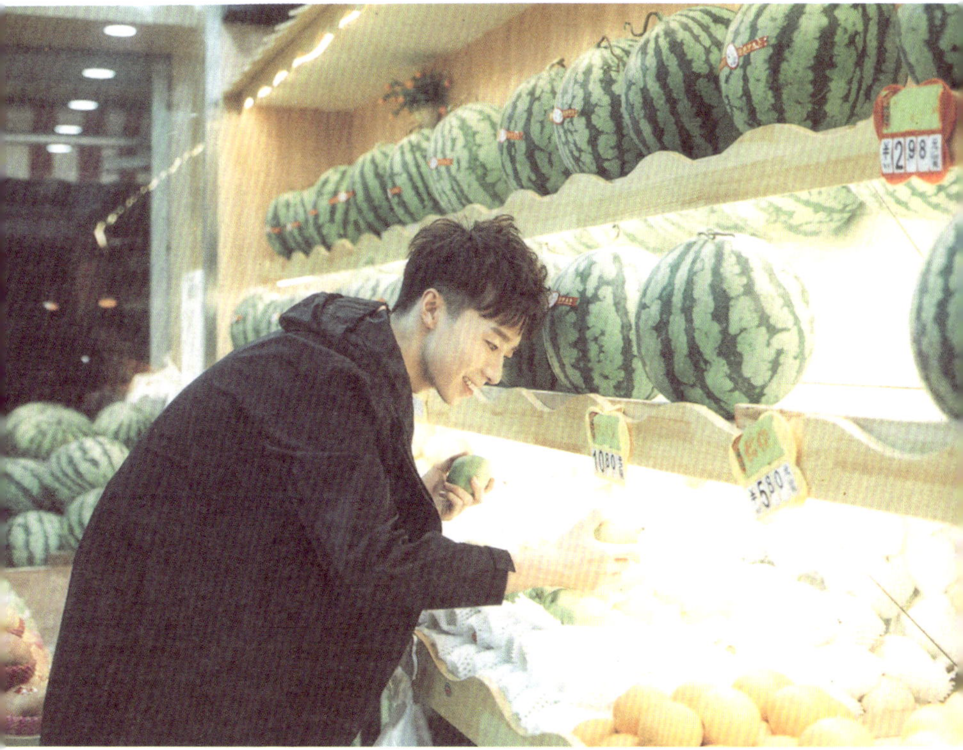

# 那些想说的
# 感谢的话

　　感谢爸妈和我们彼此，越长大越少回家，可是无论风雨都有爸妈无条件的支持，家是最踏实的港湾。

　　感谢何老师为我们作序，亦师亦友的您让我们学到了太多太多，缘分很妙，友谊万岁。

　　感谢磨铁图书对我们一年来的信任与支持，特别要感谢薇姐总是与我们讨论稿子到深夜，感谢魏老师、潘老师为我们的新书提出很多宝贵的意见，感谢为这本书的文字不停雕琢的文字编辑琳琳，谢谢所有在这本书背后默默付出的工作人员。坚持不下去的时候，有你们在撑腰。

　　感谢摄影师@杨林Lene和@W希琛为我们拍摄封面和内文照片，感谢封面设计师车球、版式设计师三喜，这本书美丽的诞生离不开你们的支持，还要感谢造型师陈洪超先生一路来对我们的支持。

　　感谢所有的好朋友为这本书的付出，你们一直的陪伴让写作的

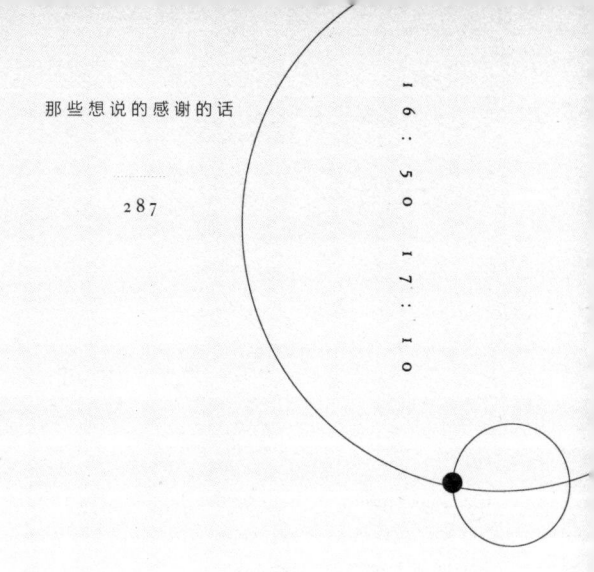

过程变得不那么孤单，友情的存在让我们更有勇气去面对生活，很爱很爱你们。

感谢看到这里的每一个你，在人来人往中还选择留在我们身边，谢谢你们，再艰难的时光都会因为你们而变得更有意义，我们彼此守护着，时光好快也好慢。

感谢狗血的人生和温暖的生活，让我看到这世界有黑暗更有光明，刺破那些迷雾中的念头，黎明的曙光就会透过缝隙照进来。

感谢越来越多的辩驳让人包容，越来越多的打击让人坚强，越来越多的质疑让人成长。感谢自己一路走来都没有放弃自己。

无关痛痒的过去叫作旧时光，被认真对待的现在叫作无限可能。感谢不满，但仍知足。感谢错过，但仍记得。感谢困惑，但仍执着。

你我永远是少年。

图书在版编目（CIP）数据

不好意思，我也是第一次当大人 / 苑子文，苑子豪 著 . — 北京 : 中国友谊出版公司 , 2017.8
 ISBN 978-7-5057-4152-2

Ⅰ.①不… Ⅱ.①苑…②苑… Ⅲ.①长篇小说－中国－当代 Ⅳ.① I247.5

中国版本图书馆 CIP 数据核字 (2017) 第 190885 号

| | |
|---|---|
| 书名 | 不好意思，我也是第一次当大人 |
| 作者 | 苑子文 苑子豪 |
| 出版 | 中国友谊出版公司 |
| 发行 | 中国友谊出版公司 |
| 经销 | 新华书店 |
| 印刷 | 北京盛通印刷股份有限公司 |
| 规格 | 880×1270 毫米　32 开<br>9 印张　175 千字 |
| 版次 | 2017 年 8 月第 1 版 |
| 印次 | 2017 年 8 月第 1 次印刷 |
| 书号 | ISBN 978-7-5057-4152-2 |
| 定价 | 39.80 元 |
| 地址 | 北京市朝阳区西坝河南里 17 号楼 |
| 邮编 | 100028 |
| 电话 | (010) 64668676 |

如发现图书质量问题，可联系调换。质量投诉电话：010-82069336